KT-160-809

AM FOD
SETH
YN ANGEL

Aled Islwyn

GOMER

Argraffiad cyntaf—2001

ISBN 1 85902 987 6

Mae Aled Islwyn wedi datgan ei hawl dan
Ddeddf Hawlfraint, Dyluniadau a Phatentau 1988
i gael ei gydnabod fel awdur y llyfr hwn.

Cedwir pob hawl. Ni chaniateir atgynhyrchu unrhyw
ran o'r cyhoeddiad hwn, na'i gadw mewn cyfundrefn
adferadwy, na'i drosglwyddo mewn unrhyw ddull na
thrwy unrhyw gyfrwng, electronig, electrostatig, tâp
magnetig, mecanyddol, ffotogopïo, recordio nac fel
arall, heb ganiatâd ymlaen llaw gan y cyhoeddwyr,
Gwasg Gomer, Llandysul, Ceredigion, Cymru.

Dymuna'r cyhoeddwyr gydnabod cymorth
Adrannau Cyngor Llyfrau Cymru.

Cyhoeddir y gyfrol hon gyda chymorth
Cyngor Celfyddydau Cymru.

NEATH PORT TALBOT
LIBRARIES

CL	AWF.
DATE	6/7/01	PR	£7.86
LOC.	CS
NO.	2002828654

Argraffwyd yng Nghymru gan
Wasg Gomer, Llandysul, Ceredigion

1

CASGLU TRUGAREDDAU

'Anti Beti, odych chi moyn tafell o bwdin gwa'd 'da'r cig moch 'ma?' gwaeddodd Joyce o'r gegin.

'Beth?'

Ymateb Joyce i'r llais crynedig oedd rhuthro o'r gegin fach i'r gegin fyw gan chwifio'i chyllell yn yr awyr. Pwyntiodd yr erfyn i gyfeiriad yr hen wreigan fel petai honno ar fin bod ar y fwydlen ei hun.

'Odych chi moyn rhywbeth 'blaw bacwn, Anti Beti? Fe ddes i â phwdin gwa'd 'da fi . . . a wye . . . rhag ofan y licsech chi beth.'

'Na, dim diolch, bach. Sdim lot o whant dim byd arna i a gweud y gwir.'

'Wel! Ma'n rhaid ichi fyta'n ddeche,' mynnodd Joyce. 'Sa i'n mynd o'ma nes bo chi'n cliro'ch plât. Odych chi'n 'y nghlywed i? Achos nagw i'n bradu'n amser yn dod draw fan hyn i witho cino a chithe'n codi'ch trwyn arno fe. Odych chi'n deall?'

Heb oedi am ateb, troes yn ôl am y gegin fach yng nghefn y tŷ. Ond prin iddi gael cyfle i gyrraedd yno a tharo golwg ar y ddwy dafell o gig moch oedd ganddi'n ffrwtian yn y ffreipan, na chanodd cloch drws y ffrynt.

'Pwy ddiawl sy 'na nawr?' Camodd yn egnïol tua drws y ffrynt drachefn. Roedd hi ar fin ei agor pan gofiodd fod hen oferôl neilon ei modryb yn dal amdani. Datododd y botymau'n frysiog a thaflu'r dilledyn at y gadair ger y drws.

'Ie? Be chi moyn?' heriodd hi'r gŵr ifanc eiddil a safai ar y rhiniog.

'Mrs Elizabeth Hanbury?'

'Nage. Pwy sy'n holi?'

'S'mo chi'n nabod fi. Wy o'r Bwrdd Dŵr,' dechreuodd y dyn ar ei gelwyddau, gan wibio'i olygon i bob cyfeiriad, ar wahân i fyw llygaid Joyce. 'Ma' problem wedi bod gyda'r preshyr yn yr ardal 'ma. Wy wedi dod i tsheco'r taps. Ody Mrs Hanbury i mewn?'

'Sdim ishe iti fecso amdani hi, gwd boi. 'Da fi ti'n siarad nawr. 'I nith hi. Beth yw'r broblem?'

'Lan stâr,' dechreuodd y llanc drachefn. 'Bydd raid ifi fynd i weld . . .'

'Gweld beth?'

'Y stafell 'molchi ac yn y bla'n.'

'Shwt wyddet ti fod stafell 'molchi Anti Beti lan stâr? Lawr llawr ma'r rhan fwya yn y strydoedd hyn.'

'O! Wela i . . .' ffwndrodd y dyn yn lletchwith a dechrau ei throi hi am y glwyd. 'Mae'n flin 'da fi darfu arnoch chi.'

'Os o's problem ma'n well iti ddod mewn i'w datrys hi, on'd yw hi? Wedes i ddim fod bathrwm y tŷ 'ma lawr llawr, nawr do fe? Gofyn shwt wyddet ti 'i fod e lan stâr 'nes i. Fel mae'n digwydd, un ffysi iawn o'dd Wncwl Elwyn pan o'dd e byw. Y fe fynnodd fod toiled y tŷ 'ma'n mynd lan stâr.'

Wrth i'r dyn droi yn ôl drachefn i'w chyfeiriad, gafaelodd Joyce ynddo gerfydd ei fraich a'i lusgo dros y rhiniog. 'Gan iti ddod cyn belled, gystel iti neud jobyn iawn ohoni ddim,' meddai.

'Digon gwir,' atebodd yntau'n llipa. 'Af i jest lan i dreial y taps, 'te.'

'Un funud fach. Ble ma' dy gredensials di? S'mo Anti Beti yn fodlon i neb fynd lan y stâr 'na heb ddangos 'i gredensials gyntaf. Ddim ers i Wncwl Elwyn farw.'

'Joyce!' Daeth llais yr hen wraig i darfu arni. 'Wy'n gallu gwynto'r cig moch 'na'n llosgi.'

Rhuthrodd Joyce yn ôl ar hyd y pasej, yn fwrlwm o regfeydd a pheswch.

'Popeth yn iawn, Anti Beti.' Diffoddodd y tân o dan

y badell ffrio ac agorodd ddrws y cefn er mwyn clirio'r mwg. Yn sydyn, caewyd drws y ffrynt yn glep gan yr awel.

'Joyce! Ma' rhyw fynd a dod rhyfedd 'da ti mas fan'co . . .'

''Na ddigon o gonan, Anti Beti,' gwaeddodd Joyce i'w chyfeiriad yn chwyrn. 'Fydda i ddim whincad yn rhoi trefen ar y cino nawr. Newydd weud nad o'dd arnoch chi fowr o whant dim byd 'ych chi.'

Wrth weiddi o ddrws y gegin fach, sylwodd Joyce nad oedd golwg o'r gŵr ifanc. Troediodd yn dawel at waelod y stâr a dechreuodd eu dringo. Tua hanner ffordd lan, gallai weld y landin yn glir a'r pedwar drws a arweiniai oddi arno. Yn y fwyaf o'r ystafelloedd gwely, roedd y dyn ar ei gwrcwd yn turio'n ddyfal trwy ddroriau Anti Beti.

'Sa i'n credu y doi di o hyd i'r taps yn fan'na,' cyhoeddodd hithau mewn llais hyderus, cyn rhuthro i ben y grisiau a sefyll yn y drws.

'Na wnaf, gwlei!' ebe yntau'n od o ddiymadferth.

'Lleidr wyt ti, ife?' Caeodd Joyce ddrws yr ystafell ar ei hôl wrth holi.

Sythodd y dyn i'w lawn faint. Yn denau a siabi.

'Sori, Missus.'

'Mi fyddi di toc! O't ti'n meddwl 'mod i'n dwp neu rywbeth? Odw i'n dishgwl fel 'sen i wedi 'ngeni ddo'? Sdim golwg dyn sy'n gwitho arnat ti . . . i'r Bwrdd Dŵr nac i neb arall. Nag wyt ti'n gwbod nad o's shwt beth â Bwrdd Dŵr i ga'l bellach? Lle wyt ti'n byw, gwed? Nag wyt ti wedi clywed am breifateiddio? Pawb â'i siars yw hi rownd ffordd hyn nawr. Pawb yn gwbod yn gwmws beth yw beth.'

Cerddodd y gŵr yn heriol heibio'r gwely. Daliodd Joyce ei thir yn dalog wrth y drws.

Wrth y bwrdd gwisgo, oedodd yntau am ennyd, gan syllu ar y poteli bach henffasiwn o bersawr a safai yn rhes yno. Byseddodd y bwlyn bach gwydr ar ben ambell un. Gwenodd yn swil i gyfeiriad Joyce a chododd frws gwallt yn ei ddwrn.

'Clyw! Nagyw hen glwtyn llawr fel ti yn codi ofan arna i. Meddwl bod hen fenyw fach fusgrell yn byw fan hyn ar 'i phen 'i hunan wnest ti, gwlei! Un hawdd 'i thwyllo! Er mwyn iti gael dod i'r llofft fel hyn i ddwgyd popeth s'da hi! 'Na dy gêm di, sbo! Wel, mae'n dda o beth 'mod i 'ma, on'd yw hi? I roi stop ar dy gleme di.'

'Wy am fynd nawr,' cyhoeddodd y llanc yn lletchwith, gan ddod draw ati'n araf i geisio gwthio ei ffordd at y drws.

Cododd Joyce ei llaw i afael yn ei arddwrn ond sylweddolodd yn syth taw camgymeriad oedd hynny. Gwelodd y panig yn llorio'r llonyddwch yn llygaid y llanc. Clywodd gefn y brws yn taro'i thalcen a'r boen yn ei pharlysu am eiliad. Teimlodd ei ddwylo bach esgyrnog yn gafael yn ei hysgwyddau. A thaflwyd hi'n ddiseremoni ar y gwely.

'Wedes i bo fi'n mynd,' ebe yntau wrth agor y drws a rhuthro at y grisiau.

Ymdrechodd Joyce i godi ar ei thraed. Clywodd y brws yn cael ei daflu ar hyd y pasej a drws y ffrynt yn cael ei gau'n glep.

'Joyce! Beth yw'r holl stŵr 'ma? Ma' rhywun yn bangan drws y ffrynt drwy'r amser. A ma'r mwg 'ma'n codi peswch arna i, ferch! Nagwyt ti wedi anghofio amdana i gobitho. Wy'n dal i ddishgwl am 'y nghino, ti'n gwbod. A wy jest â llwgu!'

Casglodd Joyce weddill y cyfog yn y cadach heb wneud ymdrech yn y byd i guddio'i hatgasedd tuag at y drewdod. Yna plygodd dros sil y ffenestr lydan i'w hagor.

'Rhaid ca'l gwared ar y gwynt 'ma, Mr Davies,' ebe hi'n chwyrn wrth ei chlaf. 'Sdim ots 'da fi os 'ych chi jest â sythu.'

Llesgedd a chywilydd a gadwai'r dyn yn dawedog ynghanol hyn i gyd. Yn y gwely mawr y tu ôl i Joyce y gorweddai. Yr hyn a oedd ar ôl ohono. Ei ddannedd dodi ar y bwrdd bach ger y gwely, mewn gwydryn yn llawn dŵr a Dettol. Ei gof ar chwâl. A'i hunan-barch yn gelain.

Bu ganddo unwaith swydd o bwys mewn corfforaeth gyhoeddus. Rhedai ugeiniau o bobl i bob cyfeiriad ar ei orchymyn. Ond bellach, roedd ar drugaredd budreddi ei gorff ei hun. A'r unig beth a redai oedd ei drwyn.

'Beth am ddishgled fach o de?' cynigiodd Joyce. 'Na? Wel, ma' whant un arna i, ta beth!' Rhoddodd y cadach brwnt ar yr hambwrdd wrth ei phenelin a chariodd y cyfan o olwg y dyn.

Oedodd ar y landin. Roedd paneli pren yn gorchuddio'r waliau o'i chwmpas. A chlamp o ffenestr fawreddog, gyda border gwydr lliw tua modfedd o led o'i chwmpas, yn ei hwynebu. Cymerai hoe fach yno ryw ben bob dydd, i edmygu'r olygfa dros Fae Langland.

'Jiw! 'Na lwcus fuoch chi a Mrs Davies, yn ca'l byw fan hyn yn y tŷ mowr 'ma am yr holl flynydde 'na,' gwaeddodd Joyce i gyfeiriad y drws yr oedd hi newydd ei gau ar ei hôl. Gwyddai nad y golygfeydd allanol oedd yr unig bethau o werth yn Rose Villa. Roedd yno ddigon o wrthrychau eraill i ennyn cenfigen hefyd. Am yn ail ag edrych ar ôl y claf yn ei gofal, bu'n rhythu ar luniau a thapestrïau ac yn byseddu piwtar a phres. Yn nrôr gwaelod cist lychlyd yn y lleiaf o'r chwe ystafell wely, roedd hi wedi dod o hyd i bâr o gynfasau gwely o liain Gwyddelig yn dal yn eu gorchudd polythîn. Rhai gwyn. Yr unig liw y gallai hi gysgu ynddo'n dawel.

O'r holl ogoniannau o'i chwmpas, y gorau ganddi o ddigon oedd y llestri cain yn yr ystafell ginio. Tri maint gwahanol o blât. Chwech o bob maint. Tair dysgl ar gyfer llysiau. A thair jŵg saws. Dyna hyd a lled y rhyfeddod. A'r set gyfan wedi ei harddangos ar ddodrefnyn pwrpasol. Wyddai Joyce ddim pa mor hen oedd hi. Ond gallai weld enw'r gwneuthurwr enwog ar gefn pob darn. Patrwm hardd, fel niwl clasurol, oedd ar bob un. O liw bricsen. Gyda llinyn o aur go-iawn yn rhedeg trwyddo.

Ar wahân i'w chleifion, ni chymerai Joyce fel arfer fawr o ddiléit mewn hen betheuach bregus, brau, ond am ryw reswm gallai weld ei hun yn swpera oddi ar y llestri hyn. Neb arall gyda hi i gydwledda. Dim ond hyhi ei hun a'r llestri brown-goch.

Ar ôl camu i lawr y grisiau gosgeiddig, oedodd ennyd yn yr *hall* a throes i'r dde. Roedd drysau dwbl yr ystafell giniawa ar agor ac aeth Joyce i mewn, er mwyn cael loetran yng ngŵydd y llestri. Bron nad oedd y drewdod a godai o'r hambwrdd yn ddigon i ddihuno'r ystafell o'i thrymgwsg.

Doedd yno neb bellach i gymryd y gofal dyledus o'r tŷ. Dyna'r drwg. Dyna pam fod pwysau pydredd i'w deimlo'n llethu'r ystafell. Yn trechu'r tŷ. Pur anaml y deuai neb o blith teulu Mr Davies ar gyfyl Rose Villa. A hyd yn oed pan fyddai rhywrai yn galw, doedd yno wedyn fawr o'u hôl.

Gosododd Joyce yr hambwrdd i orffwys yn dawel ar ben y bwrdd o bren cnau Ffrengig. Camodd yn bwyllog at y cabinet agored. Cydiodd yn un o'r platiau mwyaf a'i godi'n uchel uwch ei phen yn ddefodol, cyn ei fwrw'n galed yn erbyn cornel cefn un o'r cadeiriau. Fe dorrodd yn ddarnau, wrth reswm. Ond teilchioni tawel oedd hwn. A syllodd y fenyw ar y difrod yn od o ddiemosiwn. Pe byth y gofynnid iddi am y plât, byddai'n pledio anwybodaeth, gan adael i bawb dybio iddo lithro o'i le ohono'i hun. Gadawodd y darnau yn yr union le y disgynnon nhw ar y llawr pren.

Cododd yr hambwrdd drachefn ac aeth yn ei blaen i'r gegin. Rhoddodd degell i ferwi ar gyfer te. A rhoes y cadach cyfoglyd yng ngwlych yn y sinc.

Anaml iawn yr âi Joyce i angladdau ei chwsmeriaid ac ni allai Mr Davies gymryd unrhyw gysur o'r ffaith ei bod hi yno'r diwrnod hwnnw y cafodd ef ei gladdu.

Doedd ganddi ddim byd gwell i'w wneud. Dyna i gyd. Dim mwy. Dim llai. Ac roedd Marlene, oedd yn rhedeg yr asiantaeth nyrsio a yrrai Joyce ar ei theithiau trugarog, yn gobeithio y byddai ei gweld hi ymysg y galarwyr yn atgoffa'r teulu fod y bil yn dal heb ei dalu'n llawn. (Doedd dim yn waeth gan honno na phobl yn marw cyn taro'u henwau ar y siec briodol.)

Cymerodd Joyce ei lle yn un o'r corau yng nghefn yr amlosgfa. Gwŷr busnes diserch a chynrychiolwyr gwahanol gyrff cyhoeddus oedd o'i chwmpas. Rheini'n mân siarad, am yn ail ag edrych ar eu garddyrnau a throelli taflenni Trefn y Gwasanaeth rhwng eu bysedd. Hi oedd yr unig un i leddfu'r diflastod trwy roi losin yn ei cheg. Un gwyrdd, mawr, melys. I ladd blas yr aros.

Yna, yn sydyn, lledodd gwên fawr fuddugoliaethus dros ei hwyneb. Doedd arni ots yn y byd pwy a'i gwelai. Roedd hi wedi adnabod y crwt yn syth.

Rai eiliadau ynghynt, fel pawb arall, roedd hi wedi codi i'w thraed pan gyrhaeddodd yr arch, gan droi ei phen i'r dde, mewn cyfuniad o barch a chwilfrydedd. (Yr unig bryd y cerddai teuluoedd yn gytûn oedd y tu ôl i arch, meddyliodd.) Fesul dau y cerddai'r galarwyr. Yn fintai ddu. Ac yn eu mysg, dyna lle'r oedd e! Y dyn ifanc hwnnw dwyllodd ei ffordd i dŷ Anti Beti y dydd o'r blaen.

Cadwodd lygad barcud arno. Ei ysgwyddau'n gwargamu fymryn. Ei wyneb yn welw o ddifater. Am nad oedd digon o alar yn ei galon, tybiodd Joyce. Wrth ei ymyl, cerddai gwraig fach ffyslyd yr olwg, yn lledaenu *germs* fel petaen nhw'n gonffeti trwy chwifio rhyw hances boced fechan yn chwerthinllyd o ddibwrpas o dan ei thrwyn. Gwisgai het a oedd yn rhy fawr i'w phen. Ac roedd ei phen, yn ei dro, yn rhy fawr i'w chorff.

Cyrhaeddodd yr osgordd y seddau blaen a dechreuodd y ddefod.

''Co ni'n cwrdd 'to,' cyhoeddodd Joyce.

Fel gweddill y gynulleidfa, roedd hi wedi cerdded yn araf o gysgod yr amlosgfa. Gan aros ei chyfle. Ar y lawnt gerllaw, safai pawb yn glwstwr o glecs o hyd. Rhai'n ysgwyd llaw. Eraill yn esgus edrych ar y blodau. Cyn i Joyce fynd draw ato, bu'r dyn yn sefyll yn lletchwith ar y cyrion am funud neu ddwy. Ei freichiau wedi eu plethu ar draws ei frest, cyn iddo roi ei ddwylo yn ei bocedi neu gribo'i wallt du â'i fysedd.

'Hylô!'

O'i ymateb, ni allai Joyce benderfynu a oedd wedi bod yn ymwybodol o'i phresenoldeb cyn hyn ai peidio. Doedd hi ddim hyd yn oed yn siŵr a oedd e'n ei chofio.

'Sdim modd dianc heddi, o's e?'

'Be?'

'Paid â gweud dy fod ti wedi anghofio am Anti Beti a'r Bwrdd Dŵr!' Gallai Joyce ei weld yn anesmwytho wrth iddi siarad. Troes ei ben at y blodau a oedd wedi eu trefnu ar hyd y llawr. 'Paid â gweud nad wyt ti'n 'y nghofio i!' aeth Joyce yn ei blaen. 'Nawr, paid â rhedeg bant! Dim ond tynnu sylw atat dy hunan 'nei di. Aros fan hyn i gael gair bach 'da fi. Dyna fydde ore.'

'Be chi moyn?'

'Talu'r gymwynas ola, yntefe? Angladd barchus iawn, nag wyt ti'n meddwl?'

'Pwy ych chi, 'te?'

'Sister Rogers,' cyflwynodd Joyce ei hun. 'Fi fuodd yn edrych ar ôl yr hen foi dros yr wythnose diwetha 'ma. Gofalu nad o'dd e'n trochi gormod ar 'i hunan. Nad o'dd siawns iddo gwmpo lawr y stâr. 'I fod e'n cymryd yr holl dabledi 'na o'dd y doctor wedi'u rhoi iddo fe. Llyncu pob diferyn o'i foddion. Un stwbwrn o'dd e, cofia! Mr Davies. Gwrthod ildio'r tŷ 'na i neb. Mynnu aros fan'na a fynte wedi cael cynnig lle 'da Mrs Davies yn yr *home* 'na ro'ch chi'r perthnase wedi bod mor garedig â cha'l gafel arno. Gormod o bethe gwerthfawr 'dag e, medde fe. Gormod o ddwylo blewog o fewn y tylw'th. Ond gadel popeth 'nath e yn y diwedd, serch 'ny. Fel'na y gweli di hi yn ddieithriad. Perthyn yn agos iddo fe, o't ti?'

'Nai,' atebodd y dyn yn ufudd.

'Jiw! Jiw! Mor agos â 'ny! A finne wedi credu taw rhyw ddeilen frith o un o ganghenne pella'r teulu o't ti.'

'Ma' Mam yn whâr i Wncwl David.'

'Gwed ti! Ma'n rhaid dy fod ti werth cinog neu ddwy, 'te?'

'Weden i mo 'ny.'

'Na 'nelet, gwlei. Ond gwed hyn wrtha i, 'te: be sy'n neud i rywun fel ti drial dwgyd ambell drysor cinog a dime oddi ar hen wragedd fel Anti Beti? Ateb 'na i fi.'

'Wy'n flin! Wir. Wy'n flin!' ffwndrodd y dyn, gan geisio ymlusgo'n ôl i gysgod y dorf fechan.

'Be sy'n bod arnat ti, grwt? Jest gwed y gwir wrtha i. Wyt ti ar ddrygs?'

'Na,' atebodd y dyn yn gadarn, fel petai'n ffieiddio'r fath ensyniad. Am y tro cyntaf ers iddi ddod draw ato, edrychodd i fyw llygaid Joyce, gan ei herio i ailadrodd y fath gamsyniad.

'Be sy, 'te? Lico twyllo wyt ti? Cael cic o wynt hen fenywod?'

'Chi'n sâl ych meddwl, 'ych chi'n gwbod 'ny?' protestiodd y dyn yn sarhaus.

'O! Wy'n gweld. Jest y dwyn sy'n dy ddenu di, ife? Y pleser o ga'l dy ddwylo meddal, glân ar drugaredde pobol erill?'

''Wedwch chi ddim wrth Mam, 'newch chi?'

''Na pwy yw'r cwdyn gwynt 'na o'dd yn ishte wrth dy ymyl di, ife?' Amneidiodd Joyce i gyfeiriad yr het wrth siarad. 'Na. Paid â phoeni. Weda i'r un gair wrthi. Nac wrth neb arall o ran 'ny. Ti'n gweld, walle y gallwn ni fod o help i'n gilydd. Pwy a ŵyr, yntefe?'

'Be chi'n 'i feddwl?'

'Wel! Twyllo hen bobol yw dy bethe di. A mynd i'w cartrefi nhw i ddishgwl ar 'u hôl nhw yw 'mhethe inne. Mae e'n waith i fi, wrth gwrs. Nage jyst hobi. Wy'n wahanol i ti yn hynny o beth ond, ar ddiwedd y dydd, 'yn ni'n dou ar yr un trywydd. Pan ma'r *agency*'n ffono, wy'n mynd. Rownd Abertawe. Bro Gŵyr. Lan Cwm Tawe. Draw i Lanelli ambell waith. Neu i Bort Talbot. Rhywle lled gyfleus. Nagw i moyn teithio 'mhell.'

'Sa i moyn gwbod rhagor . . .'

'O, wy'n credu dy fod ti, 'y machgen gwyn i! Lle mae hen bobol unig, musgrell a chyfoethog, mae 'na hefyd lot o bethe pert. Nagyw'r bobol 'u hunen yn bert, wrth gwrs. Fel arfer, ma' nhw'n salw fel pechod ac yn fwy na pharod i fynd i'w hateb erbyn i fi ddod ar 'u cyfyl nhw. Ond ma' nhw wedi'u hamgylchynu gan werth oes o drugaredde. Lled braich wywedig o'u gafel nhw, yn amlach na ph'ido. Ond o'u bythdi nhw ym mhob man, serch 'ny. Fan'ny. Yn 'u tai nhw. Gwerth o's o gasglu. A'r blydi lot yn ca'l 'i adel ar 'i ôl.'

'Chi'n *sick*, chi'n gwbod 'ny?'

'Tri pheth sy'n gyffredin i 'nghleients i fel arfer. Ma' nhw'n sal. Ma' nhw'n byw ar 'u penne 'u hunen. A ma' digon o arian 'da nhw i dalu am 'y ngwasaneth i . . .'

'Rhys, dere draw i gwrdd â dy hen Wncwl Ron o Awstralia. Nagyw e wedi dy weld di ers blynydde . . . ddim ers pan o't ti'n fabi.' Torrodd gwaedd y wraig ar draws y sgwrs a throdd Rhys a Joyce eu golygon tuag ati. Roedd hi'n chwifio ei llaw (ddineisied) a bu bron iddi faglu dros un o'r torchau dan draed.

'Y nyrs yw hon,' ebe Rhys ar frys. 'Nyrs ola Wncwl David.'

'Sister Rogers yw'r enw. Shwt 'ych chi?'

'Shwt 'ych chi?' ailadroddodd y fam heb dalu iot o sylw. 'Nawr, dere draw fan hyn, bach. Ma' Wncwl Ron bron â marw ishe cwrdd â ti 'to. Y tro diwetha welodd e ti, yn ôl y sôn, o't ti'n borcyn yn y bàth 'da Mami'n whare *battleships* 'da ti yn y dŵr . . .'

Tynnwyd Rhys o afael Joyce gan y bwten fach ddu gyda'r benwisg biws. Ar ôl iddynt fynd, ymbalfalodd hithau ym mhocedi ei chot am un o'i chardiau busnes a phan dybiodd ei bod hi'n funud gyfleus, cerddodd draw ato drachefn, gan ei dynnu'n dawel, gerfydd ei benelin, o gwmni ei fam a'r Antipodead cegog.

'Cymer hon,' meddai'n hynaws, gan stwffio'r garden i boced brest ei got. 'A chofia roi galwad imi toc. O fewn y tridie nesa fydde ore. Wy'n digwydd bod gartre ar y funud. Rhwng cleifion. Wyt ti'n deall?'

'Ffonio? Ych ffonio chi?'

'Ie, 'na fe. Neu fe allen i gofio yn lle wy wedi dy weld di o'r bla'n a galw'r heddlu. Wyt ti'n gweld be s'da fi?'

'O'r gore. Wy'n gweld.'

'Lyfli dy weld di 'to. A chofia be wedes i nawr. Mi fydda i'n dishgwl galwad. Ac wy'n siŵr o dy gofio di at Anti Beti.' Wrth ymadael, troes Joyce drachefn i ysgwyd ei law. 'W! Ac un peth bach arall. Nagw i wedi estyn 'y nghydymdeimladau. Dyn bach net o'dd dy Wncwl David di yn 'i ddydd, synnen i ddim. Ond jawl, o'dd e wedi mynd yn bo'n! Dim ond conan o fore gwyn tan nos. Mi fuodd hi'n bleser ca'l stwffo'r moddion 'na lawr 'i lwnc e am y tro ola. A stwffo'r *cotton wool* 'na lan 'i din e pan o'dd y cyfan drosodd.'

Dwy funud yn ddiweddarach roedd hi'n gwrando ar Radio 2 yn ei char ac yn morio canu wrth yrru'n ôl i'w fflat fach siabi yn Townhill.

Safai dau ddyn wrth ddrws ei fflat.

'Ga i ddod â'n ffrind sbeshyl 'da fi?' fu cwestiwn y dyn ar y ffôn, lai na hanner awr ynghynt.

Roedd hithau wedi cytuno. A dyna lle safai'r ddau. Rhys, y gwehil gwreiddiol. A'i 'ffrind sbeshyl', oedd yn dalach, lletach a mwy gosgeiddig nag ef ei hun.

'Seth,' cyflwynodd hwnnw'i hun yn hyderus, gan estyn ei law mewn ffordd nad oedd modd i Joyce ei gwrthod. 'Fi yw brêns y berthynas 'ma. Gewn ni ddod i mewn?' Wrth ofyn, fe gamodd dros y rhiniog. Ei ysgwyddau cydnerth yn ei gorfodi hi i gamu'n ôl fymryn.

'Ie. Dyna fydde ore. Nag'yn ni moyn i bawb glywed yn busnes ni, odyn ni?' Caeodd Joyce y drws ar ôl y ddau ddyn. 'Fel y gwelwch chi, dyw e fowr o le, y fflat 'ma. Ond dyma i gyd alla i 'i fforddio, gwaetha'r modd.'

'Ma' nhw'n ddyddie blin, Sister Rogers,' ebe Seth yn awdurdodol. 'Wy'n deall taw 'na shwt 'ych chi'n lico ca'l ych cyfarch. Sister Rogers? Odw i'n iawn?'

'Dim ond gan 'y mhesiynts,' eglurodd Joyce. 'Wy'n mynnu hynny ganddyn nhw, sdim ots pa mor wael 'yn nhw. Mae e'n gwneud yn eglur o'r dechre 'da pwy fydd y gair ola. Nag'ych chi'n cytuno?'

'Dyna beth wedodd Rhys fan hyn wrtha i. Menyw sy'n gadel dim amheuaeth ynglŷn â phwy sy'n mynd i ga'l y gair ola. 'Na shwt un yw Sister Rogers.'

'Mae'n amlwg fod y crwt yn gallu gweld ymhell . . .'

'Weden i mo 'na! Ond mae e'n gallu darllen. Ac wedi'r cwbwl, ma'ch cymwystere chi i gyd ar y garden 'na roioch chi i Rhys pa ddiwrnod, yn yr angladd,' eglurodd Seth. 'Dim ond menyw go benderfynol fydde'n hysbysebu'i hunan mor drwyadl. Ma' popeth ond ych tystysgrife nofio chi ar y garden 'na.'

'Mowredd dad! 'Na un haerllug 'ych chi!'

'A Rhys fan hyn wedodd ych bod chi wedi cyflwyno'ch hun i'w fam fel Sister Rogers.'

19

'Wel! Pwy a ŵyr? Walle y bydd honno'n besiynt ifi un dydd,' atebodd Joyce. 'Os taw Rhys yw 'i hunig blentyn hi, mi fydd angen rhyw ymgeledd ar y pŵr dab yn 'i henaint. S'mo chi'n cytuno, Seth? Nagw i'n gweld hwn yn trochi rhyw lawer ar 'i ddwylo yn dishgwl ar 'i hôl hi.'

Chwarddodd Seth yn harti, wrth estyn dyrnod chwareus i frest y dyn arall. 'Ta beth wyt ti'n feddwl ohoni,' meddai wrtho, 'ma' hon wedi gweld trwyddot ti, reit i wala!'

'Wedes i 'i bod hi'n uffarn o fenyw,' cytunodd Rhys yn lletchwith.

'Cymrwch sedd,' cymhellodd Joyce. 'Y soffa 'co fydd fwya cysurus ichi. Eisteddwch . . . i weld be feddyliwch chi. Nagw i'n gallu fforddio celfi gwell na hyn, wy'n flin. Ddim ar gyflog nyrs.'

'Ddylech chi ddim teimlo cwilydd,' sicrhaodd Seth hi'n dadol. 'Cymdeithas gyfan sydd ar fai. Y gwerthodd anghywir. Safone'n rhemp.'

'Dyna'n gwmws fel y bydda inne'n teimlo. A whare teg, dyw telere'r *agency* ddim yn rhy ffôl. Ddim pan gymharwch chi 'da'r ysbytai. O'n i'n ennill llai fyth yn Nhreforys slawer dydd.'

''Na'r Gwasaneth Iechyd ichi! Sdim ots pa liw llywodreth.'

Roedd Seth wedi gwneud sioe o eistedd, gan dwtio'r clustogau cyn gwneud, a bownsio i fyny ac i lawr ar ôl gwneud. Dilyn yn daeog wnaeth Rhys, gan rwbio cefn ei law ar ei drwyn cyn ceisio cuddio mewn cornel.

''Sen i'n lico cynnig drinc i'r ddou ohonoch chi,' ebe Joyce, 'ond nagw i'n gwbod beth ma' cryts ifenc fel chi'n 'i yfed y dyddie hyn.'

'Fe 'neith dished o de yn iawn, diolch yn fowr. Yn 'neith hi, Rhys?'

'Ie! Rhwbeth! Diolch,' cytunodd hwnnw'n lletchwith.

'Mae e'n gwneud shwt *change* i Rhys a fi ga'l yn trin fel hyn, s'da chi ddim syniad! On'd yw e'n *change*, Rhys? Gallu ishte lawr yn waredd 'da dished o de a cha'l yn trin 'da chydig bach o barch yng nghartre rhywun sy â rhyw glem ar shwt ma' bihafio.'

'O, ie?' ebychodd Joyce yn sinigaidd.

'S'mo mam Rhys yn fodlon 'y ngadel i i mewn i'w thŷ hi, chi'n gwbod? Mae'n meddwl 'mod i'n ddylanwad drwg arnat ti, on'd yw hi?' cyfeiriodd Seth ei sylwadau olaf at ei gymar. 'Wy'n credu'n hunan 'mod i wedi colli mas drwy b'ido cael y cyfle, yn awr ac yn y man, i ishte i lawr i gael dished o de a bihafio'n ddeche yng nghwmni menyw aeddfed . . .'

'Hei! Watsha di be ti'n 'i weud. Nagw i'n ddeugen 'to. Nawr, wnewch chi'ch dou ych hunen yn gysurus, 'na fechgyn da. Af inne i roi'r tegell i ferwi.'

Newydd gamu trwodd i'r gegin fechan gyferbyn â'r soffa oedd Joyce pan gododd Seth a dod i sefyll y tu cefn iddi, gan lenwi ffrâm y drws â'i gorff.

'Nid cryts 'yn ni, chi'n gwbod,' meddai wrthi'n ddifrifol. 'Nid bechgyn bach diniwed sydd wedi dod i ga'l te gyda'u bopa heddi. Ry'ch chi'n sylweddoli 'na, gobitho?'

'Nag o'n i'n credu 'na am funud. Ishte i lawr, Seth bach. Gewn ni siarad mewn munud.'

'Na. Ma'n well 'da fi sefyll am y tro. Ma'n bwysig ca'l y pethe 'ma'n glir o'r dechre. Ma'n bwysig ych bod chi'n gwbod 'da phwy 'ych chi'n delio. Sa i moyn ichi ga'l lo's.'

'Pa lo's? Nag wyt ti wedi clywed be s'da fi mewn golwg 'to.'

'Ma' Rhys yn saith ar hugen, chi'n gwbod? Ar

waetha'r olwg fach eiddil sy arno fe. Ti'n saith ar hugen, on'd wyt ti, bach?'

'Odw,' daeth y cadarnhad o'r soffa.

'Winne'n un ar hugen, bron. Gyda'n gilydd ry'n ni'n ddigon hen i rwbeth.'

'Felly ro'n i'n casglu,' cytunodd Joyce yn bwyllog. Doedd fiw iddi symud yn rhy gyflym. Pwyll oedd piau hi. Aeth i estyn tair soser a thri chwpan, pan fynnodd Seth ei helpu.

'At y rhain 'ych chi'n estyn?' gofynnodd.

'Dyna ti.'

''Ma' lestri henffasiwn!'

'Wel, tlawd ydw i, fel wedes i wrthot ti a Macnabs gynne fach.'

'Ond go brin taw rhain yw'ch llestri gore chi.'

'Ie, fel mae'n digwydd,' ffromodd Joyce. Cymerodd y cwpanau a'r soseri o law'r dyn a dododd nhw'n barod ar gyfer y te.

'Gwarthus o beth! Cadw nyrsys mor dlawd!'

'Dyna pam o'n i am i Rhys alw heddi. Meddwl falle y galle fe fod o help i fi wella tipyn ar 'y myd.'

'Rhys? Odych chi'n meddwl y gall e fod o help ichi? Un di-glem yw e ar y gore. Fe ddylech chi wbod 'ny'n barod, yn ôl be wy'n 'i gasglu. O'r funud gwrddes i ag e, wy wedi dysgu bod angen cyfarwyddo'r crwt i neud y peth symla.'

'Fe alla i gredu 'ny,' chwarddodd Joyce yn sbeitlyd, gan droi at Rhys i weld beth oedd ei ymateb i hyn oll. Eistedd yn bwdlyd ar y soffa oedd e, yn sugno'i fawd. 'Wyt ti'n meddwl y licse fe fisgïen siocled? Ma' 'da fi rai yn rhywle.'

'Na. Mae 'i fam yn 'i fradu fe ddigon fel mae. Ond fe gymrith docyn o fara a Marmite.'

'Marmite?'

'Ie. Mae e'n dwlu ar y stwff.'

'Wel! S'da fi ddim yn y tŷ, sa i'n credu. Be amdanat ti? Bisgïen?'

'Dim diolch. Wy'n gorffod dishgwl ar ôl y corff 'ma.'

'Wy'n gallu gweld fod siâp go dda arnat ti.'

'Falch ych bod chi wedi sylwi, Sister Rogers. 'Sen i ddim yn lico meddwl fod natur wedi bod yn hael wrtha i a chithe ddim yn sylwi.'

'Galw fi'n Joyce, da ti. Wy'n gallu gweld y down ni'n dou mla'n yn net. A 'na falch odw i fod 'na rywun ar gael sy'n gallu ffrwyno'r Rhys 'ma. Heb rywun fel ti fe alle hwn fod yn grwtyn drwg dros ben. Glywest ti shwt gwrddon ni, gwlei?'

'O, do! Ma' cymint o gwilydd arna i, Joyce. Hen dric cas.'

'A fynte mor ddi-glem.'

'Yn gwmws! Dyna beth wedes inne hefyd. Nagw i'n gwbod be dda'th dros 'i ben e. Mynd mas i drial ennill cinog neu ddwy fel 'na, heb yngan gair wrtha i ymlan llaw. Trial bod yn glyfar o'dd e, rhwntoch chi a fi. Mae e'n lwcus iawn taw chi dda'th e ar 'i thraws. Rhywun o'r un anian . . .'

'Nag wyt ti'n 'y nghymaru i 'da fe, gobitho. Do'dd e ddim hyd yn o'd yn gwbod fod y Bwrdd Dŵr wedi mynd.'

'Dim diléit mewn materion cyfoes, chi'n gweld. Twpsyn. Dyna be wyt ti withe, yntefe, Rhys?' Cytunodd hwnnw trwy ysgwyd ei ben, heb yngan gair. 'Dyw e ddim mor glou ar y ciw-tî â chi a fi. Gredwch chi byth, ond chi'n gwbod taw fi ddysgodd bopeth mae e'n wbod am *safe sex* iddo fe. Fe yw'r hyna. 'Sech chi'n dishgwl taw fel arall o'dd hi.'

'Anghyfrifol tost wy'n galw peth fel'na. Gobitho fod cwilydd arnat ti wrth glywed hyn i gyd,' ebe Joyce wrth Rhys. 'Nago's ryfedd yn y byd bod dy bartner di fan hyn yn barod am ddished o de. Rhaid fod 'i nyrfs e'n ffradach, yn dodi lan 'da ti a dy gleme.'

'Peidwch â bod yn rhy llawdrwm arno fe,' mynnodd Seth. 'Mae e wedi ca'l 'i gosb, chi'n gwbod . . . am godi ofan arnoch chi a'ch anti fel'na.'

'Do fe nawr!'

'Rhwnto fi a fe ma' 'ny. Chi'n deall? Mae e'n hapus ddigon yn 'i ffordd 'i hunan. On'd wyt ti, Rhys? Yr unig ofid mowr sy 'dag e yw na all e roi mab neu ferch i fi.'

'Hy! Meddet ti!' daeth y llais heriol o gyfeiriad y soffa.

'Nagyw e'n swnio fel 'se fe'n poeni rhyw lawer am dy adel di lawr ar gownt 'ny.' Wrth sawru goruchaf-iaeth yng ngeiriau Rhys, sarnodd Joyce ei sbeit i gyfeiriad Seth gyda gwên. 'Ti blannodd rhyw hen syniad hanner call a dwl fel'na yn 'i ben e, gwlei!'

'Fydden i mor dwp â phlannu dim mewn tir mor ddiffrwyth â'r ardd blawd llif 'na sydd ym mhenglog hwn?' oedd ateb parod Seth.

'Na,' chwarddodd Joyce, braidd yn siomedig. 'Ti sy'n iawn, sbo!'

'Nawr, ma'ch tir chi'n fater gwahanol, mi alla i weld.' Edrychodd Seth arni'n awgrymog, o'i chorun i'w thraed. Y gweniaith ar ei dafod yn gydymaith sardonig i'r gwatwar yn ei lygaid. 'Daear ir, weden i. Odw i'n iawn? Yn y pen 'na s'da chi? Yn y cnawd?'

''Na ddigon ar y dwli 'ma . . .'

'Neb ers peth amser wedi 'styried y corff 'ma sydd o mla'n i fel gardd, mi alla i weld,' cynigiodd Seth.

'Erio'd, walle? Neb wedi gweld fod crud yn y bola 'na. Wy'n iawn, on'd odw i?'

'Paid ti neud hwyl am 'y mhen i, grwt . . .'

'Peidwch chithe â diystyru'n awgrymiade inne. Nagyw'r ffaith fod syniad wedi 'nharo i cyn iddo'ch taro chi yn golygu nad yw e'n syniad gwerth 'i 'styried. Wy'n barod i wrando'n ofalus ar ych cynnig chi. Rhaid i chithe fod yn barod i wrando arna i . . .'

'Wy'n rhy hen i rai o dy gwafers di . . .'

'Mae'n gynnar 'to, ond pwy a ŵyr pa anturiaethe ddaw i'ch rhan chi trwy ddod i fusnes 'da ni'n dou.'

'Ti'n whare plant . . .'

'Nage whare yw planta . . .'

'Wy'n rhy hen i 'ny. Wedi hen roi lan meddwl am y posibilrwydd . . .'

'Ond ma'r groth yn dal yn iach, mi fentra i swllt.'

'Ti'n gwbod dim amdani.'

'Am be? Am y groth? Am swllt?'

'Sa i'n gwbod am be ti'n sôn!'

'Ma' 'nghof i'n mynd yn ôl ymhellach na fydde neb yn 'i freuddwydio . . . On'd yw e, Rhys? Heibio swllt. Heibio dime. 'Nôl at grot.'

'Alla i byth â gweud,' oedd yr ateb mwys ddaeth o'r soffa.

'Nagyw e'n gwbod lle mae e arni, chi'n gweld,' dadansoddodd Seth yn hawddgar. 'Dim clem am arian. Na *sex*. Na gwleidyddieth. 'Na'i drafferth mawr e. Dim cyfrifoldebe. Dim plant. Dim angor.'

'Wy moyn beth ma' Seth moyn.'

''Na fe, chi'n gweld, Joyce! Wy wedi'i ga'l e i gydsynio o'r diwedd.'

Ceisiodd Joyce ganolbwyntio drachefn ar y te. Roedd y briwsion dail yn eu bagiau yn bwrw ffrwyth yn y tebot ar ben y sinc. Doedd hi ddim am fwy o gellwair. Dyheai am eiriau y gallai uniaethu â nhw. Trafodaeth y gallai hi ei rheoli.

'Rhys, dere 'ma!' gorchmynnodd Seth y tu cefn iddi. Troes hithau yn ei dryswch. A dyna lle'r oedd Rhys yn codi o'i sedd ac yn dod draw i sefyll yn stond yn ymyl ei gymar.

'Be sy?' gofynnodd.

'Dim byd, bach,' eglurodd Seth. 'Dim ond 'mod i am i Joyce fan hyn ga'l gweld trosti'i hun mor ufudd wyt ti'n gallu bod.' Ac ar hynny, cododd ei law a'i thynnu'n dyner trwy wallt y dyn, fel petai'n anwylo ci.

Crechwenodd Joyce ac arllwysodd y te.

Cododd Rhys beint wrth y bar ac aeth i gornel dywyll i lymeitian ar ei ben ei hun. A'r sgyrsiau y bu'n rhan ohonynt eisoes heddiw yn troi yn ei ben.

Cael hel pethau cain i'w thŷ oedd dymuniad Joyce, mae'n amlwg. Hynny yn y diwedd fu hyd a lled eu sgwrs. Hen ddiléit hawdd ei ddilorni.

'Fydd e ddim fel blacmel,' fu ymresymu Seth wrth iddo yrru'r fan o gyffiniau'r fflat rai oriau ynghynt. 'Wy'n gwbod taw fel'na o'dd hi am inni weld y trefniant, ond fe allwn ni fforddio gadel iddi hi feddwl 'ny, achos fe ofala i ein bod ni'n godro'r sefyllfa er 'yn lles 'yn hunen, paid ti â phoeni.'

'Nagw i moyn dwyn llestri a phethe dwl fel'na. Dim er mwyn honna, ta beth.'

'Mae'n lico meddwl 'i bod hi'n drech na ni. Y gall hi fynd at yr heddlu ynglŷn â'r busnes 'na yn nhŷ 'i modryb. Ond wrth i'r wythnose fynd heibo fe eith y bygythiad 'na'n gwbwl ddiwerth. Nagwyt ti'n gweld 'na, Rhys? Ac yn y cyfamser, fe fydd hi'n gwneud 'yn gwaith cartre droston ni. Dim ond inni adel digon o amser rhwng 'i bod hi'n cwpla'i nyrso a bod ni'n torri i mewn i'r tai, ddaw neb byth i neud y cysylltiad.'

'Er mwyn set o lestri cino o dŷ Wncwl David?'

'Dim ond dechre fydd 'ny! A dim ond rhan o'r dwyn fydd y blydi llestri! Mater bach fydd 'i chadw hi'n *sweet*. Popeth arall ddwgwn ni, ni fydd pia fe. I'w werthu fel 'yn ni moyn.'

'Wy'n flin na wnes i fwrw'r ast yn galetach 'da'r brws 'na. Bydde 'ny wedi cadw'i cheg hi 'nghau go iawn.'

Dros ginio fu'r ail sgwrs. Seth wedi'i ollwng e ger tŷ ei fam. A'r newyddion fod Wncwl Ron wedi penderfynu aros am sbel yn hen wlad ei dadau wedi ei arllwys fel saws sur haniaethol dros y siarad. Tra bod grefi dyfrllyd ei fam wedi ei arllwys yn ddiflastod diriaethol dros y bwyd.

Diolch byth am chwerwder peint. Claddodd Rhys ei drwyn yn yr ewyn a drachtiodd ei gwrw'n awchus, am yn ail ag edrych ar ei oriawr. Roedd Seth yn hwyr.

Yn sydyn, tra oedd e'n eistedd yno'n ddiniwed yr olwg, daeth dieithryn ato a sibrwd yn ei glust. Roedd gwynt drwg ar anadl y dyn a phecyn bach plastig ar gledr ei law. Cynigiodd hwnnw i Rhys. Ond dywedodd Rhys wrtho am fynd i ddiawl. Fe hoffai siarad yn blaen â phobl weithiau. Fel petai e'n ddyn i gyd.

Claddodd ei drwyn eilwaith yn ewyn ei beint a chafodd rhyw ryddhad o weld y dihiryn yn encilio. Ond o fewn munud neu ddwy, daeth rhywun arall ar ei ofyn. Gwraig ganol-oed yn gwisgo lifrai Byddin yr Iachawdwriaeth. Roedd ganddi gopïau o'r *War Cry* yn bentwr dros ei braich chwith a blwch plastig, crwn yn ei llaw dde.

'Hoffech chi gefnogi'n gwaith ni trwy brynu copi?' gofynnodd.

Cododd Rhys ei lygaid i syllu'n ôl ar ei rhythu ymbilgar. Doedd ganddi ddim colur ar ei hwyneb. Dim ond gwên a deisyf.

Ysgydwodd ei ben yn ddifater arni ac aeth hithau yn ei blaen i'r bwrdd nesaf, lle cafodd fwy o lwc. Cadwodd ei lygaid arni'n gyfrwys wrth iddi fynd o gwmpas y dafarn. Gwyddai hon am bob twll a chornel yno, mae'n amlwg, a synnai Rhys faint o yfwyr yr hwyr brynhawn oedd ag arian i'w wastraffu ar ei phapur.

Llyncodd dalpiau helaeth o'i gwrw am yn ail â syllu arni'n slei. A phan oedd y wraig yn nesu at y drws i adael, cododd yntau ar ei draed er mwyn gallu dilyn yn dynn wrth ei chwt.

Arweiniai llwybr caregog cul o'r drws ar dalcen y dafarn i'r lôn. Cyn i'r milwr canol-oed gael cyfle i gyrraedd y gornel, rhuthrodd Rhys arni o'r tu cefn, gan gydio ynddi gerfydd ei hysgwyddau a'i gwthio yn erbyn y wal. Ochneidio'n unig wnaeth y wraig heb allu sgrechian na bloeddio am help. Gwaedd fud y *War Cry* yn llithro o'i gafael oedd yr unig sŵn a ddaeth o'r fan.

'Cym on! Cym on!' mynnodd Rhys wrth iddo ddechrau colli rheolaeth arno'i hun. Yn wahanol i'r papurau newydd, roedd llinynnau'r bocs plastig crwn wedi aros yn dynn yn nwrn y wraig.

Yn sydyn, dihangodd y nerth o'i phengliniau a disgynnodd ar ei chwrcwd i'r llawr. Llithrodd y blwch o'i gafael a chafodd Rhys ei fachau ar hwnnw heb orfod cyffwrdd ynddi hi ymhellach.

Safodd yno mewn llesmair, gan edrych i lawr arni. Crynodd fymryn wrth ei gweld. Yn ddisymwth, sylwodd ar sŵn yr arian yn ysgwyd yn ei ddwrn. Gwelodd lun y trueiniaid diymadferth oedd wedi eu lledaenu rownd y bocs. Fe fyddai hon a frwydrai am ei gwynt wrth ei draed yn dod o hyd i'w llais unrhyw eiliad, tybiodd. Roedd hi eisoes yn stŵr i gyd. Ei sniffian ar fin troi'n sgrech. Bu bron iddo estyn cic i'w phen am iddi feiddio troi ei llygaid i edrych arno. Ond achubwyd y wraig rhag hynny pan drodd dau ddyn y gornel.

Rhuthrodd Rhys rhyngddynt cyn iddyn nhw gael cyfle i sylweddoli beth oedd newydd ddigwydd.

Toc, roedd wedi ymgolli ymysg y siopwyr. Gyda'r blwch crwn ynghudd o dan ei got.

'Hen bryd i ti siapo dy stwmps,' ebe Seth, gan ei glatsho ar draws ochr dde ei ben. 'Y fi yw'r brêns yn y berthynas 'ma. Sawl gwaith sydd raid imi weud wrthot ti?' Rhoes hergwd arall iddo ar ochr chwith ei ben. 'A s'mo ti i 'neud dim heb drafod y peth 'da fi gynta. Wy wedi blino canu'r un hen gân. Ti'n rhy dwp i witho ar dy ben dy hunan. Ti'n mynd i ga'l dy ddal un dydd, cyn wired â 'mod i'n sefyll fan hyn. A wedyn ble fyddi di? Yn y clinc. Yn y carchar. Ynghanol y dyn'on drwg. A fydda i ddim 'na i edrych ar dy ôl di. A nagw i'n credu y daw dy fam i edrych amdanat ti'n rhyw amal iawn chwaith. Gartre'n cael y *vapours* fydde honno. Ti'n ddim hebddo fi.'

I danlinellu'r pwynt, dyrnodd y dyn drachefn yn ei fol a disgynnodd hwnnw yn ei ddyblau i'r llawr.

'O'n i'n meddwl y byddet ti'n falch,' sibrydodd Rhys wrth straffaglu i gael ei wynt yn ôl. Ymdrechai'n ddewr i frwydro'r dagrau oedd yn dechrau cronni yn ei lygaid a phwyntiodd at yr arian mân ar ben y gwely dwbl. 'Ma' bron i ugen punt yn fan'na.'

'Ond aelod o Fyddin yr Iachawdwrieth, Rhys! Shwt

allet ti? Ma'r peth yn ffiaidd. Digon i godi cwilydd arna
i 'mod i hyd yn o'd yn dy nabod di. S'neb byth yn
cyffwrdd ynddyn nhw. Nagwyt ti'n gwbod 'ny?'

'Be ti'n 'feddwl?'

'Ma' nhw wastad yn saff. S'neb byth yn rhoi lo's
iddyn nhw. Byth. Fel y Groes Goch. Ac Urdd Sant Ioan.
A nyrsys. Ddylet ti byth gyffwrdd mewn blewyn o ben
yr un ohonyn nhw.'

'Gwerth ugen punt o arian mân! 'Na faint o'dd yr
hen frân salw 'na'n cario ambythdi'r lle 'da hi . . .'

'Cau dy ben, Rhys bach! Nagwyt ti'n gweld dy fod
ti'n 'neud pethe lot yn wa'th i ti dy hunan trwy ddal i
goethan 'da fi trwy'r amser?'

'Dim ond gweud ydw i! Nagw i erio'd wedi clywed
shwt beth . . .'

'Na, fe alla i gredu 'na'n net. Achos moesoldeb yw
peth fel'na, Rhys. A sa i'n synnu nad wyt ti erio'd wedi
clywed sôn am shwt beth. Be ddiawl fuodd dy fam yn 'i
neud 'da ti am bymtheg mlynedd, gwed? Golchi tu ôl i
dy glustie di a dysgu iti shwt i sychu dy din – a 'na i
gyd, ife? Dy fagu di o'dd hi fod i'w neud. Nid whare â
ti fel 'set ti'n ddoli glwt.'

'Wy'n gwbod mwy na ti!'

'Côd ar dy draed,' gorchmynnodd Seth. Ac
ufuddhaodd Rhys. 'Gwranda arna i'n ofalus. Walle taw
ti ga's dy fagu mewn tŷ mowr yn Uplands. Ond ti hefyd
sy â'r fam dwpa yn y byd i gyd. Wyt ti'n deall? A dyna
pam fod rhaid iti roi dy dryst yno' i. Y fi sy'n gwbod
ore. Y fi sy'n gwbod y gwahanieth rhwng da a drwg. A
ma' pwno menyw sy'n aelod o Fyddin yr
Iachawdwrieth yn ddrwg. Cred fi. Trysta fi.'

'Allen ni fynd bant. 'Da'r arian 'ma wrth gefen, allen
ni fynd i Lunden . . .'

'Paid â siarad mor *soft*,' arthiodd Seth ar ei draws. 'Allwn ni ddim mynd i Drimsaran ar ugen punt. Tyfa lan, wnei di! Diolch i ti, allwn ni ddim hyd yn o'd mynd 'nôl i'r dafarn 'na am ddrinc. Fe fydd pawb yn cofio dy wep di. Ac yn barod i weud wrth yr heddlu. Byddin yr Iachawdwrieth, ti'n gweld! Fe fydd beth wyt ti wedi'i neud wedi hala colled ar bawb. Torri un o'r rheole euraid. 'Na beth wnest ti! Y fi yw dy unig ffrind di. Pam na alli di sylweddoli 'ny?'

'Ma' Joyce yn ffrind i fi, 'ed. Fydde hi ddim yn neud môr a mynydd fel hyn . . .'

'Fydde hi ddim yn ein bywyde ni o gwbwl 'blaw am un arall o dy *brainstorms* twp di. A dyna iti reswm arall pam na allwn ni ddianc i Lunden a byw'n fras ar ugen punt. Dim ond dechre ymddiried yno' ni mae hi. Ma' lot o waith 'da ni i 'neud eto. Hi. A fi. A tithe.'

'Wyt ti'n meddwl y byddwn ni 'da'n gilydd am flynydde a blynydde? Neu jest dros dro?' holodd Rhys yn freuddwydiol. Roedd wedi troi at y gwely, gan gydio'n araf yn yr arian gleision ac anwesu pob darn yn unigol.

'O's ots?' oedd ateb oeraidd Seth.

'Ond ti yn 'y ngharu i, on'd wyt ti?'

'Sa i'n gwbod,' ebe Seth yn syn, fel petai heb feddwl am y peth erioed o'r blaen. 'Odi e'n bwysig? Wy'n dishgwl ar dy ôl di, odw i ddim? Cadw trefen arnat ti. Ma' pŵer yn bwysicach na chariad.'

'Ond 'yn ni'n bartneried? Yn ddou 'da'n gilydd? Yn gyfartal?'

'Nagw i'n gwbod am 'ny,' swagrodd Seth. 'Fi yw'r un golygus. 'Da fi ma'r brêns. Fi sy â'r mysls, yntefe?' Ar hynny, cydiodd yn Rhys gerfydd ei arddyrnau. Syrthiodd hwnnw'n ôl ar y gwely a dringodd Seth ar ei

31

ben heb ollwng gafael. Gorfodwyd yr ysbail o'r dyrnau bach darostyngedig. Tasgodd y darnau arian ar hyd yr ystafell. Cafodd Rhys ei gadw i lawr gan bengliniau Seth y naill ochr a'r llall iddo. Pwysau hwnnw'n ei gaethiwo. A'i lais fel pader yn ei ben.

'Ma'n flin 'da fi. Ocê? Wy'n gwbod taw fi o'dd yn rong . . .'

'Paid â dechre dy nadu 'to, wy'n erfyn arnat ti. Ti'n gwbod nag o's 'da fi gynnig dy glywed di'n nadu. Ond ma'n rhaid iti ddysgu, Rhys bach.' Gallai hwnnw weld fod Seth yn magu min wrth iddo edrych i lawr i'w lygaid llaith. ''Da pwy ma'r grym. 'Na beth sy'n bwysig mewn perthynas. Rhwng dou. Rhyngot ti a fi. Pwy yw'r *top man*. Pwy sy'n cadw trefen ar bwy. 'Na beth sy'n bwysig. Nid pwy sy'n caru pwy. Sdim ots taten am y cusanu a'r cnychu a'r llefen yn y nos. All dyn rannu'r rheini 'da rhywun. Dim ond joio yw 'ny. Dim perthyn go-iawn. Cytuno?'

'Cytuno,' ildiodd Rhys.

'Ac wyt ti'n addo bod yn ufudd?' Lliniarodd Seth ar y llafn yn ei lais, wrth blygu i'w gusanu'n ysgafn ar ei wefusau.

'Odw,' ebe Rhys.

'Ti'n llipryn mor llipa, ti bron â bod yn rhy hawdd dy drechu. Ti'n gwbod 'ny? Ond cario mla'n sydd ore, siŵr o fod. Ti a fi. Gyda'n gilydd. Yn bartneried, fel wedest ti.'

'A Joyce, 'ed. R'yn ni'n bartneried 'da hi. Partneried busnes.'

'Ond nagw i'n credu 'i bod hi wedi sylweddoli 'to taw fi yw'r pen partner.'

'A s'mo ti'n cysgu 'da hi,' ychwanegodd Rhys yn ysgafn.

32

'Pam? Wyt ti'n meddwl y dylen i?' holodd Seth yn ddifrifol, fel petai hwnnw hefyd yn syniad nad oedd wedi meddwl amdano erioed o'r blaen.

'O! Na!' protestiodd Rhys. 'Dim ond jocan o'n i.'

'Nago'dd hi mor salw â'r argraff roiest ti i fi. Ddylwn i 'i rhoi hi rhyngof i a'r fatras? 'Na'r cwestiwn mawr.'

'Na, paid. Plîs, Seth! Dim ond fi . . .'

'Dim ond ti, beth?' Tasgodd y dyn ei law unwaith yn rhagor ar draws wyneb ei gariad, gan gau ei geg a gwneud i'r sêr droi yn ei ben. 'Gwranda'n astud arna i, Rhys,' meddai'n dawel, gan gydio yn ei wyneb gerfydd ei ên. 'Nagw i'r teip i whare amboithdi fan hyn a fan 'co. Nagw i'n credu ynddo fe. Nag yw e'n rhoi boddhad ifi. Dyw e erio'd wedi. Ond paid byth â meddwl fod 'da ti fonopoli ar 'y nghoc i. Wyt ti'n deall?'

'Sori, Seth,' ebe Rhys trwy ei ddagrau. Rhwbiodd ei lygaid â'r dwylo a oedd newydd eu rhyddhau. Gallai deimlo'r angen yn pwyso'n drwm ar ei gylla.

'Fel mae'n digwydd, nagw i'n credu y bydde Joyce ddim balchach o dderbyn yr hyn wyt ti'n 'i chymryd mor rhwydd.' Wrth werthfawrogi'r wefr o gael gweld llygaid Rhys yn llosgi o'i flaen, rhuthrodd Seth i ddatod ei wregys wrth siarad. 'Nagyw hon ymysg y trugaredde ar 'i rhestr siopa hi.'

Wrth estyn ei law at gorff ei gariad, gorfodwyd Rhys i ollwng yr olaf o'r arian o'i afael. A disgynnodd y darnau yn dawel i'r llawr.

Fel arfer, gofalai Seth nad oedd ôl ei ddisgyblu byth i'w weld ar wyneb Rhys. Ond pan ddisgynnodd hwnnw'n lletchwith un noson yn erbyn cornel y bwrdd bach wrth ymyl y gwely, doedd dim modd cuddio'r briw a agorwyd uwchben ei lygad dde.

'Dylet ti drin y crwt yn well,' oedd dyfarniad Joyce

wythnos yn ddiweddarach, wrth archwilio'r archoll i weld oedd e ar wella.

'Cheith e neb i'w drin e'n well,' atebodd yntau. 'Damwen o'dd hi, fel wedes i wrthoch chi wthnos ddwetha.'

Cadw'n dawel trwy gydol eu trafodaeth wnaeth Rhys. Roedd hi'n wir fod wythnos wedi mynd heibio ers yr hergwd honno, a bellach doedd y niwed ddim yn ymddangos cynddrwg yn ei farn ef. Wedi'r cwbl, dim ond cwt bach arwynebol oedd i'w weld ar ei dalcen erbyn hyn. Er iddo gael ei ddallu ar y pryd gan bistyll o waed. A'i fyddaru gan sŵn dirdynnol ei ben yn hollti.

Jobyn arall i'w gynllunio. Dyna fu'r feddyginiaeth. Wythnos o baratoi ar gyfer ymweld ag un arall o'r tai y bu Joyce yn nyrsio ynddynt. Tŷ neithiwr oedd y pedwerydd tŷ o'r fath iddo ef a Seth ymweld ag ef o fewn y tri mis diwethaf. Rhaid oedd dal i ddiwallu anghenion Joyce, mae'n ymddangos. Ond neithiwr o leiaf roedd bwrlwm yr adrenalin wedi ei helpu i glirio'r boen o'i ben.

A dyna lle'r oedd crachen dwt ar ei dalcen, i brofi effeithiolrwydd yr eli. A dau gi tsieni o grochenwaith Swydd Stafford ar y bwrdd, i brofi effeithiolrwydd eu paratoadau.

'Tic fach arall ar y rhestr siopa 'na,' awgrymodd Seth yn goeglyd.

'Nagw i'n ca'l gronyn mwy na'n haeddiant yn y byd 'ma,' atebodd hithau'n grintachlyd. 'Felly paid â meddwl dy fod ti'n gneud unrhyw ffafre â fi. Wy'n haeddu'r pethe pert 'ma. Fi wastad wedi. 'Blaw nago'dd modd 'da fi 'u ca'l nhw cyn hyn. Ond fe gadwith 'rhain fi'n dawel am sbel fach 'to, mae'n rhaid cyfadde.'

Fel arwydd o'i gallu i anwylo – cynneddf nad oedd hi'n barod i'w chydnabod yn rhy aml – fe gododd y ddau gi oddi ar y bwrdd fesul un a'u gwasgu'n dynn i'w mynwes. Fel petai hi'n anwesu rhyw greadur o gig a gwaed.

'Joyce sy pia chi nawr!' Gwyddai wrth ollwng y geiriau o'i cheg ei bod hi'n gwneud ffŵl ohoni'i hun. Ond teimlai fod ganddi hawl i lafoerio rhyw ychydig. Onid oedd hi wedi treulio pythefnos yn edrych yn llawn edmygedd ar y ddau ddelw du a gwyn, wrth hebrwng eu perchennog i'w hateb?

Rhythu'n gegrwth arni wnaeth Rhys. Neithiwr, wrth fachu'r ddau o silff-ben-tân yr hen wreigan ddarfodedig yn Resolfen, dim ond dau beth oedd wedi ei daro. Fod y gwrthrychau'n drymach na'r disgwyl. Ac yn oerach.

Cododd ei fysedd yn ddisgwylgar at ei grachen. Byddai honno'n codi toc. A'r atgof am y boen yn cilio.

'Dim ond menyw yw hi, wedi'r cyfan,' ebe Seth wrtho ar ôl iddi fynd. 'Rhaid iti wastad gofio 'na. Rhaid i'r ddou ohonon ni gofio 'na. Dim disgybleth, ti'n gweld! Yn gaeth i fympwy! Ar drugaredd 'i hormone! Hyd yn o'd yr hen Joyce ddi-ddim. Mae hi'n wir wedi'n synnu i heno, yn dod rownd ffor' hyn. Wyneb fel symans. Natur fel gwrach ar Valium. Ond 'ma lle o'dd hi heno. Yn whilo am 'i heiddo diweddara. Wedi ffaelu aros.'

'Nos fory wedon ni, yntefe?'

'Yn gwmws! Trefniade deche wedi'u gwneud pa noson. Ni i neud y job nithwr. Cadw'r stwff fan hyn am ddeuddydd. A ninne i fynd draw ati hi nos fory. Ond na! Alle hi ddim aros i ga'l 'i dwylo bach blewog ar yr ysbail. Barus, ti'n gweld. A benywedd.'

'Pam na wnei di roi pryd o dafod iddi, Seth? Dangos

iddi nago's modd iddi whare amboithdi 'da ni? Dysgu gwers iddi . . . fel ti'n neud 'da fi?'

'Achos, ambell dro, Rhys,' atebodd Seth, 'ma'n ddoethach dysgu rhywbeth newydd am berson a chadw dy geg ar gau, na dangos iddyn nhw dy fod ti wedi sylwi ar 'u man gwan nhw. Casglu gwybodeth a chadw'n dawel. 'Na'r gamp. Storio fe lan fan hyn yn dy ben. Rhag ofan y gelli di ddefnyddio'r wybodeth 'na rywdro. 'Na beth yw addysg, ti'n gweld.'

Hyd yn oed wrth siarad, gwyddai Seth nad oedd gan Rhys glem am beth roedd e'n sôn. Gwenodd. A phrysurodd i guddio'r eitemau eraill a oedd newydd gael eu hailgartrefu o Resolfen.

'Fyddan nhw'n hir eto cyn talu pawb?' gofynnodd Rhys. Roedd wedi gwybod cyn cyrraedd tŷ ei fam y byddai'n rhaid iddo ofyn y cwestiwn hwnnw iddi rywbryd yn ystod y prynhawn. Onid oedd Joyce wedi bod ar ei ôl bob cyfle gâi hi ers wythnosau? Doedd yr asiantaeth nyrsio ddim yn mynd i'w thalu am ei gwaith yn Rose Villa, mae'n ymddangos, tan i'r arian ddod i law.

'Paid â 'mhlago i drwy'r amser, 'na fachgen da. Ma' Mami wedi gweud wrthot ti'n barod nago's clem 'da hi. Ma' pobol mwy clefyr na ti a fi yn gwitho ar y job. Ac yn ôl Wncwl Ron, dyw'r ffaith fod Anti Ethel yn dal yn fyw yn helpu dim ar y mater.'

'Alle 'ny gymryd mishodd,' grwgnachodd Rhys. 'Dishgwl i Anti Ethel farw.'

'Wel, fel'na ma' pethe, Rhys bach! Bydd raid i'r fenyw 'na aros am 'i harian, fel pawb arall.'

'S'mo 'na'n *fair*.'

'Walle wir! Ond nagw i moyn i ti boeni dy ben bach

tlws 'da shwt ofidie. Rhai clefyr iawn yw'r cyfreithwyr 'ma. Wastad yn carco'u cleients. A ma' Wncwl Ron wedi gohirio'i daith yn ôl i Awstralia yn unswydd er mwyn gneud yn siŵr y byddan nhw'n gneud 'u gwaith yn iawn. Nago'n i wir yn dishgwl y bydde pawb mor garedig pan fydde 'mrawd farw.'

'Wy wedi bod yn garedig 'da chi, on'd do fe? Galw i'ch gweld chi fel hyn bob cyfle ga i.'

'Wel, ti'n gallu bod yn gysur, ma' hynna'n wir! Siwrne bo angen iti fod yn dda, mi wyt ti fel arfer.'

'Fel pnawn Sul dwetha,' atgoffodd Rhys hi. 'O'ch chi'n ddigon balch i 'ngweld i pry'ny.'

'Newydd fod 'ma o'dd y polîs.' Roedd crybwyll y digwyddiad yn ddigon o reswm i fam Rhys dynnu'i nished o lawes ei chardigan.

'S'mo chi wedi clywed dim byd pellach, sbo?'

'Dim gair,' atebodd y wraig. 'Fe wedodd un o'r rheina alwodd ddydd Sul nad o'dd gobeth 'da nhw byth 'u dala nhw. Yr unig lygedyn o obeth, mynte fe, o'dd 'se rhai o'r pethe ddwgon nhw'n dechre troi lan yn rhywle yn y cyffinie. Ocsiwnie. Siope hen bethe. *Car boot sales.* Llefydd fel'ny. Ond go brin fod lot o obeth. Dim ond hen *costume jewellery* Anti Ethel a'r llestri salw 'na yn y *dining room* ga's 'u cymryd. Dim byd y bydden i'n rhoi diolch amdano.'

'Be sy'n bod ar ddyn'on, gwedwch?' ebychodd Rhys yn ddidwyll o ddiniwed.

''Na be sy'n digwydd pan ma' tŷ'n ca'l 'i adel yn wag am fishodd, yn ôl y sôn.'

''Na fe, chi'n gweld, Mam! Yr holl oedi 'ma sy ar fai.'

'Ishe gwerthu'r lle sydd, ti'n eitha reit. Dim ond mynd o ddrwg i wa'th eith Rose Villa fel arall.'

'A ma'r ardd yn dechre troi'n anialwch, 'ed!' ychwanegodd Rhys yn ddidaro.

Feddyliodd ei fam ddim am ofyn iddo sut y gwyddai hynny. Canolbwyntiodd ar chwythu'i thrwyn a thorri darn arall o deisen i'w mab.

'Nagy'ch chi erio'd wedi meddwl taw hela peth ohono fe ar ych hunan fydde ore?' holodd Joyce.

'Hela beth?' gofynnodd Beryl Griffiths ar ei hunion.

'Yr holl arian 'ma s'da chi. Pam na wariwch chi beth ar enjoio'ch hunan . . . tra gallwch chi, yntefe?'

'Pwy wedodd fod arian 'da ni?'

'Doris ddigwyddodd sôn y noson o'r bla'n nad o'ch chi'n brin o ddime neu ddwy. Gweud fod yr holl arian 'na gethoch chi'ch dwy ar ôl ych tad wedi bod yn dipyn o faich arnoch chi.'

'Wedodd hi 'na, dofe?'

'Sôn am y nith 'na sy'n mynd i ga'l popeth ar ych gôl chi o'dd hi. Olwen wy'n credu wedodd hi o'dd enw'r groten. Fe fydd hi'n fenyw lwcus unrhyw ddiwrnod nawr.'

'S'mo Doris wedi'n gadel ni 'to, Sister Rogers,' poerodd yr hen wraig trwy ei dannedd pwdr. 'Na finne chwaith. A phan ewn ni, fe geith Olwen yn gwmws be sy'n dod iddi yn yr ewyllys. Dim mwy a dim llai.'

'Wrth gwrs! Wrth gwrs!' cytunodd Joyce yn wyliadwrus. 'Nago'n i'n meddwl dim drwg trw' siarad yn bla'n. Dim ond meddwl amdanoch chi o'n i a gweud y gwir. Wedi'r cwbwl, nage Olwen sydd wedi bod fan hyn yn slafo dros y blynydde, ife? O! Wy'n gwbod bod sawl gwas wedi bod 'da chi slawer dydd a bod ambell siec fach deidi'n cyrradd o'r Weinyddieth bob yn hyn a hyn, ond chi a'ch whâr sy wedi cadw trefen ar y ffarm 'ma, fe alla i weld 'ny'n net. Pan o'dd hi'n fater o waith caib a rhaw, eich cefne chi'ch dwy ga's 'u gwargamu.'

'Mae e wedi bod yn dalcen jogel o waith dros y blynydde. Chi'n itha reit fan'na. Ond ni ga's Pen Gors Las, chi'n gweld. Ar ôl Tada. A gan nad o's plant 'da Doris na finne, fe benderfynodd Tada mai Olwen o'dd i ga'l y lle ar ôl 'n dyddie ni.'

'Hen etifeddieth gaethiwus gesoch chi,' ebe Joyce yn ddoeth. ''Na i gyd alla i weud.'

'Fan hyn ga's Doris a fi'n magu. Fan hyn yw'r unig le ry'n ni wedi'i nabod. Achos fan hyn ry'n ni wedi dewis bod. Y ddwy ohonon ni.'

'Wel! Whare teg i chi! Nid pawb fydde'n moyn carthu ar ôl y da drwy'r dydd. A slafo yn y ceie 'co ym mhob tywydd. Nagy'ch chi erio'd wedi meddwl am *change* bach? Ambell bythewnos yn Benidorm? Neu benwythnos yn Aberdaron?'

'Pa *change* fydden ni ishe, gwedwch? Ma' mynd draw i Land'ilo i siopa yn ddigon o *change* i unrhyw un, gwlei! Allwch chi ga'l popeth y'ch chi moyn fan'ny nawr. A s'mo Caerfyrddin ymhell, tase ishe rhywbeth sbesial arnoch chi. Mae mor hawdd cyrra'dd pobman erbyn hyn, ers iddyn nhw dorri'r hewl newydd 'na.'

'Odi. Chi'n eitha reit, sbo! Ma'r hewl newydd 'na wedi gneud byd o wahanieth,' cytunodd Joyce, heb arlliw o eironi. Onid y ffordd newydd oedd wedi dod â hi yno? Flynyddoedd yn ôl, fyddai hi ddim wedi breuddwydio dod ar gyfyl yr un fferm anghysbell ym mherfeddion Sir Gâr. Slawer dydd, fyddai hi ddim wedi dod mor bell â hyn o gyffiniau Abertawe i chwilio am waith. Ond bellach – roedd Beryl wedi'i gweld hi – gwnaeth yr M4 y byd i gyd yn llai o le. Ac ar ben hynny, doedd Marlene ddim wedi ffonio i gynnig dim byd arall iddi ers pythefnos.

Wrth fwrdd y gegin ym Mhen Gors Las yr eisteddai Joyce, yn ei hiwnifform las drwsiadus. Beryl Griffiths gyferbyn â hi, ar goll mewn pâr o welingtons mawr a llwyth o ddilladach gwlân. Rhwng y ddwy, ar y bwrdd, eisteddai tebot anferth a sbynj. Egwyl de oedd hon. Doris, y claf, yn chwyrnu'n ymdrechgar uwch eu pennau, er mwyn gadael i'r ddwy wybod ei bod hi'n dal yn fyw. Ac iâr neu ddwy yn pigo'n gysetlyd wrth y drws.

Yn wynebu Joyce, y tu cefn i Beryl, roedd dresel dderw a oedd bron cyn hyned â'r tŷ ei hun. Sylwasai'r nyrs arni pan gamodd dros y rhiniog gyntaf. Un felly y byddai hi wedi'i hoffi, er gwybod nad oedd gobaith caneri ganddi i gael y fath gelficyn i mewn i'w fflat fechan. Byddai wedi bod yn ddelfrydol ar gyfer y llestri rheini ddaeth o Rose Villa. Er bod dathlu mawr wedi bod y noson y daethon nhw i'w meddiant, dal i eistedd ar ymyl sinc y gegin oedd y platiau coch. Yn y ffordd. A braidd yn beryglus. Roedden nhw'n dal yn gochlyd eu lliw, wrth gwrs. Ac yn gain. Ond bellach, roedden nhw hefyd yn boeth.

Felly hefyd y ddau gi tseini, y *canteen of cutlery*, y deuddeg ffigwr Wedgewood a'r chwaraeydd CD. Pob un ohonynt wedi ei ddwyn. Pob un ohonynt yn ei fflat. A hithau heb fodd yn y byd i'w harddangos yn effeithiol.

'Sdim llwyth o arian 'ma, Sister Rogers,' ebe Beryl yn dawel, bron fel petai hi wedi bod yn dilyn trywydd meddwl Joyce.

'Ond chi'n gallu'n fforddio i. Nid pawb fydde â'r modd i ga'l nyrs breifat i mewn ar adeg fel hyn.'

'Wel! Allen i byth â gadel i Doris drengi mewn 'sbyty. Wy'n cofio Tada'n ein gadel ni. Yng Nglangwili o'dd e. A chymron nhw dair wthnos i ddod o hyd i'w ddannedd dodi fe. Rhywun lawr yn y *mortuary* wedi'u gadel nhw ar ben y fridj yn y gegin dros nos, mynten nhw. Ac un o'r bobol glanhau wedi mynd â nhw sha thre i weld a fydden nhw'n ffito'i gŵr hi.'

Cymerodd Joyce arni fod y stori hon yn anghredadwy a cheisiodd gysuro Beryl trwy ddweud na ddôi anffawd debyg i ran Doris, gan fod honno wedi llwyddo i gadw'i dannedd ei hun.

'Fydd hi ddim yn hir nawr, gewch chi weld.'

'Tridie wedoch chi, chi'n gwbod,' atgoffodd Joyce hi. 'A ma' tair wthnos ers hynny. Nagw i fel arfer yn ymgymryd â'r jobs hir 'ma. Un hoff o 'nghartre ydw i. Byth yn lico bod bant mwy na noson neu ddwy ar y tro.'

'Rhai glew am gadw at amser fuon ni'r Griffithses erio'd. Yr un oedran â fi o'dd Tada'n marw, chi'n gwbod. *Eighty-four*. A ma' Doris, druan, yn *ninety-two*. Yr un oedran â Mam yn marw. Pythewnos arall a ma hi'n ben-blwydd arni. Ond welith hi mohono fe, fe fentra i sofren â chi. Merch 'i mam, chi'n gweld. Feiddie hi ddim byw'n hirach na honno.'

Cnôdd Joyce ddarn arall o'r deisen a throes glust fyddar i atgofion yr hen wraig. Yr unig synau a ddenai ei sylw oedd y chwyrnu uwch ei phen a thician yr hen gloc tad-cu o dan y stâr. Un arall o ogoniannau etifeddiaeth Beryl, barnodd. Ond yn wahanol i'r ddresel, fe fyddai modd iddi gael y cloc i'r fflat, achos fe ffitiai'n dwt i gefn fan Seth. Gwyddai hynny fel ffaith, gan iddi gael cyfle i'w fesur un diwrnod pan oedd Beryl wedi crwydro ymhellach nag arfer o'r tŷ.

Fyddai Joyce byth yn gadael dim o fanylion ei threfniant gyda Seth a Rhys i siawns. Hyd yn oed gyda'r cloc wedi ei lapio'n ofalus mewn hen flanced, byddai digon o le yn y fan i'r crochenwaith Abertawe oddi ar y ddresel. A'r hen degellau copr a drigai ar y foment yn y parlwr ffrynt.

Yn sydyn, peidiodd sŵn y chwyrnu. Doedd dim i gyfeilio i guriadau cyson, trwm y cloc ond clwcian yr ieir ar y clos.

Aeth distawrwydd Doris yn drech na'r ddwy a rhuthrodd Joyce i'w thraed a lan y stâr. Ond nid wedi darfod oedd yr hen chwaer. Wedi deffro. A thrwy ddeffro, dychwelodd i'w dolur a'i dryswch.

''Na fe, Doris fach,' cysurodd Joyce hi'n dirion. 'Sdim ishe llefen. Fe fydd hi'n ben-blwydd arnoch chi toc. Ac fe gawn ni barti mowr. Jest y tair ohonon ni. Lan lofft fan hyn.'

Diffoddodd Seth y goleuadau'n araf. Trodd y cerbyd i wynebu'r ffordd fawr, yn barod ar gyfer y dianc. Ac yna diffoddodd yr injan. Heno oedd y noson.

Aethai mis heibio ers claddu Doris Griffiths. Roedd Seth a Rhys wedi gyrru ar hyd ffyrdd cul yr ardal hon sawl gwaith cyn hyn, er mwyn gwneud yn siŵr eu bod nhw'n dod o hyd i ben y lôn a arweiniai at Ben Gors Las, fel nad oedd perygl iddyn nhw golli eu ffordd, hyd yn oed yn nhywyllwch nos.

Bu'r ddau'n awchu am y noson ers wythnosau, cymaint fu siarad Joyce am wychder y cloc a rhwyddineb tybiedig y job o'i ddwyn. Roedd hi wedi gwneud cynllun bach eglur o'r tŷ, gan nodi'r ffordd orau o dorri i mewn, sut i osgoi sŵn, lle i fynd a beth i'w gymryd. Ond ni fu'n fodlon i'r paratoadau gael eu rhoi ar waith tan heno. Rhag ofn fod rhai o'r tylwyth yn dal o gwmpas i gysuro Beryl. Ac '. . . o ran parch i Doris.'

Gwisgai Seth a Rhys ill dau ddillad cyffelyb. Siwmperi a throwsusau tywyll. Menig a 'sgidiau lledr du. A'r rheini'n feddal foethus am eu dwylo a'u traed. Dim mygydau. Penderfynwyd ymlaen llaw yn eu herbyn. Cawsant ryw cyn gadael cartref. Tynnodd hynny lawer o'r tyndra o'r teithio. Teimlai'r ddau'n hyderus am lwyddiant. Ac yn gysurus yng nghwmni ei gilydd.

Wedi cyrraedd ffenestr fach y gegin yng nghefn y tŷ, trawodd Seth garreg yn erbyn y gwydr. Torrodd. A gwthiodd ei fraich drwy'r twll i estyn at y ddolen. Agorodd y ffenestr yn ddidrafferth a llithrodd Rhys drwyddi heb yngan gair. Ef oedd y meinaf. Roedden nhw wedi cytuno ar eu cynlluniau gofalus ymlaen llaw, yn ôl eu harfer. Ond yna, llithrodd Rhys. Er i'w draed gyrraedd y llawr yn ddiogel, simsanodd yn y tywyllwch. Estynnodd ei fraich yn reddfol i gadw ei gydbwysedd, gan ymbalfalu am wal. Ond aeth ei law yn erbyn llwyth o lestri a oedd wedi eu gadael wrth ymyl y sinc i ddiferu. Dymchwelodd y domen. Teilchionodd sawl eitem.

'Hisht!'

'Alla i ddim help!'

'Agor y drws 'na ifi glou.'

Wrth i Rhys ymbalfalu ei ffordd at ddrws y cefn, oedd draw ym mhen arall yr ystafell, clywodd sŵn rhywun yn symud yn rhywle. Safodd yn ei unfan ac yn sydyn ymddangosodd rhimyn main o olau o dan y drws arall. Yr un a arweiniai i'r parlwr ffrynt. Yn ôl y cynllun, nid oedd neb i fod yn yr ystafell honno. Yn ôl

43

Joyce, ffynhonnell pob doethineb ar yr achlysuron hyn, fyddai neb yn y tŷ ond Beryl. Ac roedd honno i fod yn y llofft, yn fyddar bost ac yn chwyrnu fel hwch.

'Hylô! Pwy sy 'na?' Llais benywaidd. A pharlyswyd Rhys. Trodd yn reddfol at gyfeiriad y llais, gan adael y bollt heb ei dynnu'n ôl yn gyflawn. Gwelodd y drws arall yn agor led y pen. Cyneuwyd golau'r gegin.

'Pwy sy 'na?' holodd y llais eilwaith. Gwraig ganol oed a safai yno'n wynebu Rhys. Ei choban yn llaes. Ei gwallt llwyd yn salw o hir ar hyd ei hysgwyddau. A'i synhwyrau'n deffro i'w rhybuddio o'r perygl roedd hi ynddo. Rhuthrodd yn ôl i'w lloches, gan gau drws y parlwr yn glep. Rhythodd Rhys ar ei hôl am ennyd, gan adael y bollt yn dal heb ei agor. Nid un fel hyn oedd Beryl, siawns?

'Agor y drws 'ma, wnei di,' gwaeddodd Seth, cyn hyrddio'i ysgwydd yn ei erbyn, dim ond i ddarganfod yn boenus nad oedd fframiau pren y wlad mor simsan â fframiau seliwloid y sinema.

Ar ôl delwi am eiliad, gallai Rhys glywed sŵn llusgo a rhuthrodd draw at y drws arall a'i agor. Roedd y wraig yn ceisio gwthio'i gwely sengl yn erbyn y drws. Ac yna gwelodd Rhys dderbynnydd ffôn yn ei llaw.

Llamodd ar draws y gwely ati a chydiodd ynddi gerfydd ei garddyrnau, gan orfodi'r teclyn o'i llaw.

Clywodd ei enw'n cael ei alw. A sŵn gwydr yn torri. A llais Seth rhywle y tu cefn iddo yn brwydro i ddod yn nes ato. Gollyngodd ei afael ar y fenyw. A llamodd ei braich hithau at ganhwyllbren draw ar y silff-ben-tân. Anelodd hi at ei ben, ond ar ôl methu hwnnw, fe ddaliodd ef ar ei ysgwydd. Dyrnodd yntau'n ôl wrth i'r boen gofrestru.

Fe dorrodd ei gên gyda'i ddyrnod gyntaf. Dyna, o

leiaf, fyddai damcaniaeth y patholegydd maes o law, ond nid oedd ef na'r fenyw i wybod hynny ar y pryd. Disgynnodd y ganhwyllbren o afael y wraig wrth iddi syrthio i'r llawr. Plygodd Rhys i godi'r arf a thrawodd y fenyw ag ef sawl gwaith. Yn glatsh ar ei thalcen. Ac wrth i nerth ei fraich gael ei foddi gan boen ei ysgwydd, dechreuodd ei chicio'n egr yn ei hystlys.

Mynnodd hithau roi rhywbeth ohoni hi ei hun yn ôl iddo. A thasgodd ei gwaed ar hyd ei drowsus du.

'Paid! Paid!' mynnodd Rhys gan ddal i'w phledru. Ei llygaid yn llydan agored o hyd. Yn dal i rythu arno. Yn ddigywilydd o ewn. Fel pob menyw yr oedd wedi'i hadnabod erioed.

Yna yn sydyn, roedd dwylo Seth ar ei ysgwyddau a llesteiriwyd fymryn ar ei lid.

Roedd hwnnw rywsut wedi llwyddo i stwffio'i gorff sylweddol trwy'r ffenestr fechan a thrwy sefyll ar flaenau ei draed a sbecian dros ysgwydd Rhys gallai weld y llanast ar y llawr.

'Gorffen hi!' gorchmynnodd.

Amneidiodd Rhys ei ysgwyddau i wthio'r dwylo oddi arnynt. Llamodd poen yr ergyd trwy ei fraich o'r newydd. Ond gorfododd ei hun i godi'r ganhwyllbren uwch ei ben â'i ddwy law, cyn ei hyrddio i lawr unwaith eto, fel bwyell ar benglog y wraig. Caeodd ei llygaid o'r diwedd. A chododd gwynt ei hymennydd i halogi'r nos.

'Paid cyffwrdd yno' i,' ebe Seth. 'Does dim un diferyn o'i gwa'd hi arna i. Dim ond dy ddillad di fydd raid eu llosgi. Nawr, ble ddiawl ma'r cloc 'na?'

'Gad inni fynd, Seth. Yn glou.' Roedd wedi troi'n reddfol at y dyn arall am swcwr, ond roedd yn ddigon o ddyn ei hun i ddeall mai ofer disgwyl hynny ar y foment hon. Lluchiodd y ganhwyllbren i'r lle tân a throes ei gefn ar yr olygfa, gan neidio dros y gwely. Gwynt cwsg ac *Oil of Olay* yn ei ffroenau, am fod cynhesrwydd y wraig yn dal i godi o'r cynfasau.

'Na. Dere. 'Co fe fan hyn.' Roedd Seth wedi mynd yn ôl i'r gegin fach o'i flaen.

'Ond pwy o'dd hi?' gofynnodd Rhys.

'Duw a ŵyr! Nawr, dere!' Trwy ei lais, gwnâi Seth ei orau glas i swnio mor chwyrn ag erioed a gorchmynnodd Rhys i gymryd pwysau pen y cloc, wrth iddo ef ei hun gario'r gwaelod. Pwysai'r hen declyn yn drymach nag yr oedd yr un o'r ddau wedi'i fargeinio. Am funud neu ddwy, bu'n anodd ei gael i symud modfedd o'i le, fel petai wedi'i wreiddio ym mhridd yr hen ffermdy. Yna, wrth iddo ddechrau ildio'i le, fe ddechreuodd daro tri. Yn araf a blinedig. Roedd hi'n hwyr ar bawb.

Gwaethygai'r boen yn ysgwydd Rhys trwy hyn i gyd. Teimlai'r pwysau'n dreth ar ei freichiau crynedig. Wrth i'r ddau weithio'u ffordd o'r cyntedd yn ôl i'r gegin, dychwelodd y tawelwch rhyfedd a fu'n llenwi'r lle. Ac yna fe'i torrwyd drachefn gan sŵn y ddau yn damsangu dros y llestri a sarnwyd ar hyd y llawr.

Cariwyd y gwrthrych o'r tŷ i'r nos mor barchus â phetai'n arch. Ond yna cafwyd ail gyflafan, pan lithrodd y cloc trwy ddwylo Rhys a malu'n swnllyd ar hyd y clos.

Udo chwerthin wnaeth y ddau. Am fod yr ysbail wedi ei chwalu. A'r cynlluniau trwyadl wedi troi'n draed moch.

Seth aeth yn ôl i'r tŷ i ddiffodd y goleuadau. Pan sylwodd ar y llestri o grochenwaith Abertawe ar y dresel, ystyriodd eu dwyn yn ôl y bwriad. Ond penderfynodd eu malu yn lle hynny. Gadawodd y llestri gorau yn gymysg â'r llestri bob dydd, yn deilchion ar y llawr.

Byddai pris peryglus o uchel ar unrhyw beth a

ddygid oddi yno nawr, dyna oedd ei ymresymiad. Câi'r tegellau copr hwythau aros yn y parlwr gyda'r corff.

Ac yna'n sydyn, wrth estyn ei fysedd am switsh y golau yn yr ystafell honno, clywodd riddfan tawel yn dod o'r llawr. Rhaid nad oedd hi eto wedi darfod yn llwyr, pwy bynnag ddiawl oedd hi. Ond go brin fod unrhyw berygl iddo ef a Rhys o'r cyfeiriad hwnnw bellach, barnodd. Fe fyddai hi'n siŵr o fod yn gelain cyn y wawr. A'r tebygolrwydd oedd yr âi sawl awr arall heibio wedi hynny cyn y dôi neb o hyd iddi. Ystyriodd am eiliad y dylai fod yn drugarog wrthi a chamu i mewn i roi cic neu ddwy derfynol iddi. Ond doedd e ddim am faeddu ei esgidiau.

Gadawodd. A cherddodd drwy'r tywyllwch i ymuno â Rhys yn y fan wag.

'Bydd raid i fi fyw heb gloc am sbel fach 'to, 'te,' barnodd Joyce. 'Nid fod bai ar neb am 'ny, wrth gwrs,' prysurodd i ychwanegu.

'Un hen wraig o *eighty-four* a honno lan lofft yn cysgu fel hwch! 'Na beth wedoch chi,' atgoffodd Seth hi'n gellweirus. 'Yn lle 'ny, beth geson ni? Menyw o *forty-two* yn cysgu lawr llawr.'

'Shwt o'dd dishgwl i fi wbod fod Doris mor dwyllodrus? Hi a'i thad wedi cynllwynio flynydde'n ôl i ddiystyru Beryl a gadel popeth i'r Olwen 'na. 'Na beth o'dd e'n weud yn yr *Evening Post* pa noson.'

'Ie, wy'n gwbod.' Roedd Seth yntau wedi bod yn dilyn yr un adroddiadau'n awchus. A Rhys. Bu'r tri ohonynt ar bigau'r drain. Yn cadw'u pennau. Yn cadw'n fwy triw i'w gilydd nag erioed o'r blaen. Mewn undod roedd nerth. Roedden nhw'n gytûn ar hynny. Ac roedd argyfwng yr anffawd ym Mhen Gors Las wedi ei droi'n fendith bendant yn eu perthynas.

'Dim clincen i Beryl, druan. Wedi'i thorri mas o'r ewyllys yn llwyr. Ga's hi 'i rhoi mewn *sheltered home* sha Pembroke Dock yn rhywle o fewn wthnos i'r angladd. A 'na dwll yw hwnnw, 'te? Yr Olwen 'na wedi dod i dowlu'i phwyse amboithdi cyn bo corff 'i modryb wedi ca'l cyfle i oeri'n iawn, yn ôl y sôn. Wedes i wrth Beryl am fynd i Benidorm tra galle hi.'

'Allwch chi ddim trysto neb y dyddie hyn,' ebe Rhys yn ddefodol. 'Ddim hyd yn o'd ych tylw'th ych hunan.'

'Rheini yw'r gwaetha, gwd boi! Cred ti fi! Ond wedyn, fel'na ma' pethe wedi bod erio'd,' tybiodd Joyce. 'Shgwlwch lle ges i 'y ngadel gan y tipyn teulu 'na s'da fi! Yn y twlc bach 'ma.'

'Hei! Llai o'r twlc 'na! Ma' Rhys a fi yn neud ein gore glas drosoch chi.'

'Odych, sbo! Ond o'n i wedi edrych mla'n i ga'l y cloc 'na.'

'Wel! Cheith yr Olwen 'na ddim joio sŵn 'i dician e, ta beth. 'Na'r unig gysur s'da chi nawr.'

'Rhaid 'i bod hi'n dipyn o hen bitsh.' Cyfrannodd Rhys drachefn i'r sgwrs. Roedd Seth a Joyce wedi bod yn arbennig o ofalus ohono fe. Yn cadw llygad barcud arno. Yn gofalu bod un ohonyn nhw'n cadw cwmni iddo drwy'r amser. I'w arbed rhag hel meddyliau. Neu glebran yn esgeulus.

'Hen fuwch go farus o'dd hi, ma' arna i ofan,' ategodd Joyce ddyfarniad Rhys. 'Ar werthu'r lle o'dd 'i bryd hi, chi'n gwbod, yn ôl y papure.'

'Ga's Rhys fan hyn shwt ofan, yn do fe, boi?'

'Y trueni yw taw dim ond am noson neu ddwy o'dd hi'n bwriadu bod 'co, mynten nhw. I gymoni tipyn ar y lle a neud rhestr o'r celfi mla'n llaw, rhag ofan i'r arwerthwr drial 'i thwyllo hi pan ddele'r ocsiwn. Alle hi ddim mynd o 'co'n ddigon clou.'

'Fe a'th hi'n gynt nag o'dd hi wedi'i fwriadu, serch 'ny!' cellweiriodd Seth drachefn.

'W! *For shame*, Seth!' chwarddodd Joyce ei cherydd.

'Fe ga's hi beth o'dd hi'n haeddu,' mynnodd Rhys. 'Edrych arna i fel 'na! Fel 'sen i'n faw!'

'Nago'dd hi'n haeddu etifeddu'r ffarm a phopeth fel y gwna'th hi. Ma' hynna'n *fact*,' pwyllodd Joyce yn ofalus. 'A'r cyfan yn golygu dim taten iddi yn y diwedd. Gwerthu popeth a cha'l 'i dwylo ar yr arian sychion. 'Na beth o'dd 'i gêm hi. O'dd hi 'ishws wedi lladd yr ieir!'

Bu'r trafod ar oblygiadau'r noson anffodus yn llenwi eu cwmnïaeth ers tridiau. Hynny, a gwrando ar y radio a gwylio'r teledu. Fe gadwon nhw draw o gwmni pobl gyffredin. Fe losgon nhw'r dillad. Cafodd y fan ei chadw o'r golwg yn y garej am dipyn. Ac roedd ganddyn nhw stori'n barod, petai byth angen ei hadrodd.

'Ddaw neb nawr,' darbwyllodd Joyce ei hun yn dawel. Hi oedd yr un a fu'n disgwyl cael ei holi mewn gwirionedd, yn anad y ddau ddyn. Fe sylweddolwyd hynny ar y noson ei hun. Aethai Seth yn syth o glos y fferm i'w fflat i'w hysbysu am y ddamwain fach ac i baratoi eu strategaeth ar y cyd. Joyce oedd yr un a dreuliodd wythnosau o dan do Pen Gors Las. Roedd hi'n rhesymol disgwyl y deuai'r heddlu i holi a fu rhywrai dieithr neu amheus yn ymweld â'r tyddyn yn nyddiau olaf Doris.

Ond ni ddaeth yr un heddwas ar ei chyfyl eto.

Arllwysodd Joyce ddiferyn bach o *gin* i'r tri ohonynt. 'I'n helpu ni i edrych ar yr ochor orau . . . Achos ma'r pethe 'ma'n gallu digwydd, chi'n gweld, bois bach. A rhaid cymryd popeth fel mae e'n dod.'

'Ma'r heddlu'n rhy dwp i ni, on'd 'yn nhw?' ychwanegodd Rhys yn fostfawr, gan dincial ei wydr yn erbyn gwydrau'r ddau arall.

'Lladrad wedi mynd yn rong. 'Na beth ma'r heddlu'n credu ddigwyddodd,' ebe Joyce yn awdurdodol, gan bwyntio'i gwydryn at y gadair lle y gorweddai'r papur nos.

''Dyn nhw ddim mor dwp â 'ny, 'te, Rhys bach,' nododd Seth. 'Fe weden i 'u bod nhw yn llygad 'u lle am unweth!'

'Whare teg ichi am ddod i edrych amdana i, Sister Rogers.'

'Twt, Beryl fach! Peidwch â sôn!'

Seth oedd wedi ei hannog i ddod. Rhoi cyfle iddi holi ambell gwestiwn cyfrwys, tybiasai.

Bu hithau'n gyndyn i gytuno am rai wythnosau. Ond yn y diwedd, roedd hi wedi deall doethineb dod i weld a oedd yr heddlu rywfaint yn nes at ddatrys y dirgelwch.

Nid fod Beryl yn dilyn fawr ar yr ymchwiliad. Bob tro yr holai Joyce gwestiwn i'w thywys ar y trywydd, rhyw wyro'n ddagreuol a dibwrpas i gyfeiriad arall a wnâi'r chwaer.

''Na lwcus fuodd Doris, druan! Ca'l rhywun fel chi i edrych ar 'i hôl hi.'

'Wy wedi bod moyn dod i'ch gweld chi ers wthnose, chi'n gwbod,' rhagrithiodd y nyrs. 'Ond wy wedi bod dan shwt straen!'

'Mwy o ddolur, sbo? 'Na santes ych chi! Yn gallu diodde gweld pobol yn mynd trw' shwt gystudd.'

'Ddo' ddwetha gladdon ni grwt bach sha Sandfields. *Leukemia*! 'Ma'r pnawn cynta wy wedi'i ga'l yn rhydd ers mis a mwy.'

'A hwnnw'n shwt bnawn glawog! Whare teg ichi am ddod i 'ngweld i.'

'Peidwch â meddwl nagw i wedi bo'n meddwl amdanoch chi ers ifi glywed gynta am y ddamwen. Achos ma' 'nghalon i wedi gwaedu trostoch chi! Yr holl benawde brwnt 'na yn y papure! Hanes yr Olwen felltigedig 'na'n ych towlyd chi mas! A'r lladrad! O'dd hi bownd o fod yn ergyd ofnadw!'

'*Terrible thing,* cofiwch! Meddwl am Olwen yn gelain fel'na ar lawr y gegin.'

Tynnwyd yr hen wraig o'i chynefin ac nid oedd fawr o ôl perthyn ar y dweud. Byngalo bychan o fricsen goch oedd y lle hwn. Ffeiriwyd yr hen welingtons am bâr o sliperi crand, ond goroesodd y dillad gwlân, gor-gynnes. Ffawd y rheini, mae'n debyg, fyddai mynd gyda'u meistres i'r bedd yr oedd hi gam yn nes ato. Doedd ganddi ddim i'w wneud. Dyna oedd yn prysuro'i difodiant. Dim creaduriaid i'w bwydo. Dim bara i'w bobi. Dim gwynt oer o'r un cyfeiriad i gysgodi rhagddo.

'Sioc ddychrynllyd ichi,' ebe Joyce. 'A mae bownd o fod yn ddiflas ca'l y polîs 'nôl a mla'n trw'r amser.'

'S'neb byth yn galw arna i nawr.' Crynodd ei llais a lleithodd ei llygaid.

'Wy wedi galw, Beryl.'

'Arni hi o'dd y bai, cofiwch!'

'O'n i'n casglu 'na o'r papur.'

'Hen bishyn ffit fuodd hi erio'd,' aeth Beryl yn ei blaen heb angen porthi. 'A do'dd hyd yn o'd gwelye Doris a fi ddim yn ddigon da iddi. O na! Waredodd hi'r rheini'n ddigon clou! 'Na shwt o'dd hi'n cysgu lawr stâr yn y parlwr, yn ôl y polîs. 'Na shwt ga's hi'i lladd . . .' Unodd y llais a'r llygaid ynghyd i greu un mwmial mawr gwlyb.

'Dewch chi, Beryl fach. Ma' 'da chi lot i fod yn ddiolchgar amdano.' Ni allai Joyce yn ei byw feddwl beth yn union, ond roedd yn rhywbeth i'w ddweud.

Hwn oedd eu jobyn cyntaf ers helynt Pen Gors Las. Ciliodd yr hanes hwnnw o'r penawdau a'r print bras. Rhaid fod yna ffeil yn dal ar agor yn rhywle ar drychineb y Cloc ar y Clos, ond bellach doedd Seth a Rhys ddim yn byw yn ei chysgod. Gallent anadlu. Teimlo'n rhydd. Ailafael mewn hen arferion.

Gwisgodd Rhys ei sbectol ffug ac edrychodd arno'i hun yn nrych y fan. Fe ddylai heddiw fod yn haws. Ategodd Seth y gobaith hwnnw trwy wasgu ei ben-glin a dweud, 'Pob lwc! Fe fyddi di'n iawn.'

Estynnodd Rhys y briffces o gefn y fan a chamodd allan i'r heulwen gynnes. Cerddodd yn bwyllog a chadarn i lawr un o brif strydoedd y stad hon o dai. Cant a saith oedd rhif y tŷ a gyrchai. Chwe deg pump. Chwe deg saith. Chwe deg naw. Edrychodd yn amheus ar y tai wrth iddo eu pasio. Ambell hen stof yn y gerddi. Sawl ffenestr wedi ei thorri. A phlant yn rhegi a chicio pêl hwnt ac yma ynghanol y ffordd. Petai ei fam yn gallu ei weld yn cerdded yn nheyrnas y fath wehilion, fe fyddai'n gandryll. Ond o leiaf fe fyddai hi wedi hoffi ei weld yn ei siwt. Gwisgai Rhys hi gyda balchder ond teimlai'n anghysurus yr un pryd.

Cant a saith. Roedd e yno o'r diwedd. Tŷ mewn gwell cyflwr nag amryw o'r rhai y cerddasai heibio iddynt. Angen cot o baent arno'n druenus, mae'n wir, ond roedd hynny, rywsut, yn anorfod. Nododd fod graen ar y berth rhododendron yn yr ardd a bod y glwyd wedi agor yn ddidrafferth.

Wrth wasgu'r botwm, gallai glywed tôn fursennaidd cloch y drws. Y fath o dôn y byddai ei fam wedi ei chymeradwyo, tybiodd. Dechreuodd deimlo'n ddig tuag at ymyrraeth barhaol ei fam yn ei feddyliau. A thorrodd ton o chwys trosto i ychwanegu at annifyrrwch y siwt.

Gwraig ifanc ddaeth i'r drws. Un iau nag y disgwyliai Rhys. Ond gwyddai'n reddfol taw hon oedd y wraig iawn y tro hwn. Joyce oedd ar fai drachefn. Heb wneud cyfiawnder â'i phrydferthwch. Roedd hi'n uffernol o dlws. Gyda siwmper binc amdani. A blodau arian disglair wedi eu gwau i'r defnydd.

'Prynhawn da. Shwt 'ych chi? John Morlais Morgan yw'r enw. Wy'n gwitho gydag Ymddiriedoleth Galar Gregory Paterson . . . Maddeuwch imi! Wy'n gorfod meddwl ddwyweth cyn ei ddweud e yn Gymra'g. Tipyn o lond pen, on'd yw e? *The Gregory Paterson Grief Trust*. A gweud y gwir, dyw e fawr gwell yn y Saesneg, odi fe? Ond be wnewch chi? Walle'ch bod chi wedi clywed sôn amdanon ni.'

'Sori?'

'Wel, fe gesoch chi'r daflen fach 'na ma'r ymgymerwyr yn ei rhoi mas . . .' Heb ymateb i'r olwg ddryslyd ar wyneb y wraig, aeth Rhys yn ei flaen. 'Peidwch â gweud 'u bod nhw wedi anghofio unwaith eto! Bydd raid inni gael gair 'da nhw. Wel! Ein gwaith ni yw gneud popeth allwn ni i gysuro'r rhai sy'n galaru. Ma' hynny'n gallu cynnwys popeth o gynghori a *self-help groups* i wneud taliade ariannol . . . lle mae 'na anghenion arbennig, yntefe?'

'Sori! Be wedoch chi o'dd ych enw chi 'to?'

'John Morlais Morgan. O'r *Gregory Paterson Grief Trust*. R'yn ni'n deall ichi ddiodde profedigeth lem yn y tŷ hwn yn ddiweddar.'

Clafychodd wyneb y wraig. Gallai Rhys weld ei bod hi'n gwneud ei gorau i wrando ar ei gelwyddau. Doedd e ddim am orfod ailadrodd gormod. Roedd hon yn rhy dlws i'w thwyllo, mewn gwirionedd. A ph'run bynnag, doedd amser ddim yn caniatáu.

'Ie! Do! Ond sa i'n deall . . .'

'Meddwl tybed allwn i gael pum munud o'ch amser chi. Dim mwy. A 'dyn ni ddim yn rhyw sect grefyddol ddiegwyddor na dim byd fel'na. Nac yn gwerthu insiwrans. Cysuro. Gwrando. Bod o gymorth. 'Na'n diléit ni. Cymryd oddi arnoch chi y beichie rheini sydd mor drwm i'w cario. Yn emosiynol. Yn ymarferol. Ac yn ariannol hefyd, fel wedes i.'

Gallai Rhys weld nad oedd e eto wedi dweud digon i ennill y gwahoddiad hollbwysig i gamu dros y rhiniog. Joyce wedi cael pethau'n rong unwaith eto. Byddai sôn am arian yn siŵr o wneud y tric yn syth, yn ôl honno.

'Ma' 'da fi lwyth o bapure fan hyn, os yw'n well 'da chi ddarllen. Ond rhwnto chi a fi, ma' nhw'n ddiflas tost. Y gwir yw, y gair bach iawn yn ei bryd sy'n gwneud y gwahanieth bob tro, yntefe?'

'Wel! Sa i'n gwbod.'

'Fe alla i ddod 'nôl rywbryd 'to os yw'n well 'da chi ddarllen yr holl daflenni 'ma s'da fi fan hyn. Ond wy wedi dod yr holl ffordd o Gaerdydd, chi'n gweld. O'n i'n gwbod ych bod chi'n deulu Cymra'g ac r'yn ni'n trial cael Cymry Cymra'g bob tro ma' hynny'n gymwys. Ond fe synnech chi fel ma' prinder yn y maes.'

'Wy'n gweld.'

'Neu walle bydde'n well 'da chi ifi ddod 'nôl pan

fydd ych gŵr chi gartre.' Gwyddai Rhys ymlaen llaw nad oedd ganddi'r un.

'Na. Mae'n iawn,' ildiodd y wraig. 'Well ichi ddod i mewn am funud. Dewch trwodd fan hyn.'

Arweiniwyd Rhys i'r ystafell ffrynt.

'O! A dyma Raymond, ife? Mewn lle o anrhydedd ar ben y *drinks cabinet?*' Rhuthrodd at lun o fabi blwydd.

'Na. Nigel, 'i frawd e, yw hwnna,' atebodd y fam yn swta. ''Co Raymond fan hyn.'

Estynnwyd llun llawer yn llai o faint at Rhys. Llun o fachgen gwengar, direidus. Petai wedi byw, meddyliodd, fe fyddai allan ar y stryd yn gwneud niwsans ohono'i hun gyda phêl. A gwaeth.

'Plant tlws gyda chi. O's wir! Ma'r golled bownd o fod yn affwysol.'

'Ond shwt 'ych chi'n gwbod cymint amdana i a'r plant?'

'Cydwitho'n glòs 'da'r ysbytai fyddwn ni, chi'n gweld. Fe welsoch chi sawl poster ar y walydd siŵr o fod. On'd 'yn nhw'n dda yn Nhreforys? Mor garedig 'da phawb. Hyd yn o'd pan fyddan nhw'n marw. A ma' cysylltiad clòs rhyngon ni a'r ymgymerwyr hefyd, chi'n gweld. Perthynas dda iawn fel arfer. Trueni iddyn nhw anghofio rhoid y lifflet ichi wedi'r angladd.'

'Walle 'u bod nhw wedi gadel un 'da fi, cofiwch. Alla i byth â thyngu y naill ffordd na'r llall. O'n i mewn shwt stad y diwrnod 'ny.'

'Debyg iawn. Debyg iawn. Y Co-op 'nath y trefniade drosoch chi, yntefe? Wy'n credu fod y *certification* 'da fi yn 'y mag. Af i ddim i drafferthu ca'l y cyfan mas i ddangos ichi nawr . . .' Clywai Rhys ei hun yn dechrau wafflo. Lle ddiawl oedd Seth?

'O'n nhw'n dda, chi'n gwbod. Llawn consýrn.'

55

'O'n, fe alla i gredu. Fi wastad wedi gweld y Co-op yn dda am bopeth. Y nhw gladdodd 'y nhad.'

O'r diwedd! Wrth iddo ddechrau canu clodydd y Co-op, fe ganodd y ffôn. Ochneidiodd ei ryddhad. Cofiodd ofyn a gâi e ddefnyddio'r tŷ bach wrth i'r alarwraig frysio i ateb yr alwad.

'Wrth gwrs,' atebodd hithau'n frysiog, gan ei gyfeirio lan stâr, cyn rhuthro i'r gegin, fel y gwyddai Rhys y byddai'n gwneud, gan taw yno roedd y ffôn.

Ar y llofft, gwyddai Rhys yn union pa ddrws i fynd trwyddo i gyrraedd y trysor. Yno, ar fwrdd wrth erchwyn gwely'r fam, roedd hanner dwsin o luniau o'r ymadawedig a'i frawd, oll wedi eu harddangos mewn fframiau arian. (Fe ofalodd Joyce ei bod hi wedi gwneud yn siŵr o'r llew Prydeinig ar y fframiau, i dystio i'w gwerth.) Cipiodd bob un ohonynt oddi ar y celficyn rhad a'u daliai a'u rhoi yn ei ges. Symudodd fel slywen i'r ystafell nesaf. Aeth set o ddarnau gwyddbwyll wedi eu naddu o *onyx* hwythau yn sglyfaeth i'r ces.

Rhedodd i lawr y stâr fesul dwy ris ar y tro. Gallai glywed y wraig dlos ar y ffôn o hyd, yn dal pen rheswm am ryw dân nwy newydd nad oedd hi, mae'n ymddangos, wedi ei archebu.

Agorodd ddrws y ffrynt yn ofalus gan sleifio trwyddo heb drafferthu i'w gau. Dechreuodd redeg wrth fynd heibio'r rhododendron ac erbyn iddo gyrraedd cornel y stryd roedd allan o wynt. Ganllath i ffwrdd, gallai weld Seth yn dod allan o flwch ffonio. Ac roedd y fan yn ymyl.

'O'r diwedd, fe all Joyce roi llun ei diweddar rieni mewn ffrâm teilwng,' ebe Seth yn falch o waith y bore. 'Ac fe gewn ninne werthu'r blydi *onyx* twp 'na.'

'Pam mae hi wedi mynnu ca'l y fframe 'ma ar gyfer

'i thylw'th, sa i'n gwbod. Nagyw hi'n gneud dim byd ond lladd arnyn nhw fel arfer.'

'Fel 'na 'yn ni 'da'n perthnase, ti'n gweld, Rhys bach. Eu casáu nhw tra maen nhw'n fyw. A dim byd ond y gore iddyn nhw ar ôl iddyn nhw farw. Aros di nes fydd dy fam di yn 'i bedd.'

'Ma' nhw'n drwm. Shgwl!' Roedd y ces ar ei gôl ac ar fin cael ei agor.

'Dim fan hyn, y mwlsyn,' dwrdiodd Seth. 'Rho'r ces 'na yn y cefen a gwisg dy wregys. 'Dyn ni ddim moyn rhoi esgus dwl i'r polîs 'yn stopo ni.'

Yn ofalus a chyflym, gyrrodd Seth y ddau o gyrion y stad. Bore da o waith wedi ei gyflawni. A'u hyder wedi ei ailhogi.

'Fe withodd y sgript 'na wnest ti ifi yn grêt,' byrlymodd Rhys. 'Wedes i bopeth, wy'n credu. Jest fel ro'n i wedi'i bractiso 'da ti a Joyce. A dries i gwato'r acen. Ac o'dd popeth yn gwmws lle wedodd hi bydden nhw. A wy'n credu 'mod i wedi gneud gwir argraff ar y fenyw 'na, ti'n gwbod. O'dd hi'n itha pishyn. Ac ro'dd hi'n *dead impressed* 'da fi. O'n i'n gallu gweud. O'dd Mami wastad yn meddwl y bydden i wedi gneud gweinidog da.'

'Gwell iti gadw un o'r fframie 'na i ti dy hunan, 'te,' cynigiodd Seth yn ddidaro. 'Wedyn, mi fydd 'da ti rywle teidi yn barod i roi'i llun hi ar ôl iddi farw.'

Erbyn iddyn nhw gyrraedd fflat Joyce y noson honno, roedd Seth wedi hen newid ei feddwl. Doedd fiw i Rhys gadw'r un ffrâm o'r set, wedi'r cwbl. Rhaid oedd gofalu na fyddai byth yr un iot o dystiolaeth i glymu Rhys ac yntau gyda Joyce. Dyna oedd Seth wedi'i bennu, fisoedd ynghynt, ar ddechrau'r fenter hon rhwng y tri ohonynt. Mae'n wir fod ei galon wedi llamu wrth feddwl am y dydd y byddai mam Rhys yn 'ddiweddar' fam iddo, ond doedd hynny ddim yn golygu ei fod ar fin colli arno'i hun a pheryglu popeth er mwyn cael llun deche ar gyfer ei choffadwriaeth. Gwallgofrwydd fu gwamalu felly.

Torsythodd Joyce gan falchder pan roes Seth y darnau a ddygwyd ar fwrdd ei chegin a dechreuodd eu harchwilio, wrth iddo yntau dynnu'i fenig.

Llun tuag ugain mlwydd oed ohoni'i hun yn ei lifrai nyrsio oedd y peth gorau roedd hi wedi gallu dod o hyd iddo ar gyfer y foment hon. Ffrwyth orig y diwrnod cynt pan fu'n turio trwy'i drôr lluniau yn yr ystafell wely. Daethai o hyd i hen ffotos du a gwyn o'i rhieni a pherthnasau eraill hefyd, mae'n wir, ond yr hen lun ffurfiol ohoni'i hun ar y diwrnod y derbyniodd ei chymwysterau nyrsio gafodd y flaenoriaeth ganddi. Bu'n ei drysori ers oriau, yn barod ar gyfer ei ailgartrefu. Roedd fel cael babi ac yna disgwyl i rywun arall gyrraedd gyda'r crud.

Dewisodd y ffrâm agosaf o ran maint at y llun ac ymbalfalodd ei bysedd yn ddyheuig yn nirgelion ei gefn er mwyn ei agor.

Pwyso'n ôl yn erbyn y sinc wnaeth Seth. Ei gefn yn cyffwrdd ag ymylon y platiau drud oedd yn dal yno'n bentwr. Ei ddirmyg ohoni i'w weld yn ei wên. Peth trist oedd gweld rhywun yn chwennych gyda'r fath angerdd, heb na'r dysg na'r dychymyg i werthfawrogi gyda'r un angerdd pan ddeuai gwrthrych ei gwanc o fewn ei gafael. Nid harddu fflat fach ddi-nod wnaeth yr holl drugareddau newydd a ddygwyd yno i lenwi'r lle, ond tynnu sylw at ei hagrwch.

Fflat Joyce oedd hi. Dyna'r drwg. Dyna hanfod yr hagrwch. Ond fu hynny ddim mor amlwg pan oedd tlodi'n esgus dros ddinodedd. Pan alwodd Seth yno gyntaf gyda Rhys, y bore rhyfedd hwnnw toc ar ôl angladd yr ewythr, roedd wedi barnu mai fflat fach gyffredin oedd hon. Dim ond nawr, gyda'r lle'n gyforiog o olion cyfalaf, y gallai weld mor druenus o wag oedd y cyfan. Y ceinder na olygai ddim. Y disgleirdeb a danlinellai wacter. Roedd ef a Rhys yn peryglu eu rhyddid er mwyn bodloni blys dibwrpas bitsh ddi-steil. Byddai'n rhaid i bethau newid.

Joyce oedd ar fai. Ynghanol y cyfan. Yn ddiarhebol o ddu ac anniolchgar. Sylwodd arni'n crafangu'r metel gwerthfawr ar y bwrdd o'i flaen. Ôl y chwys ar flaenau ei bysedd bach smwt yn staenio'r arian am rai eiliadau ar y tro. Pawennau nad oedd erioed wedi gweld gwerth mewn anwesu person oedd y dwylo hyn. Yn ceisio dod o hyd i ystyr mewn mwytho metel.

''Na welliant!' ymffrostiodd Joyce o'r diwedd, gan ei hedmygu ei hun yn y llun.

Pasiodd y gwrthrych at Rhys, fel petai disgwyl i hwnnw edmygu hefyd. Brysiodd hithau i feddiannu gweddill y fframiau, trwy dynnu lluniau Nigel a'r diweddar Raymond ohonynt.

'Nagyw hyn yn reit, rywsut,' grwgnachodd Rhys. Yn hytrach na dangos y dyledus barch i'w llun hi, roedd ei lygaid wedi'u serio ar luniau'r ddau frawd, nawr yn gaeth yn nwrn y fenyw. 'Fe ddyle'r fenyw fach 'na ga'l y rheina'n ôl.'

'Be wyt ti'n awgrymu y dylen ni'i neud? Eu postio nhw ati?' Rhwygodd Joyce y chwe llun yn ddefodol o flaen ei lygaid cyn taflu'r darnau i'r bin oedd wrth draed Seth, o dan y sinc.

'Mae hi wedi colli cymaint yn barod.'

'Wel! Fe ddylet ti fod wedi meddwl am 'ny cyn mynd i'w thŷ hi. Gwed wrtho fe am b'ido â bod mor dwp, Seth.'

Ochri gyda Rhys wnaeth Seth. Bu'n dirion ohono ers wythnosau. Yn cadw ffrwyn lem arno'i hun, i'w atal ei hun rhag ei waldio na'i geryddu.

'Dim ond meddwl am 'i les e'i hunan ydw i,' aeth Joyce yn ei blaen. 'Wedi'r cyfan, fe ga's y fenyw fach 'i cholled fwya pan gollodd hi'r mab. Go brin fydd arni fawr o ots colli rhyw drugaredde drud fel hyn. A fe 'neith hi'n net mas o'r insiwrans, paid ti â becso.'

Synhwyrai Seth ei bod hi wedi colli diddordeb yn y fframiau arian yn barod. Roedd bustl a gwenwyn yn dechrau cymryd lle brwdfrydedd. Creulondeb ei math arbennig hi o gulni oedd bod yn ddigon deallus i sylweddoli mor gyfyng oedd ei chyneddfau a'i chyfleoedd mewn bywyd mewn gwirionedd.

Camodd Seth o gwmpas y bwrdd a rhoes ei fraich yn amddiffynnol dros war Rhys. Penderfynodd adael iddi siarad. Er mwyn rhoi digon o raff iddi i'w chrogi'i hun.

'Fel nyrs, wy'n gwbod beth yw mynd i deimlo dros pobol.'

'Danjerus, odi fe?' holodd Seth yn wawdlyd.

'Odi. Dyw e byth yn talu. Cred ti fi. Nagyw e'n dda iddyn nhw, fel cleifion. Nagyw e'n dda i fi, fel nyrs. Ma'n well p'ido meddwl gormod am oblygiade'r job. Canolbwyntio ar y gwaith dan sylw. Neud popeth mor lân ac mor glou ag y galla i. A mynd sha thre pan ma'r cyfan drosodd. Fel nyrs, 'na'r rheol wy'n 'i dilyn. A nagyw hi'n rheol ffôl i leidr 'ed.'

'Fe ddylet ti sgwennu llawlyfr,' cynigiodd Seth. 'Ond y draffeth yw, nage jest job yw hyn i Rhys a fi y dyddie hyn. Gwaith cymdeithasol yw e. I drial dy gadw di'n hapus. Dechre mewn tlodi naethon ni, ti'n gwbod? Rhys a finne. Dwgyd i fyw.'

'A nawr, chi'n byw i ddwgyd? Paid â gweud wrtha i fod 'na'n dy boeni di. Na'r tipyn bapa lap 'ma s'da ti fan hyn yn byw yn dy gysgod di.'

'Paid â siarad am Rhys fel 'na. Dim Rhys o bawb! Ar ôl popeth ma' fe wedi'i neud i ti!' Wrth gynddeirogi, cydiodd Seth yn dynn yn ei garddwrn. Syrthiodd un o'r fframiau o'i gafael gan ddisgyn yn erbyn cornel y bwrdd. Torrodd y gwydr ar hyd y llawr.

'Nawr, shgwl be wnest ti!' Ceisiodd Joyce dynnu'n rhydd wrth blygu, ond doedd Seth heb orffen eto.

'Ma' pethe'n mynd i newid, Joyce. Mae'n bryd inni ddod yn fwy o ffrindie ac yn llai o bartneried busnes.'

'O'n i'n meddwl 'yn bod ni'n ffrindie'n barod. Nawr, gad dy ddwli . . .'

'Ddaw dim mwy o'r pethe pert 'ma i dy afel di . . . ddim trwy Rhys a fi.'

'Paid â grwgnach trw'r amser. Ma' pawb wedi elwa . . .'

'Ma'r mishodd dwetha wedi bod yn broffidiol, do! Ond nid heb 'u pris,' aeth Seth yn ei flaen yn awdurdodol. 'A Rhys fan hyn sy wedi gorffod talu'r pris bob tro. Llefen. Ffaelu cysgu'r nos. Gofidio bob tro ma' rhywun yn dod at y drws. Un bach sensitif yw e yn y bôn a nagw i'n hapus iddo fe a fi orffod cario'r baich trw'r amser. Yn enwedig jest i lwytho'r lle 'ma â thrugaredde drud nago's syniad 'da ti beth ffyc i'w neud â nhw.'

'Wy wedi gweud wrthot ti, paid siarad 'da fi fel 'na.'

'Fe siarada i 'da ti pa bynnag ffor' wy moyn.' Estynnodd ei law a chydio ynddi gerfydd ei gwddf. Bu ar ei chwrcwd yn codi'r ffrâm i fyny, ond sythodd i'w llawn faint yn ddiseremoni. 'A fe wnei dithe ddechre'i fwynhau e. Wy'n addo iti! Fe wnei di ddechre mwynhau. Ac ufuddhau . . .'

'Neu be wnei di?'

''Sen i ddim yn holi'n rhy fanwl, Joyce.'

'Hy! Feiddiet ti ddim cyffwrdd yno' i . . .'

'Paid â bod mor blydi gibddall, fenyw! Os alla i roi coten i Rhys fan hyn, wyt ti'n meddwl y bydden i'n poeni taten am roi crasfa i ti?' Wrth roi un wasgfa olaf ar ei gwddf cyn rhyddhau ei afael, gwthiodd hi'n ôl yn erbyn y wal. 'Nawr, 'na ddiwedd ar y nonsens 'ma. Rho'r tegell i ferwi inni ga'l dished o de, 'na fenyw dda.'

'Pam nag wyt ti'n trin nyrsys yn gwmws fel y Groes Goch?' gofynnodd Rhys i Seth yn ddiweddarach, yn y gwely.

'Am be yffarn 'ti'n sôn?'

'Byddin yr Iachawdwrieth. Urdd Sant Ioan. Dyn'on da fel'na. Wedest ti wrtha i nad o'n i byth fod rhoi lo's iddyn nhw.'

'Ie?' Holodd Seth er mwyn gwneud i'r foment barhau ennyd fach yn hwy, er ei fod eisoes wedi deall y trywydd.

'Ond gynne fach, o't ti'n bygwth Joyce. A ma' hi'n nyrs!'

Chwerthin wnaeth Seth. Ei gorff yn ysgwyd gan gariad. Tan yn ddiweddar, roedd wedi mynnu llonyddwch ar ôl cnychu, gan gadw at ei ochr ef o'r gwely a chrefu cwsg heb gyffwrdd pellach. Ond ers marwolaeth Olwen ym Mhen Gors Las, roedd wedi gorfod dygymod â mwy o garu. Mwy o'r maldodi a gadwai Rhys yn hapus.

Nid dygymod chwaith. Fedrai Seth ddim twyllo'i hun â'r gred taw dim ond goddef yr agosatrwydd newydd oedd e. Nid ateb gofynion Rhys yn unig oedd y glynu hwn. Tyfodd y defodau newydd arno heb yn wybod iddo, bron. Câi yntau bleser o glywed ei gariad yn gwlychu'i frest pan fyddai hwnnw'n beichio llefen yn y nos. Roedd gwefr iddo yn y gafael tyn yn y tywyllwch.

'Paid â meddwl gormod,' sibrydodd ei ateb yn ysgafn. 'Dyw e ddim yn dy siwto di, Rhys bach. Dim ond dilyn yn ufudd ddyle dyn'on fel ti'i neud. Credu'n angerddol. Cadw'r ffydd.'

'Cadw'r ffydd yn beth?'

'Yno' i, wrth gwrs! Yn y ffaith bo fi'n dishgwl ar dy ôl di.'

'Fel cariad?'

'Fel angel.'

'Wyt ti'n 'y ngharu i?'

Fisoedd maith yn ôl, byddai Seth wedi casáu'r fath siarad. Yn enwedig yn y gwely ar ôl ffwrch. Dim ond atodiad gwyrdoëdig i anghenraid corfforol fyddai swcwr sgwrs fel hon wedi bod iddo. Rhyddhad fu rhyw iddo. Nid pleser. Yn y bôn, dyna oedd e o hyd. Dyn y mewn a'r mas oedd e. Fforiwr gorfoleddus. Anturiwr ar drwydded deithio dragwyddol. Yn ddiolchgar am gael dod o hyd i ambell funud fach o ollyngdod yn fforestydd y cnawd. Roedd rhywbeth diangen ac afradlon am y clebran melys 'ma o hyd. Fel brain yn clegar dros ben nyth.

Ond roedd cadw Rhys yn ddiddig yn flaenoriaeth ganddo bellach. Ac os oedd hynny'n galw am eiriau, yna geiriau amdani.

'Fi yw dy angel gwarchodol di,' sibrydodd yn ei glust. 'Fe ddyle hynna fod yn ddigon iti.'

Gwnaeth hynny'r tric, mae'n rhaid. O fewn eiliadau, gallai Seth deimlo gafael Rhys ar ei ysgwydd yn ysgafnhau. Yr ofnau a'r amheuon yn encilio. Gwynt cwsg yn ei ffroenau. Yn sur fel chwys. Ac yn hallt fel had.

Roedd Rhys yn hapus. A'r ddefod warchodol ar ben am ddiwrnod arall.

Trannoeth, roedd y ddau ar eu ffordd i Loegr. Y fan yn rhygnu'i ffordd dros y dŵr, gyda Seth wrth y llyw a Rhys â'i draed i fyny ar y dashfwrdd.

'Pam 'yn ni'n gorffod mynd i'r lle 'ma 'to, ta beth?' gofynnodd Rhys. Roedd wedi oedi tan eu bod nhw ar y bont cyn gofyn, fel petai hynny'n mynd i roi ryw arwyddocâd arbennig i'w rwgnach.

Am resymau cwbl hysbys iddo yr oedden nhw'n mynd i Belfry-by-the-Water. I weld Gerald. Taro bargen . . . Dod o hyd i ryw dafarn fach gysurus. Cael cinio. Llyncu peint. Cyn dod sha thre drachefn. Bu Seth ac yntau'n gwneud y teithiau hyn yn achlysurol ers blwyddyn a mwy.

'Dy orwelion di sydd mor uffernol o gyfyngedig, Rhys bach! Dyna pam wyt ti'n conan bob tro 'yn ni'n mynd draw i Belfry.'

Roedd twristiaid rif y gwlith yn Belfry-by-the-Water. Ystafelloedd te. A llwyth o siopau hen bethau. Yno hefyd roedd Gerald a'i siop fach ddi-nod. Doedd hi ddim ar y brif stryd fel y rhan fwyaf o'r siopau hen bethau eraill, ond ar lôn fach gul y tueddai pobl i'w defnyddio i gerdded yn ôl at eu ceir yn y maes parcio. Un o atyniadau'r siop oedd ei bod hi'n glwstwr o dipyn o bopeth. Ond ei gogoniant pennaf oedd y ffaith nad oedd Gerald yn poeni ryw lawer am darddiad ei stoc.

Wedi'u lapio'n ofalus yng nghefn y fan, ymysg llwyth o wrthrychau eraill, roedd cloc Fictorianaidd oedd yn dal i gerdded, ffiol yn arddull Clarice Cliff, y werin wyddbwyll drom a dwy o'r fframiau arian bondigrybwyll nad oedd gan Joyce ddefnydd ar eu cyfer wedi'r cwbl.

'Fe gewn ni bris da am y lot 'na, gei di weld. Yn ôl yr arfer.'

'Ond mae'n ffordd mor bell . . .'

'Sa i'n gwbod pam wyt ti mor llawn gwenw'n,' torrodd Seth ar ei draws. 'Ishte lan yn iawn yn y sedd, iti ga'l gweld diwrnod mor braf yw hi.'

Ufuddhaodd Rhys yn swrth. Fe wyddai eisoes fod yr haul yn tywynnu a'r dŵr yn las.

'Bydde'n haws gwerthu'r stwff yn syth i ryw *dealer* yn Abertawe,' mynnodd.

'Mwy peryglus. Llai proffidiol. Ma' Gerald yn dishgwl ar 'n hôl ni. Pris da. Dim cwestiyne. A'r cyfan yn digwydd yn ddigon pell o gartre.'

'Shwt alli di fod yn siŵr nag yw prishe ffor' 'co cystel â phrishe Lloeger erbyn hyn? Ma' Abertawe sha lan y dyddie hyn. 'Na beth ma' pawb yn 'i weud.'

'Ti mor hawdd dy dwyllo! Wyt ti'n sylweddoli 'ny? Nag yw'r ffaith fod pobol yn talu trwy'u trwyne am fwyd o Sainsbury's yn golygu'u bod nhw ronyn yn well 'u byd nawr na phan o'n nhw'n arfer nôl 'u bwyd i gyd o'r farced. S'mo *couscous* o Affrica ddim tamed gwell iddyn nhw na'r cocos o Benclawdd. Yr un yw tlodi heddi a thlodi ddo'.'

'Tlodi moesol yw'r unig dlodi gwirioneddol sydd ar ôl yn y byd nawr, yn ôl Wncwl Ron.'

'Nag yw hi'n bryd i hwnna ddiflannu?' holodd Seth. 'Mynd sha thre?'

'Mae e sha thre, ti'n gweld. 'Na'r drwg. Un o ffor'
'co yw e. A mae e'n sôn am werthu popeth yn Awstralia
a dod 'nôl i Gymru i fyw.'

'Be sy ar y dyn, gwed? Nag yw e'n gallu gwynto
peryg?'

'Dim byd i'w ddenu fe'n ôl i Awstralia, medde fe.
Un ferch. Ond nagyw e'n agos ati. Digon o arian 'dag e,
wrth gwrs.'

'Nagyw e'n gwario dim arnat ti, odi fe? Y coc o'n,
shwt ag yw e!'

'Nagyw e'n lico fi ryw lawer,' ebe Rhys gyda thinc o
resyn yn ei lais. 'Ond ma' fe fel se fe'n dwlu ar Mam.
Ma' honno wedi bo'n byw ar y gore o bopeth ers sbel.'

'Hen bryd i honno ddiflannu 'ed,' ebe Seth yn
ddifrifol. Y coegni wedi mynd o'i lais am fod y syniad
hwnnw wedi dechrau cydio ynddo go iawn. Roedd y
bont wedi'i chroesi. A'r Cotswolds gymaint â hynny'n
nes.

2

NEWID AELWYDYDD

Deirgwaith roedd y ddau wedi cnychu. Gallai Joyce gofio'r achlysuron yn fanwl. Ei hatgasedd tuag at gryfder ei gorff. Ei hoffter o'i awdurdod cynhenid.

Chymerai hi fawr o fwynhad o'r cofio. Roedd hi wedi cymryd llai fyth o fwynhad o'r gweithredoedd eu hunain wrth eu cyflawni. Pam yn y byd, felly, oedd hi'n rhyw hanner obeithio efallai y digwyddai'r un peth eto heno?

Doedd e ddim wedi rhoi unrhyw orfodaeth arni wrth iddyn nhw ddod i'w trefniant bach diweddar. Allai neb ei gyhuddo o hynny. A doedd e erioed wedi dangos yr awydd lleiaf o fod am ei threisio, chwaith. Gwyddai Joyce yn burion taw rhywbeth y tu hwnt i flys oedd wedi ei yrru i chwennych ffyc.

Dyn heb ronyn o'r gynneddf heterorywiol ar ei gyfyl oedd Seth. A doedd hithau erioed wedi teimlo'n famol. Pam ddiawl fyddai dau fel nhw ill dau am ddod ynghyd i geisio creu babi?

Byth ers eu cyfarfyddiad cyntaf, roedd Seth wedi cellwair am y crud posibl o fewn ei chylla. Hen jôcs amrwd bob yn hyn a hyn, yn gymysg â rhyw ddeisyf difrifol am epil i Rhys ac yntau. O'r awgrymiadau lled chwerthinllyd hynny y tyfodd ei gynnig go iawn dri mis ynghynt. Roedd hithau wedi ildio o'r diwedd. Yn oeraidd, ddiddiléit.

Rhaid ei bod hi wedi cytuno am yr un rheswm ag yr oedd yntau wedi bod mor daer wrth gynnig. Chwilfrydedd gwyrdroëdig!

Doedd yr un ateb arall yn cynnig ei hun i Joyce heno. A chyda rhyw falchder anghyfarwydd iddi, daliodd ei siwt drowsus ddu newydd sbon o'i blaen. A dawnsiodd yn y drych.

Doedd hi ddim am orfod mynd i'r amlosgfa 'na

unwaith eto yfory. Ond gan fod Anti Beti newydd drengi, gwyddai taw mynd fyddai raid.

Drych Anti Beti oedd hwn y safai o'i flaen. Hen stafell wely Anti Beti oedd hon. Yn hon y bu'r hen ferch farw dridiau ynghynt. Y tŷ hwn oedd cartref Joyce bellach.

Bu Joyce yn ochneidio ers dyddiau. Arwydd o'i diflastod pur â'r pydredd o'i hamgylch. Ond roedd pawb a fu'n ddigon ffôl i alw a chynnig cydymdeimlad yn ystod y dyddiau diweddar hyn wedi ei gamgymryd am arwydd o alar. O leiaf heno, ar drothwy'r angladd, roedd hi wedi disgwyl gallu teimlo ryw rhyddhad. Y siopa dillad diflas drosodd. Yr angen i gadw rhyw lun ar barchusrwydd yng ngŵydd y byd ar fin dod i ben. Ond doedd dim ond llwydni dannod gwag o'i chylch. Fel y bu ers misoedd.

Gadawodd y siwt i hongian ar yr allwedd fechan yn nrws y wardrob hen ffasiwn. Câi wared ar y celficyn hwnnw yn y man, fel cymaint o'r trugareddau eraill oedd ar fin bod yn eiddo iddi.

'A ti'n ffyddiog taw i dy bant arbennig di y ma'r dŵr i gyd yn mynd i redeg y tro hwn?' gofynnodd Seth pan alwodd hwnnw'n ddiweddarach y noson honno.

'Wel! S'neb arall, o's e? Ma' pob ffrind fuodd 'da hi erio'd naill ai wedi'i gladdu neu wedi'i gwrso o'ma. Ti wedi bod 'nôl a mla'n yn ddigon amal i allu gweld trostot ti dy hunan nago's neb arall wedi dod ar 'i chyfyl hi, yr holl fishodd 'na fuodd hi'n dost. Neb ond ti . . . a Doctor Patel.'

'Na. Ma' hynna'n wir, sbo,' cytunodd yntau. 'Fydd hi fowr o sioe fory, 'te? Ti, fi, Rhys a'r ficer.'

'Fi gaiff y tŷ 'ma, gei di weld. A wy'n haeddu pob bricsen o'r hen le,' haerodd Joyce yn gadarn.

Am flynyddoedd, roedd Anti Beti wedi bod yn

rhygnu byw ar drugaredd rhyw dostrwydd amhenodol. Un o'r rheini nad oedd neb byth yn siŵr o'i enw. Na hyd yn oed ei symptomau penodol. Y math o aflwydd gwenwynllyd, di-ddim sy'n grachen ar yr enaid.

Yna, chwe mis ynghynt, mewn un eiliad egr, pan oedd hi yn y tŷ ar ei phen ei hun yn ôl ei harfer, fe grafodd ffawd hen grachen galed Anti Beti. Er i honno honni filoedd o weithiau yn ystod ei hoes ei bod hi wedi colli'i hiechyd, daeth i sylweddoli'n ddigon sydyn nad oedd hi'n gwybod ystyr colli iechyd tan yr eiliad dyngedfennol honno. Allai chwarae ar dosturi dieithriaid ddim gweithio mwyach. Doedd byw ar faldod ddim yn mynd i wneud y tric byth mwy.

Dyna pryd y symudodd Joyce i fyny'r cwm, gan adael ei fflat yn Abertawe'n wag. Gofalodd ddod â'r rhan fwyaf o'i thrugareddau mwyaf gwerthfawr gyda hi, wrth gwrs, rhag ofn iddyn nhw droi'n sglyfaeth i ddwylo blewog. Stripiwyd cwpwrdd llestri Anti Beti er mwyn gwneud lle iddynt. Gwaredwyd popeth o'r silffoedd o bobtu'r lle tân ac aeth Seth â nhw i'r Cotswolds un diwrnod, am drip nad oedd modd iddynt ddychwelyd ohono. Gwyddai Joyce gyda sicrwydd proffesiynol na fyddai'r hen wraig fyth ddim callach.

Trwy fisoedd yr hebrwng, llanwyd y tŷ gan leisiau benywod hardd. Eu purdeb wedi ei ddal ar gryno ddisgiau, a safon uchel yr atgynhyrchiad wedi'i warantu gan safon yr offer a ddefnyddid i'w chwarae. Cafodd Beti Hanbury fisoedd o farw'n araf i sŵn llu o leisiau croenddu Americanaidd. Lleisiau a swniai fel sgrialu ewinedd profiad dros eneidiau claf.

Fyddai Joyce byth yn dawnsio i'r miwsig. Dim ond gadael iddo lifo'n rhythmig dros y llesgedd. Hyhi ac Anti Beti yn llonydd yn y tŷ gwag.

71

Ymateb i gloch y drws wnaeth Joyce pan adawodd y wisg angladdol yn hongian yn y tywyllwch. Roedd Seth wedi cyrraedd yn ei siwt, fel petai arno ofn na châi ei hun yn barod mewn da bryd bore trannoeth ar gyfer yr angladd. Aethai hithau ag ef drwodd i'r gegin a chafodd y ddau gan o gwrw.

'Fe ddylen i deimlo'n browd o'r ffordd edryches i ar 'i hôl hi, wy'n gwbod 'ny,' meddai hi'n dawel. 'Ond ma' whech mish yn amser hir o fywyd i'w gysegru i achos colledig.'

'Odi, sbo,' cytunodd Seth. 'Ond yn dy lein di o waith ma' pob achos yn golledig.'

Gwalch golygus oedd yn gallu siarad mor bert, barnodd hithau, heb weld unrhyw anghysondeb rhwng yr edmygedd a'r dirmyg a deimlai tuag ato. Seth oedd y cyfuniad perffaith o berthynas gor-alarus ac ymgymerwr gor-awyddus. Hen sbort felly oedd ei angen arni heno, nid rhyw.

Cafodd Joyce ei deffro gan wichian y styllod rhydd yn y stâr. Rhaid fod Seth ar ddihun o'i blaen ac yn cerdded lawr llawr i chwilio am frecwast gyda'i hyder arferol.

Diolchodd i'r drefn nad oedd hi wedi crybwyll rhyw y noson cynt. Yn ôl cylch ei mis, doedd hi ddim ar ei mwyaf ffrwythlon. Fe fyddai e wedi gweld ei hangen am gysur fel arwydd o wendid. Byddai hithau wedi deffro'n ei ffieiddio'i hun.

Llusgodd ei hun o'i gwely i'r tŷ bach, cyn gwisgo'i gŵn a rhuthro i lawr i'r gegin at Seth. Dyna lle'r oedd hwnnw, yn ei siwt drachefn, yn ei gwrcwd wrth gefn yr oergell.

'Ti'n gwbod am y llwydni ar y wal 'ma, wyt ti?'

gofynnodd. 'Sdim rhyfedd fod yr holl gacti 'na ar y sil ffenest yn ffynnu.'

'Ffwng sy'n ffynnu mewn lleithder, grwt, nage cactus.'

'Wel! Ta p'un!'

''Na pam ma'r ffrij fan lle mae'ddi,' ebe Joyce gan estyn am y tegell. 'Er mwyn cwato'r gwlybanieth.'

'Nagyw e fel ti i fod ishe cwato pydredd . . . yn enwedig pydredd salw.'

'Athronieth Anti Bet, nage'n athronieth i.'

'Dy athronieth di fydd ar waith 'ma o hyn mla'n.'

'Ma' ambell beth ishe'i neud 'ma, *right enough*!'

'Fe gostith ginog neu ddwy iti . . .'

'Wel! Aros di nes ga i fynd 'nôl i witho. Wy'n ysu ca'l mynd 'nôl i ennill 'y nhamed. Wir iti! Chredet ti fyth!' ychwanegodd yn frwdfrydig gan brysuro i wneud paned o de iddynt. 'Wy wedi bo'n colli arian trwy'r trwch ers mishodd!' (Cyn symud o'i fflat, daethai'r awdurdodau a hithau i gytundeb yn gwarantu y câi hi ei digolledu am y gyflog nad oedd yn ei hennill wrth iddi ofalu am ei modryb.)

'Paid â becso! Siwrne fydd heddi drosodd . . .'

'Clyw! Ma' heddi'n costio digon ifi'n barod, heb sôn am feddwl am odro pellach ar y pwrs . . .'

'Dorrest ti'r gost lawr i'r dim, whare teg! A wy wedi dod yn unswydd i acto fel gyrrwr iti. Jawch! 'Sen ni ddim ond wedi meddwl ynghynt, allen ni fod wedi stwffio'r arch mewn i gefen 'yn fan i a safio cost yr hers hefyd.'

Am ennyd, roedd rhialtwch a rhyfyg yn llenwi'r gegin. A'r cof am Anti Beti ymhell o fod yn barchus.

Rhyw ddwyawr yn ddiweddarach, wrth eistedd nesa at Seth yn ei char ei hun, difarai Joyce hynny fymryn.

Synhwyrai fod yr achlysur yn mynnu rhywbeth ganddi nad oedd hi'n siŵr y gallai ei gyflawni.

'Whare teg iti am ddod, ta beth! Ti'n gwd boi w'ithe, ti'n gwbod 'ny? Wy'n ddiolchgar.'

'Wel! Allen i mo dy adel di yn y tŷ 'na ar dy ben dy hunan. Ddim nithwr, o bob noson yn y byd!' Doedd ystrydebau byth yn swnio'n iawn o enau Seth. Baglu i'r clyw wnâi'r geiriau a gorwedd yn lletchwith ar hyd a lled y sgwrs am funudau wedyn. Fel didwylledd oedd wedi ei ddwyn oddi ar rywun arall.

'Nage jest heddi wy'n 'i feddwl,' aeth Joyce yn ei blaen. 'Ond dros y mishodd diwetha 'ma. Dod lan ffordd hyn i 'ngweld i. I weld shwt siâp o'dd arni hi lan stâr. Ishte 'da hi am orie. Rhoi cyfle i fi fynd mas i nôl neges. Neu fynd lawr sha Abertawe i gadw llygad ar y fflat.'

''Na beth ma' ffrindie'n dda, yntefe?'

'A'r ffordd o't ti'n trin a thrafod yr *undertaker* 'na pa noson. Roiest ti fe yn ei le, reit 'i wala! A'r ficer, 'ed!'

''Y mhleser i! Ma' dyn'on fel'na'n gallu bod mor ewn pan ma' nhw'n gweld menyw ar 'i phen 'i hunan.'

'Nagw i'n gweud na allen i fod wedi'u dodi nhw yn 'u lle yn hunan, cofia! Paid â chredu 'ny am eiliad. Ac i fod yn onest 'da ti, wy'n dal ddim yn siŵr nad y ficer o'dd yn reit amboithdi'r gladdedigeth. Ca'l 'i rhoi yn y ddaear 'da Wncwl Elwyn fydde Anti Beti wedi'i lico, wy'n meddwl. Nage gorffen lan yn gols yn y blydi orsaf dân 'na ry'n ni ar y ffordd iddi.'

'Llosgi wedodd hi wrtha i. Wir iti! Lan stâr. Liw nos. Pan fydden ni'n dou ar ddihun. Yn gwmni net i'n gilydd. "Llosga fi! Llosga fi!" 'Na beth o'dd hi'n arfer galw mas trwyr tŷ. Wy'n synnu nad o'dd 'i sgrechen hi'n ddigon i dy ddihuno di ambell noson.'

74

'Paid â'u rhaffu nhw, wir!' Wfftiodd Joyce ei actio carlamus.

'A llosgi sydd saffa,' cyhoeddodd Seth yn gadarn. 'Cred ti fi!'

Doedd dim lle i amwysedd yn ei lais. Anesmwythodd hithau yn y siwt newydd a gwyddai nad oedd fiw iddi holi mwy.

Roedd angen sbaddu'r ficer 'na. Fedrai Joyce ddim cuddio'i theimladau, hyd yn oed pe dymunai wneud hynny. Dechreuodd fartsio o'r amlosgfa ar sillaf olaf Amen y fendith.

Cerddodd yn dalog rhwng y ddwy res o seti anghysurus ac allan i'r awyr iach. Oherwydd cyflymder ei chamre, chafodd y gwarchodwyr oedd yn plismona protocol y lle ddim cyfle i'w chyfeirio at y drws cywir. O'r herwydd, cafodd ei hun cyn pen dim yn brasgamu trwy dorf o alarwyr a oedd wedi ymgynnull wrth y fynedfa ar gyfer yr angladd ddilynol.

Sylweddolodd ei chamgymeriad, ond doedd dim amdani ond dal i gerdded. Fe frasgamai ei ffordd o gwmpas yr adeilad er mwyn dod o hyd i'r maes parcio petai raid.

Tynnodd nished o boced siaced ddu ei siwt a chwythodd ei thrwyn tra oedd yn dal i gerdded. Gwthiodd ei ffordd trwy griw o alarwyr oedd yn cerdded i'w chyfarfod. Fe gyrhaeddai hi'i char, doed a ddelo.

Wedi ei gyrraedd, aeth i eistedd yn sedd y gyrrwr. Er mai Seth a'i gyrrodd yno, roedd hi'n bwriadu bod wrth y llyw ei hun wrth fynd adref.

Ble ddiawl oedd y ddau? Dyrnodd yr olwyn. A chyn pen dim, gallai weld yr ateb yn glir o'i blaen. Pawb a fu'n helpu i hebrwng Anti Beti yn ymlwybro'n hamddenol o'r amlosgfa. Ambell un yn cynnau ffag ar frys, cyn i'r awyr iach gael cyfle i halogi'i ysgyfaint. Eraill yn cloncan ling-di-long gyda hwn a llall. A Rhys a Seth yn eu plith. Ond Duw a ŵyr beth oedd gan y ddau walch i'w ddweud wrth neb! Eu pennau wedi eu gogwyddo i'r chwith . . . ac yna i'r dde. Yn yr osgo ffug-wylaidd yr oedd pawb yn ei hystyried yn gymwys mewn angladd.

Cymdogion ei modryb oedd bron pawb o'r gynulleidfa. Pobl oedd wedi gweithio gyda hi slawer dydd. Pobl oedd wedi cwympo mas â hi amser maith yn ôl. Pobl oedd wedi dioddef ei chleme dros y blynyddoedd.

Synnwyd Joyce fymryn. Daethai mwy ynghyd na'r disgwyl. Os oedden nhw'n disgwyl te angladdol i ddilyn, roedd sioc yn aros y bytheiaid.

Roedd Seth erbyn hyn hyd yn oed yn torri gair â'r ficer. Yn ysgwyd ei law, os gwelwch chi'n dda! Gallai Joyce weld yn iawn, a chododd ei chynddaredd radd neu ddwy ymhellach. Y cachwr diegwyddor! Ond dyna fe! Doedd fiw iddi farnu'n rhy llym ymlaen llaw. Pwy a ŵyr nad oedd gan Seth ei gynlluniau ei hun ar gyfer y ficer.

''Nes i ddim trial gwneud esgusodion drosot ti,' meddai Seth, pan ddaeth ef a Rhys i'r car o'r diwedd. 'Wedes i wrtho fe'n blaen y byddet ti'n siŵr o ddal dig.'

'Dal dig! Wrth gwrs 'mod i'n dal dig! Bwrw'r bai arna i fel'na! Ymddiheuro fod pawb wedi gorffod teithio mor bell o'r blydi cwm.'

'Dim ond neud 'i job o'dd y dyn. Whare teg nawr, Joyce!'

'Buodd e cystal â gweud taw fi o'dd ar fai 'u bod nhw i gyd 'ma heddi. Mae gweddillion Mrs Henbury, yn gro's i'w dymuniad, *poor dab*, yn ca'l 'u gwaredu yn bell iawn o'i chynefin! . . .'

'Wedodd e mo shwt beth!'

'Ddim mewn cymint o eirie, walle! Ond o'dd pawb yn gwbod at bwy o'dd yr ergyd wedi'i hanelu. Fe a'i "eglwys fach hynafol wedi'i hasio â chalon y gymuned".'

'Wy'n credu taw trial codi cwilydd ar rai o'r hen racsod 'na yn y gynulleidfa o'dd e,' rhoes Rhys ei big i mewn i'r sgwrs. 'I weld a ddaw un neu ddou ohonyn nhw i'r cwrdd yn amlach nawr fod dy Anti Beti di wedi mynd. Achos o beth gasgles i o'dd yr hen fenyw'n eitha selog i'r hen le.'

'Selog i'r hen hofel oer 'na? Celwydd noeth! O'dd Anti Beti yn trin Duw yn gwmws fel o'dd hi wedi trin pawb ar hyd 'i ho's . . . ar 'i ôl e, yn erfyn iddo neud rhywbeth drosti yn dragwyddol . . . ac yna dishgwl iddo fe ddod rownd i'w thŷ hi i neud e.'

Yn ddisymwth un dydd Sul, fe dorrwyd y newyddion i Rhys fod ei Wncwl Ron wedi taro bargen â phlant difater Wncwl David ac Anti Ethel ac wedi prynu Rose Villa.

Yn ôl yr hyn a gyhoeddodd yr Awstraliad ariannog, mewn arddull batriarchaidd anghyfarwydd iawn i Rhys, byddai ef a'i fam yn symud yno cyn gynted ag y dôi'r gwaith papur i gyd i fwcwl. I fyw o dan yr un to, megis. Y ddau ohonynt. Ynghyd. Mewn un annedd unedig. Heb sôn yn y byd am briodas.

Llyncu poer fel petai'i lwnc ar fin troi'n hesb am byth wnaeth Rhys.

Rhedodd allan o'r tŷ ac adref i freichiau Seth.

'Sa i'n credu y bydde dy fam yn byw tali 'da neb,' ceisiodd hwnnw ei sicrhau. 'Dyw hi ddim y teip.'

Serch hynny, roedd chwilfrydedd cynllwyngar Seth wedi ei oglais a dechreuodd weld y gallai fod hirach oes i Wncwl Ron nag y rhagwelodd iddo cynt.

Tridiau o anghrediniaeth fu raid i Rhys ei ddioddef cyn i'r datguddiad gael ei ddilyn gan sioc bellach i'w system. Gwahoddwyd Seth i dŷ ei fam am de. A chan ei fam y daeth y gwahoddiad.

'Ro'n i wedi anghofio mor braf oedd yr ystafell hon yn gallu bod,' baldoriodd Seth yn gartrefol. Roedd wedi gwisgo'n daclus mewn crys glân a siaced smart ar gyfer yr achlysur. I greu argraff dda. 'Heb ei gweld hi o'r blaen ar ddiwrnod pan mae'r haul yn llifo i mewn mor llachar.'

Pur anaml y bu e yn y tŷ erioed o'r blaen, mewn glaw neu hindda, ond gwyddai nad oedd angen iddo dynnu sylw at y ffaith gan fod pawb yn fwy nag ymwybodol o hynny eisoes.

Cododd y fam ei llaw i gyffwrdd â'i gwallt gan wenu'n falch, fel petai hi'n bersonol gyfrifol am dreiddiad y pelydrau.

'Chawn ni mo'r pleser 'ma am lawer yn hirach.'

'Felly ro'n i'n casglu.'

'Symud, chi'n gweld! Wel! Wy'n gwbod ych bod chi'n gwbod 'ny'n barod,' baglodd hithau yn ei blaen yn lletchwith. 'Wy am ddod yn syth at y pwynt, fechgyn. Ma' Wncwl Ron yn credu y dylech chi'ch dou ddod i fyw aton ni yn Rose Villa.'

Gwenu mewn cymeradwyaeth wnaeth Rhys. Dyna fyddai Seth wedi disgwyl iddo'i wneud. A doedd e ddim am ei siomi. Gwenodd yntau. Braidd yn ddoeth a choeglyd. Ond yn ddigon caredig i dwyllo un mor dwp â mam Rhys.

Yn bersonol, roedd wedi amau ers derbyn y gwahoddiad fod rhyw gynnig yn y gwynt. Dyna pam iddo gytuno i ddod mor ddirwgnach.

'Nage yn y tŷ, yn gwmws, wrth gwrs,' aeth y fenyw yn ei blaen. 'Er bod hwnnw braidd yn fowr i ddou a dweud y gwir. Ond meddwl am y tai mas o'dd Ron.'

'Y tai mas!'

'Ie, bach,' aeth y wraig yn ei blaen i dawelu pryderon amlwg ei mab. 'Y stable sydd ar waelod yr ardd. Nag wyt ti'n cofio whare 'co pan o't ti'n grwt?'

'O, y stable!' ebe Rhys. 'Nago'n i'n cofio am y rheini. Ma' cymint o flynydde wedi mynd heibo ers imi fod 'na.' Edrychodd i gyfeiriad Seth ar ôl dweud hynny, fel petai'n disgwyl cymeradwyaeth am gofio'r celwydd. A chofio ei ddweud.

'Mae e'n deall shwt wy'n becso, chi'n gweld,' eglurodd y fam, gan gyfeirio'i geiriau at Seth.

Sylweddolodd hwnnw o'r cychwyn ei bod hi wedi deall taw ato ef yr oedd angen anelu'r cynnig os oedd am gael ei dderbyn. Roedd y llestri gorau allan. Cwpanau bas gyda blodau brau. A gwep druenus ar wyneb powdrog eu perchennog. Rhaid nad oedd yr abwyd ariannol ymhell i ffwrdd.

'Bydde rhyddid llwyr 'da chi i fynd a dod fel fynnoch chi, wrth gwrs,' aeth y wraig yn ei blaen. 'Ma' rhyddid yn bwysig i'r ifanc, yn ôl Ron. A nagw i'n un i gadw tabs ar bobol.'

'Nagy'ch, gwlei! Ond ar y llaw arall, 'ych chi moyn cadw llygad ar ych crwtyn bach.' Cododd Seth ei law yn fwriadus wrth siarad, a'i gorffwys am eiliad ar ben-glin Rhys. Gwawdio oedd e. Yn ysgafn a chwareus. Ac i'w ddifyrru ei hun yn hytrach nag i'w brifo hi.

'Wel! Ma' shwt gymint o angen cadw llygad arno fe, on'd o's e?'

'Yn gwmws.'

'A shgwlwch nawr, cyn ifi anghofio gweud! Fydde dim ishe ichi dalu dime o rent. O'dd Ron am ifi sôn am 'na wrthoch chi'n arbennig.'

'Mae e braidd yn bell, on'd yw e?' lleisiodd Seth rhyw amheuon. 'Yn ble'n gwmws ma' fe 'to? Lawr Penrhyn Gŵyr yn rhywle?'

'Ond meddylia'r arian allen ni arbed. Dim rhent na dim.'

'Fe allen i roi lan 'da'r anghyfleustra, sbo! Ond beth am y gwaith atgyweirio? Wy'n cymryd fod golwg shang-di-fan ar y lle ar y foment. Fawr o siâp neud gwaith tŷ ar Anti Ethel, yn ôl be glywes i.'

'W, o's! Golwg ofnadw yn ôl Ron. Wel! Nago'dd hi hanner da ers blynydde. Ymhell cyn y pwl bach ola 'na. Hedd i'w llwch hi, yntefe?'

'A sôn am lwch, 'ych chi'n gwbod na alla i fyw ynghanol dwst a stŵr, on'd 'ych chi? Ma' nhw'n ypseto'n metabolism i i gyd.'

'Ma' dwst yn whare ber 'da chithe hefyd, on'd yw e, Mam?'

'Rhyngoch chi a fi, ma' Ron ishws wedi bod yn gweld rhyw bensaer. Cael cynllunie wedi'u paratoi. Ma' lle yn yr hen stable 'na i ddwy stafell wely... achos bydd angen dwy stafell wely arnoch chi'n naturiol.'

'Allen ni feddwl 'ny, 'ed! Walle fydd 'da ni ffrindie ishe dod i aros,' dadleuodd Seth.

Anesmwythodd y fam. Heb allu lleisio ei hamheuon.

'Allen ni fyw lan llofft a chadw'r gwaelod fel un garej fawr,' dechreuodd dychymyg Rhys ar waith. 'Digon o le i dy fan di, Seth. A digonedd o le i storio stwff.'

'Shwt wyt ti'n gw'bod fod digon o le 'co, Rhys? Nago't ti'n gallu cofio'r tŷ meddet ti,' torrodd Seth ar ei draws yn chwyrn. 'Wedi'r cyfan, ma' blynydde ers iti fod 'co. Cofio?'

'Wel! Nagw i wedi bod 'co'n hunan ers blynydde,' meddai'r fam. 'Ond mae e'n dŷ sobor o hardd. A lawnt a pherllan fach rhwng y tŷ a'r tai mas.'

'Digon o le i ni allu cwato o'ch golwg chi, 'te?' ebe Seth. 'Bydd raid inni fynd lawr i weld y lle, Rhys.'

'O! 'Ych chi'n lico'r syniad, 'te?'

'Dim rhent?'

'Na, dim rhent i'w dalu.'

'A dim dod 'nôl a mla'n i'n gweld ni bob whip stitsh.'

'Wy'n addo,' cytunodd y fam yn daer. 'Ar wahoddiad yn unig, os yw'n well 'da chi siarad plaen.'

'Ma' 'ny'n syniad da.'

'Wy jest moyn bod yn agos at 'y mabi bach i. Gwbod 'i fod e'n saff. Gerllaw.'

'W! Hisht, Mam! Chi'n codi colled arna i.'

'Ches i erio'd fam,' ebe Seth, 'felly sa' i'n deall fowr ar y pethe 'ma. Ond wy'n gallu gweld manteision byw ar yr un *site*, fel petai. Yn un teulu mowr. Gyda'n gilydd. Ac eto ar wahân.'

'O! 'Na falch odw i o'ch clywed chi'n siarad fel'na.'

'Ond rhaid ichi gadw at ych rhan chi o'r fargen, cofiwch. Dim croesi'r ardd 'na bob dwy funed.'

'Ddo i fyth ar ych cyfyl chi. Dim ond os yw Rhys wedi 'ngwahodd i draw. Neu rhyw argyfwng, wrth gwrs. Ma' 'ny bob amser yn wahanieth.'

'Argyfwng?'

'Codi'r bore a darganfod fod lladron wedi torri i mewn yn y nos. Neu fod rhywbeth erchyll wedi digwydd i Wncwl Ron. Ma'r pethe drwg yn digwydd, chi'n gweld!'

'Ie! Wel!' pendronodd Seth yn ddifrifol. 'Ma' hynny'n ddigon gwir, wrth gwrs. 'Ych chi'n eitha reit. Fe 'newn ni ganiatáu ichi ddod i waelod yr ardd mewn argyfwng.'

'Sa i'n meddwl fod dim byd cas yn mynd i ddigw'dd, cofiwch. Ma' shwt gynllunie cymhleth 'da Wncwl Ron ar y gweill ynglŷn â diogelwch. Neithwr ddwetha o'dd e'n sôn wrtha i am y clyche fydde'n canu a'r goleuade fydde'n fflachio. Mae e hyd yn oed yn sôn am gŵn. Ond nagw i'n hoff o gŵn.'

'Mae e wedi meddwl am bopeth, on'd yw e? Wncwl Ron!'

Go brin fod hyd yn oed hwnnw wedi meddwl am y cynlluniau oedd yn dechrau cyniwair ar ei gyfer yn ei ben ef, tybiodd Seth. Wrth siarad, cododd ei gwpan fel petai'n cynnig llwncdestun i'r wraig. Dim ond i regi bychander brau ei byd yn ei ben. Roedd clust y cwpan yn rhy fach i'w fys.

'Pan gadwon nhw fi i mewn yr un tro 'ny, fe ofynnodd meddyg ifi pam o'n i wedi pluo'r byji. A chi'n gwbod beth wedes i wrtho fe? "Er mwyn 'i gneud hi'n haws ifi hwpo 'mys lan i din e!" Wherthin! Peidwch â sôn!'

Chwarddodd Rhys yn nerfus ar gyfer ei gariad. Heb allu llwyr ymlacio. Wedi'r cyfan, hwn oedd tŷ twyll trychinebus y Bwrdd Dŵr. Fedrai e fyth anghofio hynny. Châi e fyth anghofio. Joyce a'i jôcs wrth law bob cyfle gâi hi i'w dormentio.

Y fe ddygodd y siampên a yfent, ei ddwyn o un o archfarchnadoedd Abertawe ynghynt y diwrnod hwnnw. Diawl o le wedi bod ar y pryd. Gorfod rhedeg am ei fywyd wrth i un o'r poteli syrthio trwy ei fysedd a thorri wrth y fynedfa. Yr adrenalin yn carlamu trwyddo mor gyflym, bu bron iddo dagu.

Syniad Seth oedd dod draw i weld Joyce mor aml. Ambell brynhawn. Ambell gyda'r nos. Weithiau, byddai'r tri yn lled feddw wrth gymdeithasu gyda'i gilydd yn ei thŷ hi fel hyn. A thro arall yn gwbl sobor. Dyma beth oedd ystyr dod o dan ddylanwad pobl eraill, mae'n debyg. Cadw cwmni. Cyd-gofio fin nos. Esgus chwerthin ar dynnu coes oedd weithiau'n brifo. Rhannu cyfrinachau. Meddwi. Cyd-anghofio at y bore.

'Ma' dy Wncwl Ron di'n dod mla'n yn dda 'da'i dŷ, 'te?' gofynnodd yn bryfoclyd i Rhys.

'Odi. Lled dda, on'd yw e, Seth?'

'Gwych, Joyce. 'Ethon ni lawr 'na am sbin pa ddiwrnod,' atebodd hwnnw. (Roedd Rhys wedi dod i'r arfer o gyfeirio cwestiynau at Seth i'w hateb. Câi fod hynny'n haws na dioddef ei lid ar ôl dweud rhywbeth na ddylai.)

'Trydan wedi'i gysylltu a'r llorie wedi'u hailosod. 'Na beth wedoch chi wthnos ddwetha.'

'Ma'r gegin yn cyrradd wthnos hyn.'

'A phopeth yn ôl gofynion Rhys a tithe,' ebe Joyce mewn syndod. 'Rhaid fod yr Wncwl Ron 'ma'n graig o arian.'

'Wedodd e wrth Mam pa ddiwrnod y bydde fe wedi gwneud byd o les i fi tasen i wedi gorffod mynd dan ddaear i witho yn y pylle glo.'

O'r diwedd, fe chwarddodd Joyce yn harti.

'Wy'n credu taw wedi ca'l 'i fwrw unwaith yn ormod

gan fwmerang ar gyfeiliorn ma'r cont,' cynigiodd Seth. ''Na beth ma' dyn dwylath o hyd yn 'i ga'l am symud i fyw i wlad o'dd Duw wedi'i bwriadu ar gyfer pobol fyr.'

'Wyt ti'n meddwl 'i fod e wedi ca'l 'i haeddiant?'

'Ddim eto . . . ond fe geiff e toc.'

''Na dr'eni iti dorri'r botel arall 'na, Rhys,' dwrdiodd Joyce yn ddilornus. 'Shwt allet ti fod mor esgeulus, gwed? A finne ishe codi'r gwydr 'ma unweth 'to, i ddymuno Iechyd Da i Ron.'

'Ma' un gwydryn yn ddigon iti, Joyce,' dyfarnodd Seth yn gadarn. 'Ishe'r siampên 'ma ar gyfer nodi'n perthynas newydd ni o'n i. Nage rhoi cyfle i ti neud ffŵl ohonot dy hunan.'

'W! Sori fowr!' gwatwarodd hithau.

'Defod o'dd hi i fod . . . y dathliad bach 'ma heno. Nage cyfle i ti ddangos inni, unweth 'to, mor ddi-chwaeth alli di fod.'

'O! Defode nawr, ife?'

'Fel mae'n digwydd, wy'n gredwr cryf mewn defode,' mynnodd Seth. 'Ma' nhw'n dda i bobol. Dod â thamed bach o drefen i fywyde o joio gwag. Wy wedi ca'l 'yn enwaedu'n hunan, fel ti'n gwbod . . .'

'Wyt ti?'

'. . . Ond nagw i'n gwbod gan bwy,' sibrydodd Seth yn ddwys.

Rhythodd Rhys arno'n ddryslyd, gan ystyried y dirgelwch mewn distawrwydd. Roedd yntau, fel Joyce, yn dyheu am fwy o ddiod.

'Ti wedi setlo lawr 'ma, te?' torrodd Seth ar y tawelwch yr oedd ef ei hun wedi'i greu. ''Nôl fan hyn ym mro mebyd Anti Beti?'

'Sdim byd fan hyn,' atebodd Joyce yn chwerw. 'Ma'r lle mor wag â'r blydi glàs 'ma.' Doedd hi ddim yn chwennych dim i fod yno, mewn gwirionedd. Ond doedd hi ddim am gyfaddef hynny. 'Pan ga's Anti Beti 'i chwnnu, o'dd y lle 'ma'n ferw o lo mân a bandie pres.'

''Na ti, ti'n gweld, Rhys,' ebe Seth yn dalog. 'Y byd o'dd Ron moyn ar dy gyfer di.'

'Cryts yn mynd dan ddaear a dyn'on yn dod 'nôl lan. 'Na beth o'dd Anti Beti'n arfer weud am fywyd yn y cwm 'ma.'

'Nago'n i'n gwbod fod y pylle glo'n gallu gwitho shwt wyrthie,' gwamalodd Seth.

'Nage sôn am y *sex* o'dd hi . . .'

'Na, mi alla i gredu. Chafodd hi erio'd weld hwnnw yn 'i holl ogoniant, do fe?'

'Sôn am y creulondeb o'dd hi. A'r holl fwrlwm diwylliedig o'dd yn dod yn 'i sgil.'

'Wrth gwrs! Wrth gwrs!'

'Sdim byd fel'na'n digwydd 'ma nawr. Dim band. Dim drama. Blydi bingo yn y festri a *strippers* yn y clwb amser cinio bob dydd Sul. 'Na hyd a lled y werin ddiwylliedig nawr!'

''Na dlawd mae arnat ti, Joyce! Dim bywyd diwylliannol! Mi alla i ddychmygu y bydde 'ny'n ergyd drom iti!'

'Ma' mwy o obeth 'da'r defed 'na mas ar y comin i oroesi na'r diwylliant o'dd yn arfer bod yn ferw drwy'r lle 'ma.'

'Wy'n ame dim nag wyt ti'n iawn. Ma' defed wastad yn fwy gwydn na diwylliant,' cytunodd Seth yn floesg. Roedd yntau'n feddw. Yn eistedd ar y llawr yn y parlwr ffrynt. Traed Rhys yn cyffwrdd â'i forddwyd chwith a choesau cnawdol Joyce yn ei wynebu, gan ei bod hithau hefyd ar y llawr, yn eistedd gyferbyn. Dychmygai ei

85

fod yn gallu gwynto'r cysgodion gâi eu creu gan blygiadau'r sgert.

'Wy jest yn falch fod pobol yn dal i farw'n ara,' ebe Joyce. 'O leia ma' gwaith yn mynd â fi o'ma am ddyddie ar y tro.'

'O'n i'n meddwl nago'dd gwaith 'da ti ers pythewnos. Ar wahân i roi *injection* bob dydd i ryw ddyn bach ar y Waun.'

'Na. Ti'n iawn. Wy'n gorffod bodloni ar ishte fan hyn yn dishgwl i Marlene ffonio. A mynd draw i drin pen-ôl y dyn 'na.'

'O's pen-ôl pert 'dag e?'

'Dim byd sbesial. Ddim i 'nhyb i, ta beth,' atebodd Joyce. 'Un blewog. Main.'

Doedd hynny ddim yn gyfuniad a apeliai at yr un ohonyn nhw, yn ôl gwep y tri. A chododd Joyce i gyrchu potel newydd. Er mwyn cael dilyn trywydd newydd. Ac i ddileu'r ddelwedd annymunol o'u meddyliau.

'Yn grac! Wrth gwrs bo' fi'n grac!'

Gweld haelioni honedig Wncwl Ron ar waith oedd wedi dadrithio Seth.

Nawr fod y rhan fwyaf o'r gwaith ar Rose Villa wedi'i gwblhau, a'i fod ef a Rhys wedi symud o'u hofel yn y ddinas, gallai weld y corneli a dorrwyd wrth addasu'r stablau ar eu cyfer. Y defnyddiau salaf oedd wedi'u defnyddio. Y dynion rhataf, twpaf, hyllaf oedd wedi'u cyflogi. Daethai hynny'n amlwg. Prin wedi cael cyfle i sychu oedd y paent nad oedd yn dechrau torri fel plisgyn wy. Doedd yr un drws yn y lle yn cau'n iawn. Ac roedd pob trawst yn gwichian.

Gwichian fyddai'r Awstraliad hefyd. A hynny cyn

pen fawr o dro. Roedd ei ddyddiau wedi'u rhifo. Doedd dim dwywaith am y peth bellach, er nad oedd Seth eto wedi gallu gweld y ffordd orau o gael gwared arno. Am y tro, roedd gan Seth gynlluniau eraill ar droed. A safodd yno o flaen sinc y gegin, yn edrych allan ar yr ardd goncrid. Yn pwyso a mesur ei ddyfodol.

Doedd dim amheuaeth nad oedd hyn i gyd yn siom. Sylweddoli taw dim ond twyll a'i temtiodd yno o ganol Abertawe. Yr holl awgrymiadau manwl ofynnodd Ron amdanynt. Yr holl gynghorion adeiladol roedd e wedi'u herfyn. Yr addewidion mawreddog a roddwyd. Oll yn dwyll. A dim byd ond y twlc hwn o dŷ ceffylau i ddangos am y cyfan. Rhyw gwt moch ceiniog-a-dimai ym mhen draw'r ardd. (Am fod Wncwl Ron yn rhy fên i hyd yn oed ymestyn y garthffosiaeth lan stâr, bu'n rhaid lleoli'r gegin a'r tŷ bach nesaf at ei gilydd ar y llawr gwaelod. Un cam yn unig o biswair a bag trwyn yr hen stablau slawer dydd, tybiodd Seth. Mwy haeddiannol i asynnod nag i feirch.)

I wneud dicter Seth yn waeth, daeth yn fwyfwy amlwg fod sawl ceiniog hael wedi ei gwario ar y tŷ ei hun am bob dimai goch a arbedwyd ar y stablau. Unrhyw anfadwaith a ddymunai mam Rhys, roedd arian wedi bod ar gael ar ei gyfer. Yn Rose Villa ar ei newydd wedd, gallai'r byd i gyd weld fod pob chwiw hanner-pan o'i heiddo wedi'i gwireddu.

Difrodwyd coed y berllan bron i gyd. Daeth dyn â llif un dydd o Fai a lladd y blydi lot.

Mam y crwt, yn ôl y sôn, oedd wedi chwennych patio, er mwyn cael eistedd allan o dan rhyw barasól blodeuog di-chwaeth yn perffeithio crychau ei chroen. Bu Seth yn gwaradwyddo rhag dyfod dydd y byddai hi'n gorwedd yno'n grimp o'i flaen. Fel jeli pinc mewn cotwm gwyn. Yn wyryf wyrdroëdig ar gadair blastig werdd.

Doedd hi ddim yno heddiw, diolch i'r drefn. Er ei bod hi'n ddiwrnod poeth o haf . . . ac er nad oedd ef ei hun yn gwisgo dim byd amgenach na chrys llaes a phâr o siorts . . . cafodd ei arbed. Am y tro, o leiaf. Efallai y dôi hi allan ymhen rhai munudau. I weiddi ei 'Hw-hw!' a galw ar ei hannwyl Rhys i ddod draw i gario'r gadair allan trosti.

Roedd hynny ynddo'i hun yn ddigon i gynddeiriogi Seth. Nid caethwas oedd y crwt. Nid iddi hi, ta beth.

'O's raid iti fynd lan i weld Joyce heddi 'to?' gofynnodd Rhys. 'Wy wedi hen ddiflasu fan hyn ar 'y mhen 'yn hunan.'

Byddai'n rhaid iddo ailorseddu rhyw bwrpas amgenach yn ei fywyd, tybiodd Seth. Wel! Roedd e'n gweithio ar y trywydd hwnnw eisoes. Dros dro yn unig oedd y ddau wedi llithro oddi ar y llwybr cul. Wedi cymryd cael eu swyno gan ryw foronen faterol. Wncwl Ron oedd ar fai, wrth gwrs. Hwnnw a'i weledigaeth wachul o fyw yn y wlad. Ei dŷ di-ddim. A'i ardd ddi-ffrwyth.

'Wy wedi gweud wrthot ti! Popeth wy'n 'i neud, wy'n 'i neud er dy les di.' Cadwodd Seth ei lygaid ar y fflagiau concrid yn chwysu yn y tes. 'A ta beth, ti sy'n dewis p'ido dod 'da fi.'

'Alla i ddim help fod y tŷ 'na'n codi pych arna i.'

'Anghofia am orffennol y lle.'

'Alla i ddim.'

'A wy'n gweud wrthot ti fod raid iti. Yn gwmws fel ma' raid iti anghofio am hanes y lle 'ma. Edrych i'r dyfodol.'

'Pa ddyfodol? Nagwyt ti hyd yn o'd yn lico'r lle 'ma, meddet ti.'

'Na, wy ddim rhyw lawer. Ti'n iawn. Ddim fel ma' pethe nawr. Ond fe 'newn ni rywbeth o'r lle 'ma maes o law, gei di weld. Pan gewn ni'r lle i gyd i ni'n hunen.' Trodd Seth i wynebu Rhys o'r diwedd. A phenderfynodd wenu arno. 'Dim ond ti a fi a'r babi.'

'S'mo ti mas yn yr ardd yn torheulo, 'te?' gofynnodd yn gellweirus i Joyce. 'Ar ddiwrnod fel heddi, o'n i'n dishgwl dy weld di mas fan'co mewn bicini.'

'Hy! Ma' nhw'n gweld mwy na'u haeddiant arna i'n barod rownd ffordd hyn, yr hen giwed fusneslyd shwt ag 'yn nhw!'

'Ti'n credu mewn cadw dy blesere i gyd i ti dy hunan, Joyce.'

'Nagw i erio'd wedi gweld pa bleser ma' dyn'on yn 'i ga'l o ishte'n hanner porcyn yn 'u gerddi.'

O edrych trwy'r ffenestr, gallai Seth weld nad hamddena fu hi yn ei gardd ei hun. Y lawnt wedi'i thorri a'r pridd wedi'i droi.

'Meddwl plannu rhywbeth o'n i. Neud rhywbeth iwsffwl â'r lle. A wedyn, erbyn gwanwyn nesa, o'n i'n meddwl walle ca'l rhyw addurniade bach go arbennig.'

'O, ie!'

'Wy'n gwitho draw yng Nghastell-nedd ar y funed. Ac ma' 'da nhw'r *statue* 'ma o ferch yn yr ardd. Yn sefyll ar ben rhyw dair troedfedd o golofn.'

'Efydd?'

'Concrid!'

'Mae hi'n borcyn, sbo? Mas fan'ny haf a gaea.'

'Mwy neu lai.'

'O'n i'n meddwl.'

'Bydde fe'n ddim i Rhys a ti 'i cha'l hi ifi un noson . . . Nid nawr! Yn ystod y gaea.'

'Wy wedi gweud wrthot ti, ma'r gêm fach 'na ar ben. Ma' Rhys a fi wedi blino whare. A ta beth, mae'n rhy beryglus.'

'Dal i gofio Pen Gors Las wyt ti?'

'Mi fuodd yr heddlu'n dy weld di. Cofio? A fe fuon nhw'n gweld Marlene. Dim ond un brych mwy uchelgeisiol na'r cyffredin sydd 'i ishe ymhlith y glas a 'na hi ar ben arnon ni. Os welith rhywun y cysylltiad rhwng dy waith di a'n lladrade ni . . .'

'Go brin y daw hi i 'ny.'

'Gobitho ddim! Ond ma' damweinie'n gallu digwydd.'

'Damwen, myn uffarn i! Nid damwen dynnodd sylw'r heddlu at 'yn trefniant bach proffidiol ni.'

'Damwen o'dd hi, reit. Damwen fach un nos o haf, pan aeth pethe rhyw fymryn bach dros ben llestri. Mae plant wedi'u geni o ganlyniad i ddamweinie llai.'

'Nage genedigeth o'dd hi, Seth,' crechwenodd Joyce.

'Marwoleth, 'te! Odi 'na'n well 'da ti?'

'Llofruddieth ti'n 'i feddwl. 'Na'r gair iawn am beth ddigwyddodd.'

'Trysto ti i ddod o hyd i'r union air, Joyce,' ebe Seth yn sur. 'Gwbod y term swyddogol am bopeth, on'd wyt ti? 'Na beth sy'n dod o ga'l hyfforddiant feddygol, siŵr o fod.'

'Welest ti'r *Western Mail* pa ddiwrnod?'

'Sa i byth yn darllen papure. Rhy *depressing*.'

'Wel! Ma' nhw'n dal i gyfeirio ati hi, Doris Griffiths, o bryd i'w gilydd. A'r ddamcanieth ddiweddara yw fod yr un gang a'i lladdodd hi nawr wedi lladd rhyw hen wraig sha Cwm-ann, lan ar bwys Llambed yn rhywle.'

'Gad dy gelw'dd!'

'Wir iti!'

'Nag'yn ni erio'd wedi gwitho mor bell o gatre.'

'Yn gwmws! Ond mae'n debyg fod hon hefyd yn byw ar ffarm. Ar 'i phen 'i hunan. Byw fel meudwy'n ôl y sôn. Byth yn gweld neb o un pen wthnos i'r llall.'

'Shwt ddethon nhw o hyd i'r corff, 'te? Os nag o'dd neb yn mynd ar 'i chyfyl hi o un pen wthnos i'r llall?'

'Y postmon sylwodd ar ryw wynt afiach wrth hwpo'r bil dŵr drwy ddrws y ffrynt.'

'Postmon yn dilyn 'i drwyn, myn yffarn i!'

'Y gwres 'ma, ti'n gweld,' eglurodd Joyce yn ddoeth. 'Mae'n afiach o bo'th. Dilyn y drewdod 'na'th e. A'i cha'l hi yn y gegin gefen.'

'A doedd dim sôn fod hen gloc yn rhacs-jibiders ar hyd y clos?'

'Dim gair.'

'Wel! 'Na ni 'te. Nid ni 'na'th.'

'Mae e'n neud iti feddwl, serch 'ny! Nagwyt ti'n meddwl?'

'Yr unig beth mae e'n neud i fi feddwl yw na ddyle Rhys a fi fyth ddwgyd dim byd arall er mwyn dy gadw di'n hapus.'

'Wy'n dal i weud nag yw e'n iawn fod Rhys yn ddi-waith ers shwt gymint o amser. Ddyle'r ifanc a'r twp byth wbod beth yw segurdod.'

'Wy'n ifanc,' mynnodd Seth.

'Ond nagwyt ti'n dwp. A weda i rwbeth arall wrthot ti, bydde neud ambell i job fach yn help i gadw'r crwt yn ddiddig.'

'Fe ofala i am gadw Rhys yn ddiddig, paid ti â becso!'

'Gwnei, sbo!' Cymerodd Joyce ei hamser i yngan y ddau air.

'Fe fydde rhwbeth o'r ffridj yn dda,' cyhoeddodd Seth yn hy. Roedd wedi symud yn nes ati, fel petai'r ddau ar fin mynd trwodd i'r gegin gyda'i gilydd. Gwenodd yn awgrymog wrth ychwanegu: 'Rhywbeth i ladd y llwch yn 'yn llwnc i. Ac i gymryd yr awch off 'y min 'ma s'da fi.'

Oedodd Joyce eiliad ar ei ffordd i'r gegin. I nodi hyfdra'r dyn gyda'i gwg. I wenu er ei gwaetha. Ac i daflu cip slei i'w gyfeiriad.

'Ti'n lico meddwl dy fod ti'n dipyn o foi, on'd wyt ti?'

'S'da ti ddim ffydd yn 'y ngallu i ddelifro'r gwds?' Lledodd ei wên yn lletach.

'Wedes i mo 'ny.'

'Sa i wedi gadel neb lawr 'to.'

'Eitha reit,' cytunodd Joyce. Roedd hi wedi camu i mewn i'r gegin, gyda'r dyn yn dynn wrth ei chwt. 'Ry'n ni'n deall 'yn gilydd yn net, ni'n dou.'

'Cwrw,' gorchmynnodd Seth.

Prin iddi gael cyfle i agor drws yr oergell, nad estynnodd Seth ei law i gyfeiriad yr oerni i gymryd y can o gwrw o'i gafael. Dallwyd ef am eiliad gan lesni'r goleuni a amgylchynai'r bwyd o fewn y gell. Gallai glywed yr oerfel yn sbarduno'i fwriad a throdd ei ben i'r cyfeiriad arall.

Wrth edrych heibio'r sinc a'r potiau bach o gacti ar sil y ffenestr, gallai weld y borfa'n tyfu yn yr haul. A llond lein o ddillad glân yn crasu yn y gwres. Dilladach menyw o ryw fath, meddyliodd. Dilladach rhyw fath o fenyw. Dechreuodd lowcio'r hylif du. A rhoes ei law o dan ei grys i gosi'i gylla.

Pam nad oedd y bitsh yn feichiog eto?

Yr eiliad yr oedd wedi bwrw'i had, dihangai ohoni a throi drosodd. Yr un oedd y drefn bob tro. Roedd yn gas gan Seth y cnychu hwn. Porth rhewllyd oedd yr holl ymarferiad, ond un yr oedd wedi ymrwymo i fynd trwyddo'n fisol.

Gallai gadw pellter emosiynol rhyngddo'i hun a'r weithred heb drafferth yn y byd. Yn wir, fe dyfai rhyw bleser ymenyddol gwyrdroëdig yn ei feddwl ymlaen llaw wrth baratoi ei hun ar gyfer ei fynediad trwy'r porth oer. Darbwyllai ei hun mai dim ond ymarferiad deallusol oedd y cyfan. Un corfforol, o'i hanfod, mae'n wir, ond un rhydd o unrhyw ymrwymiad. Gogoniant gwyddoniaeth i Seth oedd ei gwneud hi'n rhesymol bosibl iddo gredu nad oedd ei gydwybod ar gyfyl ei gorff tra oedd hwnnw wrthi'n bodloni'i ysfa am ddrygioni.

Ac yntau'n rhydd o'i lleithder pigog, llithrodd law i lawr rhwng ei goesau i gysuro'r cnawd cyfarwydd hwnnw, fel iawn am y bryntni yr oedd newydd ei orfodi arno'i hun.

Gyda'r llaw arall, cadwodd ei afael yn dynn ym mron chwith Joyce, er mwyn gwneud yn siŵr na allai honno symud am rai munudau. Roedd hi'n deall i'r dim taw ar ei delerau ef y gwnaent hyn, ond tybiai bob amser nad drwg o beth oedd ei hatgoffa o hynny, cyn, yn ystod ac wedi'r weithred.

Doedd hi ddim wedi gallu addo'n bendant y byddai'n beichiogi, wrth gwrs. A hyd yn hyn, doedd dim golwg o hynny'n digwydd. Ond dim ond ar yr amod ei bod hi'n gwneud ei gorau glas i gyflwyno mab neu ferch iddo yr oedd ef wedi cytuno i roi ei gorff iddi fel hyn. Afreswm pur fyddai iddi feddwl fod yr un ystyriaeth arall ar gyfyl y fargen.

Sylweddolodd yn sydyn ei bod hi wedi dechrau drewi. Cynnwrf annisgwyl pidlen yn y bol wedi cicio cemegau'r corff o'u trymgwsg, tybiodd. Chwys y dydd yn heneiddio ar ei chroen, efallai? Roedd hynny hefyd yn bosibl. Neu efallai taw dyma'r norm; taw dyma'r sawr rheolaidd a gâi ei guddio'n ddyddiol gan gotwm glân ei hiwnifform neu ei sugno i wlân trwchus ei siwmperi. Doedd e ddim i wybod. Doedd e ddim am wybod. Doedd e byth am ddod mor agos â hynny ati.

Llusgodd ei gorff yn nes at yr erchwyn. Llithrodd y fron o'i afael yn anorfod. Disgynnodd y cnawd powdrog dros ystlysau'r fenyw, yn unol â disgwyliadau deddf disgyrchiant.

Rhegodd Seth wrth roi ei draed ar lawr. Trodd i edrych arni.

'Fe wedes i wrthot ti 'set ti'n well off 'da menyw iau. Rhywun yn nes at dy oedran dy hunan.' Yn ôl ei llais, doedd arni mo'i ofn. Ond eto, doedd hi ddim am ei herio ychwaith.

'Bydde'r wye'n iau, mae'n wir,' ymresymodd Seth, 'ond 'sen i'n ca'l dim gronyn mwy o bleser.'

Doedd Joyce heb symud gewyn o'i chorff, ond trodd ei phen i'w gyfeiriad.

Rhythu'n ôl arni wnaeth Seth, wedi ei ddal am ennyd gan ei chwilfrydedd ei hun. Y rhwydwaith o fân wythiennau o gwmpas ei thethi yn glwstwr glas. Fel goleuadau neon yn y nos. I nodi rhyw fangre ymblesera nad oedd mewn gwirionedd at ei ddant.

Yn ddisymwth, taflodd y gorchudd gwely dros ei chorff. Cododd ac estynnodd am ei grys, cyn gwthio'i freichiau i'r llewys a thynnu'r dilledyn dros ei ben.

'Paid â gweud dim! 'Na sydd ore,' ebe'n dawel. 'A phaid â dod gam mas o'r gwely 'na nes 'mod i wedi mynd lawr llawr.'

'Ti'n matryd yn bert. Wyt ti'n gwbod 'ny?'

Wrthi'n ceisio cadw'i gydbwysedd ar un droed, a thynnu'i hosan oddi ar y droed arall, oedd Rhys ar y pryd. Bu bron iddo gael codwm.

Gwyddai Seth taw ganddo ef ei hun yr oedd y corff gorau o'r ddau ohonynt. A gwnâi hynny hi'n hawdd iddo dalu ambell deyrnged i'w gariad. Rhy hawdd, efallai. Fe synnai weithiau mor drybeilig o hawdd oedd hi i ddangos caredigrwydd. Wyddai e ddim pam fod pobl gyffredin yn mynnu gwneud môr a mynydd o'r peth. Roedd creulondeb yn galw am lawer mwy o feddwl. Mwy o sgìl. Mwy o ddidwylledd.

Wrth eistedd yn y gwely, a'i gefn noeth yn gorffwys ar y wal gerrig wyngalchog, gallai rythu'n wengar ar y ddwylath fain o ddyn a oedd wrthi'n raddol ddod i'r golwg.

'Fe fydd hi moyn iti 'i phriodi hi nesa.'

'Paid â malu shwt gachu! Ti'n gwbod yn iawn taw gneud yn gwmws fel weda i wrthi 'neith hi. Nawr, siapa hi!'

'Mae hi wastad yn neud sbort am 'y mhen i,' dadleuodd Rhys ei achos. 'Am 'i bod hi ishe ti i gyd iddi hi'i hunan.'

'Ti'n wilia shwt ddwli! Aros di nes fydd 'da ti grwt neu groten fach i edrych ar 'i ôl. Fyddi di ddim yn 'i gweld hi mewn goleuni cynddrwg wedyn.'

'Ar wastad 'i chefn mae'i lle hi. 'Da'i phen hi wedi'i gico mewn!'

'Ar wastad 'i chefn fydd hi cyn bo hir,' rhagwelodd Seth yn obeithiol. 'Mewn ward mamoleth. A gyda bach o lwc, fe fydd hi farw toc ar ôl yr enedigeth . . . o ryw gymhlethdode'n deillio o'r ffaith 'i bod hi mor hen.'

'Hy! Mi fydde 'na'n gofyn gormod!'

'Wel! Rhag ofan nad wyt ti wedi sylwi, pan wy moyn i bobol farw, ma' nhw'n tueddu i adel y fuchedd hon yn go glou. Nagwyt ti erio'd wedi meddwl i ble aeth 'yn rhieni i mor ddisymwth?'

'Na,' atebodd Rhys, fel petai'r cwestiwn wedi bod yn un difrifol. Roedd eisoes wedi dechrau diosg ei drowsus a'i bans, gan dynnu'r ddau i lawr gyda'i gilydd dros ei goesau gewynnog. Bu bron iddo faglu drachefn a syrthiodd yn drwsgl dros draed y gwely.

'Babi sydd 'i angen ar y lle 'ma. Babi bach i ti a fi. Fe roith elfen o gyfrifoldeb yn dy fywyd di. Rhywbeth i dy gadw di mas o drybini. Ac fe geith Ron droi'r rwm gefen 'na'n stafell ar 'i gyfer . . . 'da pethe pert yn hongian o'r nenfwd a chrud go iawn.'

'Beth os na wnaiff hi farw? Beth wedyn?'

'Marw'n naturiol fydde ore iddi, ma' 'na'n ddigon gwir! Llai o drefnu. Llai o drafferth. Ond ma' 'na ffyrdd er'ill os bydd raid.'

'Gei di byth gadw'r babi. Wnân nhw byth ad'el iti . . .'

'Fi fydd y tad. Wy'n mynd i ofalu taw'n enw i fydd ar y dystysgrif geni. Aros di! Fydd 'da nhw ddim dewis.'

'Glywes i Mami'n gweud pa ddiwrnod fod yr awdurdode'n dechre edrych yn fwy gofalus ar bobol nag'yn nhw'n ffit i fagu plant . . .'

'Wnei di gau dy ffycin ben!' Ffyrnigodd Seth. 'Wy wedi danto gwrando arnat ti'n lladd ar Joyce yn dragywydd. Neu'n dyfynnu dy fam . . .'

Rhuodd y llais am frawddeg neu ddwy ymhellach, cyn tewi'n ddiatalnod pan drawodd Seth ei ben yn erbyn y wal y tu cefn iddo.

Rhewodd Rhys. Roedd hanner ffordd yn ôl i'w draed ac wedi dechrau agor botymau ei grys yr un pryd pan ddaeth sŵn y glec gras i'w fferru. Cyrcydodd fymryn, gan ofni'n reddfol ei fod am grasfa. Ond ddigwyddodd dim ar ôl yr ergyd. Dim ond distawrwydd.

Enciliodd Rhys, serch hynny, gan wybod ei fod wedi amharu ar y matryd. A bod Seth yn ddig.

'Sori!' meddai. 'Dim ond meddwl wnes i . . .'

'Wel, paid â meddwl! Wy wedi dod i'r arfer o orffod meddwl drosot ti. Dim ond drysu 'mhen i'n dwlpe wyt ti trwy ddechre meddwl trosot ti dy hunan.'

'Sori! Dim ond trial bod yn realistig o'n i. Ti wastad yn gweud wrtha i am wynebu realiti.'

'Wrth gwrs 'y mod i! Mae e'n bwysig i ti. Bydd wastad raid i ti fod yn garcus.'

'Rhaid i'r ddou ohonon ni fod yn garcus.'

'Sa i'n credu y bydd creadur fel fi 'ma mor hir â rhyw lipryn cyffredin fel ti, Rhys. 'Na pam mae'n bwysig iti ddysgu 'da fi nawr. Nag'yn nhw'n mynd i fod mor barod i neud esgusodion drosot ti ag 'yn nhw drosta i, ti'n gweld.'

'Wy'n trial meddwl. Wy'n trial neud y peth iawn,' ebe Rhys. 'Wy'n trial neud be wy'n feddwl sy'n mynd i dy 'neud di'n hapus.'

'Sa i moyn malu popeth yn fân drwy'r amser i weld beth yw e. A dadansoddi popeth nes 'i fod e'n ddim. Y bola sy'n bwysig i fi, nage'r brêns. Nagwyt ti wedi sylweddoli 'na 'to?'

Roedd e'n wir. Gallai Rhys weld hynny nawr. Blasu

profiadau oedd diléit Seth, nid eu dadansoddi. Nid labordy oedd y byd hwn iddo, ond tŷ bwyta.

'Sori, Seth!'

Gorfododd hwnnw ei hun i wenu a rhwbiodd ei ben yn egr lle'r oedd wedi ei fwrw. Nid y boen a'i gofidiai fwyaf ond y gwacter. Gan i'r gnoc ladd ei gynddaredd roedd gwagle sydyn yn ei synhwyrau lle y dylai gwefr fod. Dyheuai am gael Rhys o fewn ei afael. Am mai honno oedd y wefr agosaf ato ar y pryd. Ysai am weld gweddill ei gorff. A thynnodd ef yn nes ato gyda'i fys.

Camodd Rhys o gysgod y drws lle bu'n llechu am ennyd. Wrth ddod yn nes daeth â'r diosg doniol i ben trwy dynnu'r crys oddi ar ei gefn. Heb faglu. Na dawnsio mwyach ar un goes. Nac yngan yr un gair.

'Miss Rogers?'

'Mae'n dibynnu pwy sy'n gofyn. Fel Sister Rogers fydda i'n ca'l 'y nabod fel arfer. A phwy 'ych chi, 'te?'

'Ditectif Sarjant Vernon Hughes yw'r enw,' atebodd y dyn. Llenwai ffrâm y drws gyda'i gorff canol-oed. Hyder oedd prif nodwedd ei lais. Roedd wedi llwyddo i gyfleu ei hyder hyd yn oed wrth ganu'r gloch. Fe ddylsai Joyce fod wedi synhwyro cyn ateb nad galwad gyffredin oedd yn tarfu ar ei llonyddwch. 'Gaf i ddod i mewn?' gofynnodd.

'Wy am wbod gynta be 'chi moyn.'

'Mae e'n fater digon anodd mae arna i ofan, Miss Rogers.' Pwysodd tuag ati'n fygythiol, heb symud troed dros y rhiniog. 'Ynglŷn â'ch modryb, y ddiweddar Mrs Elizabeth Hanbury.'

'Wel! Be amdani? Mae hi wedi marw,' atebodd Joyce.

'Odi. Yn gwmws. 'Na pam alwes i hi'n ddiweddar Mrs Hanbury.'

Agorodd Joyce y drws yn lletach, fel arwydd iddo ddod i mewn. Gallai weld fod car heddlu wedi ei barcio o flaen y tŷ a dyn ifanc mewn lifrai yn eistedd wrth y llyw.

'Lle bach twt 'da chi fan hyn,' barnodd y dyn yn amheus. Craffai ei lygaid i bob twll a chornel wrth gamu i'r tŷ. 'Oes, wir! Neis iawn.'

Gallai Joyce weld o'r ffordd yr oedd wedi ymestyn ei wddf i gyfeiriad drysau'r gegin a'r lolfa gefn y byddai wedi hoffi treiddio'n ddyfnach i berfeddion y tŷ, ond cadwodd ei thir yn gadarn yn y cyntedd ac i mewn i'r lolfa ffrynt ag ef.

'Wy wedi gorffod gwitho'n galed am bob dodrefnyn sydd 'ma,' ebe hi gydag argyhoeddiad.

'Wy'n ame dim.'

Sylweddolodd Joyce fod y dyn yn cnoi ei eiriau fel petaen nhw'n ddafnion o faco yn ei ben. Nid siarad oedd e, ond poeri'n glywadwy.

'Gwell ichi ishte, sbo. Mater anodd wedoch chi.'

'Ma' llawer tro ar fyd wedi bod yn ych bywyd chi, Miss Rogers . . . ers ichi golli'ch modryb, hynny yw! . . . on'd oes e?'

'O's e?' heriodd Joyce. 'Nagw i wedi sylwi ar ddim i'w ryfeddu.'

'Dewch nawr, Miss Rogers! Fe wellodd pethe arnoch chi'n faterol yn sgil ych colled. Newid cynefin, hyd yn oed!'

'Sôn amdana i'n symud mas fan hyn, 'ych chi? Twt! Mater bach o'dd 'ny gan bo' car 'da fi.'

'Meddwl yn fwy am y faich a ga's 'i chymryd oddi ar ych ysgwydde chi oeddwn i. Hen groes greulon yw gofalu am gleifion fel'na yn 'u cystudd olaf. Yn enwedig pan ma' nhw'n perthyn, yntefe?'

'Shwt wyddoch chi shwt brofiad yw e? Sdim golwg carco neb arnoch chi. Ar wahân i gi, walle!'

'Digon gwir! Dibynnu ar 'y nychymyg ydw i nawr, chi'n gweld. Ond gwedwch wrtha i, shwt fuodd pethe arnoch chi yn ystod y mishodd dwetha 'ma.'

'Pa fishodd dwetha, ddyn? Y rhain sydd newydd fod? Pawb mas yn hwyr yn 'u gerddi? Gwynt barbeciws yn lladd gwynt gwyddfid? Sŵn ambell radio yn torri ar lonyddwch y nos? 'Na'r math o beth o'dd 'da chi mewn golwg?'

'Na, ddim cweit. Am ichi feddwl 'nôl ymhellach na 'na hyd yn oed oeddwn i.'

'Ma' dyn'on y tywydd yn darogan mwy o haul fory 'ed. O'ch chi'n gwbod 'ny?'

'Na,' atebodd y ditectif.

'Addewid am haf hir am *change*. Fe fydd e'n dda i'r tir. Gneud pobman yn ffrwythlon.'

'Felly rwy'n casglu. Ond ma' eraill yn crefu am law ar yr un pryd. Hade'n pydru yn y pridd, medden nhw.'

'A sôn am bethe'n pydru yn y pridd, 'ma i siarad am Anti Beti 'ych chi, meddech chi.'

'Ie, gwaetha'r modd!'

''Ych chi'n mynd 'nôl ymhellach na'r haf 'ma 'te, Inspector . . .'

'Sarjant,' torrodd yntau ar ei thraws.

'Ma' statws mor bwysig, on'd yw e? Beth am ddished o de?'

'Na, dim diolch,' atebodd. 'Ond mi fydde'n dda 'da fi tasech chi'n gallu ishte i lawr i drafod hyn yn iawn 'da fi. Fydde dim angen ifi gymryd cymaint o'ch amser chi wedyn.'

'O'n i'n meddwl na fyddech chi moyn te,' eglurodd Joyce. ''Na pam nagw i wedi cynnig peth ichi ynghynt.'

'Does dim angen egluro. Mae anghwrteisi bob amser yn siarad trosto'i hun.'

'Ma' 'da finne'n statws, chi'n gwbod . . .!' ymatebodd Joyce, wedi'i chythruddo braidd.

'Mrs Elizabeth Hanbury. Gawn ni ddod at hynny? Plîs?'

'Ma'r bennod 'na wedi'i cheied, Mr . . . beth wedoch chi o'dd ych enw chi 'to?'

'Ditectif Sarjant Hughes; Vernon Hughes.'

'Wrth gwrs, Sarjant Hughes! A gan 'yn bod ni'n ffurfiol reit, a wedes i wrthoch chi taw Sister Rogers yw'n nheitl inne?'

'A'ch modryb, Sister Rogers?'

'Nago'dd yr un cymhwyster proffesiynol gyda hi. Dim teitl. Jest Mrs. Ond fel wedes i, ma'r bennod 'na ar ben.'

'A chi . . . a chi yn unig . . . fydde'n edrych ar 'i hôl hi, yr holl fishodd 'na y buodd hi'n sâl?'

'Nyrs ydw i. O'dd e'n gwbwl naturiol 'mod i'n dishgwl ar 'i hôl hi.'

''Na'ch diléit chi, rwy'n cymryd? Edrych ar ôl pobol? Eu nyrso nhw pan maen nhw'n sâl?'

'Dyna 'ngalwedigeth i.'

'A ble, fel arfer, fyddwch chi'n ymarfer yr alwedigeth hon?'

'Hwnt ac yma. Fan hyn . . . fan 'co.'

'Odych chi'n fishi'r dyddie hyn?'

'Mae'n ddydd o brysur bwyso ar rywun yn dragwyddol, Sarjant, fel y gwyddoch chi'n dda. Rhywun yn 'i chanol hi byth a beunydd. Nagyw dioddefaint byth yn cymryd hoe. Dim ond shiffto'i safle.

O fan hyn . . . i fan 'co. Yn gwmws fel ma' llyged craff yn symud 'u sylw o dwll fan hyn i gornel fan draw.'

''Se'n dda 'da fi 'sech chi'n eistedd am funud.'

Pendronodd Joyce yn hir cyn bodloni i wneud hynny. A phan ildiodd o'r diwedd, dim ond gorffwys ei phen-ôl ar flaen y gadair a wnaeth, ar ongl letchwith i'r soffa anghysurus lle'r oedd corff siabi'r Sarjant wedi ei orseddu.

'Wy'n *registered* a phopeth, os taw 'na beth sy'n ych poeni chi.'

'Wel! Ma' hynny'n bwysig, debyg iawn. Allwn ni ddim caniatáu i bob Tom, Dic a Harri weini ar y gweiniaid, nawr allwn ni?'

'Be ych chi'n 'i feddwl?'

'Trueiniaid cymdeithas, Sister Rogers! Y tlawd! Y noeth! Y newynog! Y rhai sâl o gorff! A'r rhai sy'n gwbwl boncyrs yn y pen! Maen nhw i gyd yn haeddu gwell na chael eu gadael ar drugaredd rhai sydd heb 'u hyfforddi'n iawn. Odych chi ddim yn cytuno?'

'Wy wedi neud 'y ngore drostyn nhw erio'd. Wy'n *fully trained.*'

'Maen nhw'n haeddu tamed bach o faldod yn 'u gwaeledd, wedwn i. Yn enwedig y rhai sydd yn eu cystudd ola.'

'Y cystudd ola,' ailadroddodd Joyce yn ofalus, fel petai'r geiriau'n anghyfarwydd iddi. Wrth gwrs, fe wyddai hi ystyr yr ymadrodd yn iawn, ond doedd cyfaddef hynny ddim yn hawdd.

'Rwy wedi cael clywed am ych cymwystere chi i gyd.'

'Fe fues i'n nyrso yn Singleton am flynydde. Paso pob arholiad . . .'

'Felly o'n i'n clywed,' torrodd y ditectif ar ei thraws. 'Ond gadel tan dipyn o gwmwl ar y diwedd . . .'

'Camddealltwrieth, Sarjant! 'Na i gyd. Nag'ych chi wedi dod rownd ffordd hyn ar ôl yr holl amser 'ma i atgyfodi'r hen hanes 'na, gobitho!'

'Ddim o gwbwl, Sister Rogers. Y chi soniodd gynta am ych amser yn Ysbyty Singleton, nid fi. Wy'n siŵr fod ych profiad helaeth o nyrso, yn ystod y cyfnod hwnnw a wedyn, wedi bod o help anferthol ichi pan dda'th hi'n amser ichi ymgeleddu'ch modryb.'

'O'dd oedran mowr arni, chi'n gwbod!'

'Felly glywes i . . .'

'Sdim byd yn bod ar ych clyw chi, o's e?'

'Mae'n flin 'da fi?'

'Ych clyw chi, Sarjant! Mae'n amlwg nago's nam ar ych cluste chi. Ddim a chithe wedi clywed cymint trwyddyn nhw!'

'O! Rwy'n gweld!' Gwenodd y Sarjant ei fwynhad, gan ddal i edrych fel petai heb ddeall trywydd y sgwrs yn iawn.

'A lle glywoch chi hyn i gyd, 'te?'

'Hwnt ac yma, Sister Rogers! Hwnt ac yma! Fan hyn a fan 'co! O dwll fan hyn a chornel fan 'co!'

'Nag'ych chi wedi dod 'ma i whare gême geiriol 'da fi, gobitho!'

'Mynnu defnyddio'u hawl i siarad fydd pobol tra fyddan nhw, yntefe? Am farwolaeth Mrs Hanbury, er enghraifft.'

'O'dd, o'dd hi mewn gwth o oedran. Do, fe ga's hi gystudd caled. Beth arall s'da chi i weud wrtha i, Sarjant Hughes?'

'Chi'n llygad ych lle, wrth gwrs. Am y gême geiriol. Y siarad gwag. Ma'r ymholiade 'ma rwy ar 'u hanner rhyw damed bach yn fwy difrifol na hynna. Y drwg yw fod cyment o ddrygioni'n digwydd ar ffurf mân siarad.'

'Dyw e ddim ond yn troi'n ddrygioni os y'ch chi'n rhoi coel arno fe, Sarjant. Ac yn bersonol, nagw i erio'd wedi rhoi coel ar glecs.'

'Call iawn. Ond weithie, chi'n gwbod, ma'r clecs yn gallu bod yn rhy daer i droi clust fyddar arnyn nhw. Yn rhy gryf a chyson i'w hanwybyddu.'

'Nagw i byth yn gwrando. Byth yn talu sylw. A byth yn ailadrodd. Chi'n gwbod, Sarjant, dau beth o bwys alla i 'i addo i 'mhesiynts. Y bydda i'n cadw 'ngheg ar gau yw un ohonyn nhw. Urddas yw'r llall.'

'Urddas?'

'Wrth gwrs. Ma' nhw'n haeddu ca'l 'u trin 'dag urddas.'

'Odyn nhw ddim hefyd yn haeddu tangnefedd, Sister Rogers? Heb sôn am ras? A beth am drugaredd? Iachawdwriaeth? Ac iachâd, yn enw Crist?'

'Na,' atebodd hithau'n ddidaro. 'Ddim 'da fi, ta beth! Dim ond urddas a mudandod. 'Na i gyd alla i 'i gynnig. Llawn digon i un fenyw fach fel fi 'u rhoi i neb. Nagyw 'u hanner nhw'n haeddu cymint â 'ny!'

'R'ych chi'n go llawdrwm.'

'Ma' urddas a mudandod yn gyfuniad go hael yn 'y ngolwg i.'

'Ac yng ngolwg amryw, siŵr gen i. Ond pwy yn union sydd dan y lach 'da chi? Clebranwyr y cwm 'ma? Y cymdogion? Y cleifion 'u hunain?'

'Ma'r rhai tan 'y ngofal i yn bopeth i fi tra wy'n gwitho. Y nhw yw'r unig beth sy'n mynd â 'mryd i. A peidwch chi â meiddio awgrymu fel arall.'

'Wy'n awgrymu dim. Dim ond holi. Fe alla i addo hynny ichi. Ishe tawelwch meddwl ydw i, 'na'i gyd. Ishe gwbod shwt ddyddie o'dd rhai ola'ch modryb odw i.'

'Tawel. Poenus.' Roedd Joyce wedi oedi am foment cyn ateb. I gymryd anadl ddofn. Ac i ofalu ei bod hi'n edrych i fyw llygaid y dyn wrth yngan y ddau air. Am ennyd, roedd hynny fel petai wedi gwneud y tric.

'Tawel a phoenus,' ailadroddodd y dyn gyda chalon drom. 'Beth am urddasol a mud? Welwyd rhyw gip ar y ddau yna?'

'Weithie,' atebodd Joyce yn bwyllog. Rhaid oedd troedio'n ofalus. Gallai glywed rhyw grygni yn cydio yn ei llais. 'Ond wir ichi, nagw i moyn siarad am y peth. O'dd hi'n diodde, chi'n gweld.'

'Ac fe alla inne weld fod yr atgof yn peri loes ichi. Hyd yn oed i rywun mor brofiadol â chi . . . sydd â blynydde o brofedigaethe o dan 'i belt . . . ac sydd wedi gwneud gyrfa o fagu cro'n caled . . . hyd yn o'd i chi, ma'r cofio hwn yn anodd.'

'Wel! Nagyw 'na'n normal?' Doedd Joyce ei hun ddim yn siŵr. 'O'dd hi'n perthyn ifi, ddyn! All hynny byth â bod yr un peth â nyrso dieithryn rhonc . . . all e?'

'Na! Na! Digon teg! Fe alla i weld 'i bod hi'n ddigon naturiol i'r elfen ddynol ddod i mewn i bethe rywbryd.'

'Pwy yw'r bobol 'ma sy'n clebran, 'te? Neb o bwys, fe fentra i swllt!'

'A! Wel! Dyna'r broblem, yntefe? Pwy yw'r lleisie? Ma'r clebran i'w glywed yn ddigon clir. Ond pwy pia'r lleisie?'

'Ma' hawl 'da fi wbod.'

'R'ych chi'n gyfarwydd â nhw, siŵr o fod. Lleisie'n galw byth a hefyd. Ishe bwyd! Ishe mynd ar y comôd! Ishe mwy o dabledi! Ishe gweld y cyfreithiwr . . . i newid rywfaint ar yr ewyllys cyn mynd, falle!'

'Ches i neb erio'd yn galw am ddim un o'r rheina . . . Ddim pan o'n nhw'n agos at y ffin. Urddas a mudandod. 'Na beth ma' nhw moyn. A 'na beth wy'n 'u rhoi iddyn nhw. Yn gwmws fel wedes i wrthoch chi.'

'Fe a'th hi'n dawel, 'te? Ych modryb? Mrs Hanbury?'

'Mor dawel â ma' neb yn mynd.'

'A chi ga's y tŷ 'ma ar 'i hôl?'

'O'dd yr ewyllys tua phum mlwydd o'd. Peidwch chi â meiddio awgrymu 'mod i wedi galw rhyw dwrne fan hyn pan o'dd Anti Beti ar 'i gwely ange . . .'

'Na! Na! Miss Rogers . . . Sister Rogers, peidwch â chynhyrfu.'

'Hy! Be sy'n bod arna i! Ych chi eisoes wedi clywed am yr ewyllys, siŵr o fod, fel popeth arall. Wedi neud ych gwaith cartre cyn dod.'

'Gwell na chlywed amdani. Rwy wedi'i gweld hi. Wedi dal copi ohoni yn fy llaw. Pan ollyngodd Mrs Hanbury ei gafel ar ei bydol dda, rwy'n siŵr iddi wneud hynny'n dawel iawn 'i meddwl. Chi oedd 'i hunig nith hi, wedi'r cwbwl. Mae 'na ryw drefen i'r pethe 'ma. Popeth yn darfod. Y corff yn cau lawr. Tawelwch. Bodlonrwydd. Torri'n rhydd. A chi wrth law i ofalu amdani. I wneud yr hebrwng ola . . .'

'Nag o'dd hi'n dawel. Ddim mewn gwirionedd. Na bodlon. Na dim o'r pethe 'na.'

'Nag o'dd hi wir?'

'Gormod o boen,' eglurodd Joyce. 'Gofynnwch i Dr Patel. Mae e'n gwbod popeth ddigwyddodd.'

'Rhyngoch chi a fi, wy ddim yn credu am eiliad fod hwnnw'n gwbod dim am beth ddigwyddodd.'

'Dan 'i ofal e oedd Anti Beti. Y fe arwyddodd y dystysgrif . . .'

'Yn gwmws, Sister Rogers!'

'Beth 'ych chi'n awgrymu? Chi wrthi 'to!'

'Dw i'n awgrymu dim. Wir! Mae'n rhaid ichi

'nghredu i. Ond ma' shwt gymint o siarad wedi bod, on'd o's e?'

'Siarad? Pa siarad?'

'Mân siarad. A hwnnw'n fân siarad di-sail, synnwn i fawr. Hen siarad gwag, fel wedoch chi. W! Mae'n gas 'da fi shwt glecs! Agor hen ddolurie fel hyn. Gwrthod gadel i'r graith gau ar ych galar chi. Ma' pobol ddrwg i'w ca'l!'

''Na shwt le yw cwm, chi'n gweld! Lle sy'n gwrthod cau er mor gul yw'r hollt. Lle ma' clecs yn rhemp.'

'Glywsoch erio'd air o'r ensyniade am eich modryb? Dim un siw na miw? Na! Wel! Chi fydde'r ola i ga'l clywed, sbo! Ond alla i weud wrthoch chi fod y stori wedi bod yn dew ar hyd y lle ers mishodd . . .'

'A pha stori yw honno'n gwmws?'

'Y stori amdanoch chi'n gwenwyno Mrs Hanbury . . . er mwyn ichi 'i cha'l hi mas o'r ffordd . . . er mwyn ichi ga'l ych dwylo ar 'i harian hi . . . a'r tŷ 'ma . . .'

'Pwy 'yn nhw? Pwy wedodd shwt bethe cas? Nagw i erio'd wedi clywed dim byd mor gwilyddus yn 'y nydd. Ble ma' nhw 'da chi? Dan glo? Y rhain sy'n gallu cyhuddo mor rhydd 'u tafode? Ble ma' nhw 'da chi? A ble o'n nhw pan o'dd Anti Beti lan stâr yn 'i nychdod ola? Chlywes i'r un gair oddi wrthyn nhw pryd'ny. Os o'n nhw'n poeni shwt gymint am iechyd Anti Beti mae'n beth od na dda'th yr un ohonyn nhw i gnoco ar y drws 'co.'

'Na! Cweit, Sister Rogers. Dyna'n union 'y nheimlade i. A wy'n erfyn arnoch chi i beidio â chynhyrfu cymaint. Ishe rhoi taw ar y celwydde 'ma ydw inne hefyd.'

'Rhoi taw ar y tacle sy'n gallu rhaffu shwt gelwydde sydd ishe.'

'Y cwestiwn mawr heddi yw, beth yw'r ffordd ore o wneud hynny?'

Edrychodd Joyce arno gyda difrifoldeb newydd. Am y tro cyntaf ers iddo gyrraedd, dechreuodd deimlo ei bod hi'n bysgodyn yn cael ei thynnu i'r lan.

'Does dim corff, oes e, Sister Rogers? Yn groes i'ch sylw bach di-chwaeth chi pan gyrhaeddes i, dyw Mrs Hanbury ddim mewn gwirionedd yn pydru yn unman, odi hi? Sy'n drueni mawr . . . yn drueni mawr iawn!'

'Nago'ch chi moyn ailgodi corff Anti Beti? Ife 'na be chi'n trial 'i weud wrtha i? Ar gownt rhyw siarad sbeitlyd gan y ficer a'i siort? Ie! Y ficer 'na sydd ar fai, yntefe? Fentra i taw fe sy wedi bod yn lledaenu'r cythreuldeb hyn amdana i?'

'Do's 'da hyn ddim byd i'w wneud â'r ficer, Sister Rogers. Ond ry'ch chi'n eitha reit. Fe fydden i wedi hoffi codi'r corff a chynnal *post mortem.*'

'Nago'dd angen *post morte*m. Ma' . . .'

'Ma' Dr Patel wedi arwyddo'r dystysgrif marwolaeth. Odi, mi wn! Cyfleus, yntefe?'

'Cyfleus? Watshwch chi be chi'n weud . . .'

'Peidwch â chamddeall, Sister Rogers. Nid cyfleus i chi, ro'n i'n 'i feddwl. Cyfleus i'ch gelynion . . . i'r holl bobol ddrwg sy'n dweud y pethe 'ma amdanoch chi. I chi, wrth gwrs, mae e'n hynod o anghyfleus. Dim corff . . . dim modd gwneud profion . . . dim ffordd i chi brofi'ch diniweidrwydd.'

'Ga's hi angladd mor barchus. Alla i fyth ddychmygu rhoi caniatâd i chi i fynd i stablan dros y bedd.'

'Hen waith caled yw palu, mae'n wir. Ond fe alle wedi bod yn achubieth ichi, cofiwch. Tawelwch meddwl. Ailorseddu'ch enw da. Profi'r holl honiade cas 'na'n anghywir.'

'Ond ail angladd! Meddyl'wch am y gost. Heb sôn am y mès. Yr holl ddarne 'na o'i chorff hi fydde wedi ca'l 'u tynnu mas . . . y stumog a'r coluddion . . . a'r esgyrn. Ma' gwenw'n yn aros mewn esgyrn yn fwy na dim. Ma' pawb yn gwbod 'ny. Bydde rhaid ailgasglu'r darne 'na i gyd ynghyd a'u dodi nhw'n ôl mewn arch ar ôl *post mortem*. Dim diolch.'

'Un angladd sy'n arferol, wrth gwrs. Ond fe allech chi fod wedi edrych ar y cynta fel *dummy run*.'

'Odych chi'n meddwl 'mod i wedi lladd 'y modryb, Sarjant?'

Roedd y cwestiwn wedi dod yn rhy sydyn i'r heddwas allu meddwl am ateb slic. I lenwi'r gofod, gwnaeth sioe o dynnu ei hun ynghyd, fel petai ar fin gadael. Bu ei goesau ar led a'i freichiau'n cofleidio'r soffa. Pesychodd ac yna dywedodd: 'Mae 'da fi feddwl agored ar hyn o bryd.'

Wrth hebrwng yr heddwas at ddrws y ffrynt, fe wenodd Joyce yn ddiargyhoeddiad.

'Nago'dd rheswm 'da fi dros 'i lladd hi,' protestiodd yn lletchwith wrth agor y drws iddo.

'Yn rhyfedd iawn, wyddoch chi . . . ac rwy wedi cwmpo mas wn i ddim faint o weithie 'da 'nghyd-weithwyr wrth drafod hyn . . . ond nid y rheswm sy'n 'y niddori i fwya pan rwy'n ymchwilio i achos o lofruddieth.' Er iddo nodio'i ben i gyfeiriad y glwyd a'r plismon fu'n aros amdano'n amyneddgar, oedodd am eiliad i orffen ei ddamcaniaeth. 'Mae pawb ohonon ni, rywbryd neu'i gilydd, wedi bod â rheswm da dros ladd rhywun. Be sy'n brinnach, diolch i'r drefn, yw'r person-oliaethe sy'n cerdded y ddaear 'ma alle wneud shwt beth.'

'Ma' pawb wedi gweud erio'd 'mod i'n brin o bersonolieth,' gwamalodd Joyce.

109

'Heb eich nabod chi'n ddigon da ma' nhw, yntefe, Sister Rogers?' haerodd yntau, gan gerdded at y car.

'Nid fi 'na'th! Sawl gwaith ma'n rhaid ifi weud wrthot ti, fenyw?' Ei benderfyniad i beidio â chynhyrfu oedd yr unig beth a roddai gadernid i lais Seth. Nid arddeliad. Nid emosiwn.

Anaml iawn y dôi Joyce i gyffiniau Penrhyn Gŵyr. Bron mor anaml ag yr âi Rhys i Gwm Tawe. Ond cymaint fu ei chynddaredd ar ôl i Vernon Hughes adael ei thŷ, bu'n rhaid iddi fwrw ei bustl ar rywun.

Codi'r ffôn fu ei greddf gyntaf. Ond beth petaen nhw eisoes yn rhoi tabs ar hwnnw? Fe allai hi gael ei chrogi gan ei thystiolaeth ei hun. Nid crogi, siawns! Roedd hi'n dechrau colli arni'i hun. Ond rhaid oedd iddi gael lleisio'i amheuon, rywsut. Felly, doedd dim amdani ond gyrru fel maniac i lawr y lôn a gwthio'i ffordd i gegin y tŷ bach twt yng ngwaelod gardd Rose Villa a bwrw'i bol yn un llifeiriant o gyhuddiadau.

'Alla i byth dy drystio di! Nagw i erio'd wedi dy drysto di, shgwl! 'Na'r gwir plaen.'

'A finne'n meddwl 'yn bod ni'n deall 'yn gilydd. Y tri ohonon ni!'

'Nage dealltwrieth yw be sy rhyngddon ni. Dibynieth sy'n 'yn clymu ni'n tri 'da'n gilydd. Dibynieth rhonc. A llond twll o ofan. Achos all dim un ohonon ni deimlo'n gwbwl saff pan 'yn ni bant oddi wrth y ddou arall.'

'Wy'n trysto Seth, ta p'un,' mentrodd Rhys i fynegi barn. 'Ma' Seth yn gweud y gwir . . .'

'Cadw dy drwyn mas o hyn, Rhys bach. Y fi ma' hon wedi'i chyhuddo o fod yn fradwr. Nid ti.'

'Sori!'

'Nagw i moyn iti ga'l dy wenwyno gan shwt wallgofrwydd. A ta beth, ti'n rhy sensitif i orffod ymdopi â mwy nag un fenyw wallgo yn dy fywyd. A ma' dy fam yn fwy na digon i neb . . .'

'Ffiedd! 'Na beth yw e. Awgrymu 'mod i wedi gwneud llai na 'ngore dros Anti Beti.'

'O'dd hi'n bryd iddi fynd, serch 'ny. Ma'n rhaid iti gyfadde 'ny,' ebe Seth yn bryfoclyd.

Ni thrafferthodd Joyce i wadu hynny. Daliai'n dynn yn y bwlyn mawr pren ar waelod y grisiau, fel petai ei llaw fawr binc yn godro rhyw gysur o'r coed.

'A'th hi mas fel cannwyll!'

''Na'n gwmws beth wedodd Dr Patel wrtha i,' prysurodd Seth i'w hatgoffa. ' "Diffodd fel cannwyll. 'Na shwt aeth Mrs Hanbury." 'Na'i union eirie fe y noson 'na fuodd hi farw. Shwt allet ti feddwl y bydden i, o bawb, yn mynd at yr heddlu 'da shwt stori?'

'Ond alla i ddim meddwl am neb arall fydde'n shwt gymint o hen ddiawl.'

'S'da fi ddim i weud wrth y polîs. Fe ddylet ti w'bod 'ny. Meddwl y gwaetha o bawb yw 'u job nhw.'

'Ond pwy arall 'nele shwt beth?'

'Pobol y cwm,' atebodd Seth yn syth. 'Ti'n lladd arnyn nhw bob whip stitsh. Gweud shwt giwed glebranog sy'n byw o dy gwmpas di. Wel! 'Na ti. 'Ma enghraifft berffaith o'r malais sy'n cwato y tu ôl i gwrtshwns gwyn. Walle taw nawr wyt ti'n gweld 'u gwenwyn nhw ar 'i waetha.'

O'r diwedd, dechreuodd geiriau Seth ddistewi'r storm a disgynnodd rhyw dawelwch dros y gegin. Yno'r oedden nhw o hyd. Y tri ohonynt. Nid nepell o'r sinc. Gydag Wncwl Ron i'w weld drwy'r ffenestr, yn esgus trwsio'r torrwr gwair draw wrth ddrws cegin y tŷ mawr.

'Sa i erio'd wedi'ch gweld chi mor grac,' ebe Rhys o'r diwedd, ei chwerthin crynedig yn ceisio cuddio'i syndod. 'Ddim hyd yn o'd y tro cynta 'na gwrddon ni . . .'

'Wy wedi gweud wrthot ti, Rhys,' mynnodd Seth, gyda phinsied o garedigrwydd yn ei lais, 'ma' mwy o nwyd ym mola hon nag a feddyliet ti. Yn cwato o dan y *trenchcoat* 'na sy'n paso am 'i phersonolieth hi . . .'

'Bastard bach wyt ti . . .'

'Na! Na! Na! Wy'n lot o bethe. I lot o bobol. Ond nage 'na. Meddylia, mewn difri calon! Pam fydden i moyn cysylltu'n gyfrinachol 'da'r heddlu i neud rhyw gyhuddiade twp yn dy erbyn di o bawb? Fe allet ti fod yn cario 'mhlentyn i . . .'

'Ond nagw i *yn* cario dy blentyn di, odw i? Fydda i fyth yn cario dy blentyn di. Nagw i erio'd wedi bod ishe cario dy blentyn di. Ddim mewn gwirionedd. Nagwyt ti wedi sylweddoli 'na? Sa i'n credu 'mod i wedi moyn dim byd 'da ti erio'd. Dim ond llonyddwch.'

'Nage llonyddwch sy 'da fi i'w gynnig. Ond heddwch.'

'*Think big*, yntefe? 'Na dy foto di mewn bywyd.'

'Sa i'n siŵr am fywyd,' atebodd Seth yn slic. 'Ond 'na'n moto i mewn marwoleth. Dod â hedd i'r byd. Hedd, perffaith hedd. Nawr, dere lan llofft. I'r lolfa. Wy'n sylweddoli na ddôi di byth lan llofft 'da fi 'to mewn unrhyw ystyr arall. Fe roith Rhys y tegell i ferwi. Dished neis o de . . .'

'Nagw i moyn blydi te!' A chododd ei llaw i roi clatshen ar draws boch y dyn. Ond llwyddodd yntau i igam-ogamu'r ergyd.

'Welest ti 'na, Rhys bach? Menyw ddanjerys yw hon. Fe wedes i, yn do fe? Fe wedes i taw menyw ddanjerys yw hon ddoist ti o hyd iddi. Gwrach mewn stori tylw'th teg. Beth dda'th dros dy ben di i drial dwyn o dŷ hon?'

'Nage fi o'dd ar fai am 'ny,' protestiodd Rhys. 'Pallu gwrando arna i o'dd hi. Pallu gadel ifi gerdded mas. Gwna di iddi wrando arnat ti, Seth.'

'O! Fe neith hi wrando, paid â phoeni. Nawr, rho ddŵr i ferwi.'

'Nagw i moyn te.'

'Te fydde ore.'

'Ie. Wy'n credu taw te fydde ore,' adleisiodd Rhys.

'Fe wedodd Beti wrtha i dy fod ti'n fenyw ddanjerys. 'Na'r union eirie ddefnyddiodd hi. "Menyw ddanjerys yw Joyce ni," wedodd hi. Un noson pan o'n ni ar 'yn penne'n hunen. Jest hi a fi. Yn y stafell wely ddrewllyd 'na. W! 'Na nosweithie o'dd y rheini! Ti'n cysgu yn dy wely. A ni'n dou'n bwrw orie'r nos 'da'n gilydd. Beth ddiawl o't ti wedi neud iddi, gwed? I roi'r argraff honno iddi? Dy fod ti o bawb yn ddanjerys? Hwpo hwfer rhwnt 'i choese hi ar ormod o ras, rhyw dro?'

'Gad dy gellwair, grwt.'

'Nid crwt! Sa i'n credu. Wy'n credu taw dyn yw'r gair ti moyn. A wy'n credu fod y dydd yn dod pan fydd raid iti gydnabod 'ny. Os nad lan llofft . . . yn dy wely . . . yna'n rhywle arall . . . Achos, dim babi, dim *sex*. 'Na shwt wy'n gweld pethe. Sdim babi ar y ffordd. A s'da ti ddim diléit mewn ca'l babi byth, meddet ti . . .'

Trwy sefyll yn ymosodol o'i blaen, gwthiodd Seth hi'n nes at waelod y grisiau. Heb gyffwrdd ynddi. A chafodd hithau'i hun yn dringo o ris i ris. Yn gwbl ddiarwybod iddi.

Vernon Hughes oedd ar fai. Wyneb hwnnw a welai o'i blaen. Hwnnw oedd wedi tynnu'i hysbryd hunanfeddiannol oddi ar ei echel. Cam bach, wedi cyrraedd pen y grisiau, oedd iddi agor drws y lolfa a cherdded trwyddo. Draw, drwy'r ffenestr lydan yn y wal bellaf, gallai weld yr ardd goncrid. A chamodd tuag ati, gan wybod, heb edrych, fod Seth yn dal wrth ei chwt. A bod dŵr yn dod i'r berw oddi tanynt.

'Wy'n poeni fod rhywun wedi gallu neud shwt beth,' ebe Seth o'r diwedd. 'Beth yw ystyr y peth? Ife prawf o'dd y cyfan i weld shwt fyddet ti'n ymateb? O'dd e'n blismon go-iawn? Wyt ti'n siŵr nage con o'dd y cyfan . . .?'

'Gad hi wir,' torrodd Joyce ar draws y damcaniaethu. 'Wy'n fodlon credu nage ti o'dd tu ôl i'r cyfan. O'r gore?'

'Wel! 'Na welliant.'

'Ond os nage ti 'na'th, yna pwy?'

'Ma' dyn'on od i'w ca'l. Dyn'on fydde wrth 'u bodd yn gweld pobol barchus fel ti yn ca'l 'u rhoi dan glo.'

'Fe awgrymes i'r ficer wrth y Vernon Hughes 'na. Ond gwadu fod 'da hwnnw ddim byd i'w wneud â'r sibrydion 'na'th e.'

'Pa ficer?' holodd Seth yn ddidaro.

'Ficer y plwy. Hwnnw gladdodd Anti Beti.'

'O! Hwnnw! Nagwyt ti wedi clywed y newyddion heddi? Gas hwnnw 'i ladd nithwr. 'I drywanu i farwoleth. Yn syth drwy'i galon.'

'Yffach gols!'

Fe wyddai Seth nad oedd dim y gallai gofal mwyaf graslon y nyrs radlonaf yn y wlad fod wedi ei wneud i'w achub.

'Mewn tai bach amheus sha Pontyberem. Nithwr, yn hwyr y nos. Ma'r *queerbashers* 'ma'n cyrradd bobman!'

Go brin fod neb yn y byd i gyd yn grwn yn bwyta mwy o Farmite na Rhys. Dôi Seth adre'n aml, ar ôl bod hwnt ac yma yn gwneud hyn a'r llall, a chanfod Rhys ar ei hyd ar y soffa gydag un o'r potiau bach du yn ei law a'i fys yn ôl a blaen rhwng hwnnw a'i geg.

'All byta'r holl furum 'na ddim bod yn dda iti,' fyddai barn Seth. 'A pham ddim?' fyddai ymateb Rhys. Doedd gan Seth 'run ateb iddo, mewn gwirionedd. Ond datblygodd y gosodiad yn agoriad cyfarwydd ar sgwrs.

Oedd e'n gwrthwynebu presenoldeb parhaus Marmite ar ei aelwyd o ddifrif? Allai Rhys byth â bod yn siŵr. Roedd creu amwysedd yn un o amodau ei lwyddiant. Dyna pam nad oedd neb byth am wneud cam â Seth. Doedd neb byth yn siŵr beth i'w gredu ganddo.

Ers iddi ddechrau byw lled gardd oddi wrtho, roedd gan fam Rhys bellach bethau lled ganmoliaethus i'w dweud amdano. Weithiau. Cyfaddefai'n anfoddog ei fod wedi dod â rhyw sefydlogrwydd i fywyd tymhestlog ei mab. A phan ddymunai, gallai fod yn grwtyn digon dymunol. Yn fonheddig. Cymwynasgar. A golygus. Ond eto! Roedd rhywbeth yn ei gylch yn dweud wrthi am beidio â'i wahodd i'r tŷ yn rhy aml.

Gwaelod yr ardd oedd y lle naturiol ar ei gyfer, yn ôl Wncwl Ron. Gan guro'i gefn, fel arwydd ffug o gyfeillgarwch, byddai'r Antipodead ffraeth yn bola-rhochian yn fostfawr ei fod bob amser wedi dod ymlaen yn dda 'da'r tylwyth teg. Roedd Awstralia'n llawn o'r cyfryw greaduriaid yn ôl Wncwl Ron. Gwenu'n fygythiol wnâi Seth ar achlysuron tebyg, gan wybod fod twpdra Wncwl Ron yn ei wneud yn ddall i ddidwylledd y bygythiad.

'Wy'n credu taw ti ddyle'i ladd e,' dywedodd Seth

wrth Rhys un noson. Newydd ddod yn ôl o Abertawe oedd e. O leiaf, dyna oedd e wedi'i ddweud wrth Rhys wrth luchio'i siaced ledr at gadair wiail yn y gornel. Taflodd wên hirhoedlog at ei gariad. Roedd honno, yn wahanol i'r siaced, wedi cyrraedd ei nod.

Dal i lyo'i fys wnâi Rhys. Heb gyffroi'n weladwy, ond gan deimlo poen rhyw bleser nad oedd modd ei enwi yn curo yn ei galon.

'Odi'r amser wedi dod?' gofynnodd.

'Toc,' atebodd Seth. Crychodd ei drwyn wrth wynto'r Marmite.

'Pam fi 'to?'

'Wy'n credu taw 'na sy'n deg,' eglurodd Seth. 'Yn dy ystlys di mae e fwya o ddraenen. Dy wncwl di yw e wedi'r cwbwl. Dy fam di mae e'n 'i chwistrellu 'da'i wenwyn. O's ofan arnat ti?'

'Na. Nage 'na o'n i'n 'i feddwl . . .'

'Wel! 'Na ni, 'te! Fe fydd hi'n fraint iti, achan! Ca'l bod yn fishtyr ar y tŷ mowr crand 'na. Ca'l dy fam yn ôl i ti dy hunan.'

'Ond fi fydd yn cymryd y *risk*, yntefe?'

'Na. R'yn ni yn hyn 'da'n gilydd. Cofia 'na bob amser. Ti a fi. 'Da'n gilydd. Y ni fydd yn 'i ladd e. Y ddou ohonon ni. Ond ti gaiff yr anrhydedd o fod yr un sy'n neud y weithred.'

'Tynnu'r trigyr, ti'n feddwl. Fi fydd yr un â 'mys ar y sbardun bach 'na . . . Bang!' A thynnodd ei fys du o'r potyn a'i anelu at Seth wrth wneud y sŵn. Yn sydyn, roedd holl amheuon Rhys wedi eu hel ymaith ac roedd wedi gwirioni ar y ddelwedd yn ei ben.

'Wel! Mewn ffordd o siarad. Sa i'n credu taw saethu'r diawl yw'r ffordd ore o ga'l gwared arno, mewn gwirionedd.'

'Be s'da ti mewn golwg?'

'Nagw i'n gwbod 'to. Gad ifi feddwl am sbel. Pendroni dros y posibiliade. Sdim hast. Ddim mewn gwirionedd.'

'Rhywbeth clou. Rhywbeth clefyr. Rhywbeth lle na fydd neb yn gallu codi bys ata i.'

'Rhywbeth cain. 'Na'r flaenorieth yn 'y meddwl i,' ebe Seth gan gymryd y bys a gododd Rhys i'w gyfeiriad i'w geg a'i lyo'n egnïol. Gwingodd yn weladwy wrth lyncu'r blas du. 'Rhywbeth sy'n profi mor dda 'yn ni'n gwitho 'da'n gilydd,' aeth yn ei flaen. ''Na beth wy moyn. Achos fe ddyle dou sy'n cysgu 'da'i gilydd allu lladd 'da'i gilydd hefyd.'

'Wyt ti'n meddwl?' holodd Rhys yn nerfus.

'Wrth gwrs! Shgwl ar Hindley a Brady. Bonnie a Clyde. Fred a Rosemary.'

'Ond nagw i moyn bod fel nhw.'

'A fyddi di byth. Fe ofala i am 'na. Ma' pwrpas mwy 'da ni mewn golwg, on'd o's e?'

Cytunodd Rhys â'i ben, heb wybod beth yn y byd yr oedd yn ei gymeradwyo.

'Chân nhw ddim gweud 'yn bod ni'n waeth nag anifeilied, chân nhw? Achos 'na beth ma' nhw'n 'i weud bob tro, yntefe? Eu bod nhw'n waeth nag anifeilied. Pobol sy'n caru ac yn lladd.'

Neidiodd Seth dros gefn y soffa, gan ymaflyd codwm â'r dyn arall. Rhowliodd potyn bach gwydr yr enllyn du yn rhydd o'u gafael, gan symud yn smala ar hyd y llawr. Yn union fel pêl rygbi oedd wedi ei gollwng ar ei thrwyn.

'Fe geith e farw fel cangarŵ,' penderfynodd Rhys yn ddiweddarach. Ei gnawd, erbyn hynny, yn un â chnawd Seth. Ei feddyliau ar goll yn yr afreswm sy'n dilyn rhyw. Cael gwared ag Wncwl Ron, bu'n meddwl. Y cloc deilchionodd ar y clos, bu'n cofio. Y sarhad a ddioddefodd o gael ei ddal gan Joyce, bu'n diawlio. Roedd hynny hefyd yn rhan o'r dolur mwyn a deimlai wrth swatio yno gyda Seth. Ac er iddo geisio gweld yn glir, doedd dim yn digwydd yn ei ben. Dim ond rhes o ddelweddau oedd yno'n fflachio. Lle y dylai rheswm fyw.

Fe gâi neidio a llamu. A marw fel anifail. Y Ron ariannog, estron, tra-arglwyddiaethus hwnnw. Ei oes ar fin dod i ben ac yntau'n rhy ddall i sylweddoli hynny.

'Nage ni fydd fel anifeilied, ife?' mynnodd Rhys drachefn. 'Ond fe.'

'Yn gwmws. A wedyn fe gewn ni ymuno â'r byddigions yn tŷ mowr. A chadw 'da'n gilydd. Fel y dylen ni fod bob amser.'

'Fel cowbois gwyllt mas ar y paith. Neu *muskateers* swel mewn cestyll moethus . . .'

'Nage.' Troes Seth arno drachefn yn chwyrn. Bu eisoes yn daer a thrwm a hir ei flys y noson honno. Ond saethodd i'w bengliniau drachefn, gan afael yn Rhys gerfydd ei arddyrnau. I'w orchfygu. A'i feddiannu. A'i frandio am byth â gras ei weledigaeth. 'Nid fel'na o gwbwl fydd hi. Fel cariadon y byddwn ni yng ngŵydd y byd. Fel ti a fi. Fel ni. Yn undod. Ni'n dou. Fel un. 'Na beth wy moyn. 'Na be sy'n bwysig. Nagwyt ti'n deall 'na? Ffyddlondeb. Teyrngarwch. Peidio byth rhoi lo's i'n gilydd.'

'Ond ti wedi bo'n cysgu 'da'r ffycin Joyce 'na . . .'

Wrth i resymeg ddechrau dod yn ôl i'r cynteddoedd gwag ym mhenglog Rhys, cafodd fonclust i'w hel o'na drachefn.

'Arbrawf oedd hyn'na. Sawl gwaith sydd raid ifi

weud wrthot ti? Hen arbrawf salw o'dd raid ifi fynd trwyddo i weld a oedd babi yn 'i bola hi. Ond sdim un 'na. Nagw i byth yn mynd i gyffwrdd ynddi 'to. Wyt ti'n deall?'

'Ond wedest ti . . .'

'Wy'n gweud lot o bethe. Dy fusnes di yw gwitho mas be wy'n 'i feddwl a be wy ddim . . . be sy'n wir a be sy ddim.'

'Sa i'n credu 'mod i'n ddigon clefyr i neud 'ny.'

'Na. Sa i'n credu dy fod ti chwaith,' cytunodd Seth. A chododd fys at foch ei gariad. I gael teimlo lleithder du deigryn yn toddi ar ei groen.

Chafodd Wncwl Ron mo'i ladd. Dyna drasiedi fawr ei fywyd. Gallai symud ei lygaid, mae'n ymddangos. I'r chwith. I'r dde. I fyny. Ac i lawr. Dyna, fe benderfynwyd, oedd i dorri'r ddadl yn derfynol. Yn ôl y rhai a bennai'r pethau hyn, roedd hynny'n bendant yn gyfystyr â bywyd. Bywyd o fath.

Survivor fuodd e erioed, yn ôl ei ferch ym Melbourne. Dyna fu gair mawr honno, pan alwodd mam Rhys hi i dorri'r newyddion drwg. Doedd ganddi ddim bwriad yn y byd dod i'w weld. Ei hynni i gyd wedi'i ymrwymo i'w hymdrech i gadw'r dyn ciwt o Korea roedd hi newydd ei briodi, chwe mis ynghynt, yn hapus.

Doedd Dad yn ddim ganddi. A dweud y gwir, roedd hwnnw allan ohoni go iawn, yn ei thyb hi. Wedi dychwelyd am dro i wlad ei febyd. A chael ei swyno gan hen wallgofrwydd Celtaidd ei dras. Tebycach i anian Aborigini nag Awstraliad o'r iawn ryw. Dyna'i barn hi ar yr holl bennod.

Ddywedodd hi mo hynny wrth fam Rhys mewn

hynny o eiriau, wrth gwrs. Ond roedd hyd yn oed honno wedi deall byrdwn ei hamwysedd.

'O'n i'n meddwl y bydden i 'na trwy'r dydd,' eglurodd mam y crwt. 'Nago'dd rhithyn o ddeall yn y ferch.'

'Dewis p'ido deall o'dd hi, nage methu,' sicrhaodd Seth hi.

''Ych chi'n credu 'ny? Nagyw e'n hawdd egluro peth fel'na, cofiwch . . .'

'Peth rhwydda yn y byd, ddwedwn i,' torrodd Seth ar ei thraws. 'Dyn ar wastad 'i gefen. Pyjamas streips. A pheips ym mhob man. Delwedd ystrydebol iawn. Cyfarw'dd ym mhob rhan o'r byd. Y dyn ar 'i wely ange, lle nagyw ange byth yn dod. Ma'r gothig a'r melodramatig, heb sôn am ambell opera sebon fwy gwachul na'i gilydd, yn gwbwl ddibynnol ar y ffaith nad yw'r dyn 'na'n mynd i ddihuno byth. 'Na'i ran e, chi'n gweld? 'I rôl e. Yn yr hunllef fawr. Gorwedd fel 'na hyd dragwyddoldeb. Yn gweld dim byd ond yr hyn sy'n dod reit o fla'n 'i lyged e.'

'Nagyw e'n gallu rheoli'r un organ arall yn 'i gorff e.' Cydiodd y fenyw yn llaw ei mab wrth yngan yr erchyllwir. 'Meddylwch!'

'Ie. Fe ddylen ni feddwl yn ddwys am organe Wncwl Ron,' aeth Seth yn ei flaen. 'Walle y gallwn ni greu rhyw bŵer seicig, dim ond inni i gyd i feddwl yn ddwys amdanyn nhw ar yr un pryd. Pwy a ŵyr na allwn ni ddwyn perswâd ar yr organe hynny? Eu ca'l nhw i neud rhywbeth, yn lle jest gorwedd fan'na'n ddiffrwyth, fel hipis pwdwr yn sgwoto yn un o welye prin y Gwasaneth Iechyd.'

Dechrau llefain wnaeth y wraig, fel yr oedd hi wedi'i wneud drwy'i hoes pan oedd angen meddwl yn ddwys.

'Mae'n ddyddie cynnar 'to. Walle ddaw e nawr. Watshwch chi!'

Fe wyddai Seth yn burion nad y dyddiau cynnar oedd y rhain. Dyddiau'r hwyr, yn hytrach. A'r hwyr hwnnw'n bygwth bod yn ddiwedydd hir, serennog, du.

'Ddaw e ddim. Ddim o unman. Ac eith e ddim. Ddim i unman. Fan'na fydd e nawr hyd ddiwedd oes. Yn gorwedd, heb symud. Yn drewi, heb bydru. Yn marw, heb ddarfod.'

Pan ddechreuodd y fenyw nadu llefain drachefn, cydiodd Seth yn llaw Rhys a'i dynnu tua drws y cefn ar frys, er mwyn cael mynd sha thre o'i golwg. Doedd e ddim am ddechrau chwerthin yn ei hwyneb. Ddim eto.

'Dere'n glou! Edrych!'

Daliai Seth aeliau Wncwl Ron ar agor er mwyn i Rhys allu gweld fel y symudai'r llygaid o'r naill gyfeiriad i'r llall yn barhaus. Hyn, wedi'r cyfan, oedd y prawf terfynol fod y dyn yn dal yn fyw. A dydd a nos, fe dystiai'r peiriant oedd wrthi'n monitro pob gewyn o'i gorff fod y llygaid yn rhowlio yn eu cylch diddiwedd o dan y caeadau.

Camodd Rhys draw at y gwely braidd yn anfodlon.

'Odych chi'n cofio beth ddigwyddodd, Wncwl Ron?' Plygodd dros yr wyneb wrth holi. Gan edrych i fyw y llygaid.

'Gelet ti ffit ulw 'se fe'n rhoi ateb iti,' gwamalodd Seth.

Ni allai Rhys ddirnad dim yn nyfnderoedd y llygaid gwag. Dim cof. Dim crebwyll. A gwell na'r cyfan, dim arlliw o ddawn dweud.

'Atebith e byth. A hyd yn o'd tase fe'n dod ato'i hun,

121

fydde neb yn rhoi coel ar 'i stori fe bellach, fydde fe?
'Na wedest ti. Sdim gwella arno fe, o's e?'

'Gobitho dy fod ti'n llygad dy le, Rhys bach.'

Gollyngodd Seth ei afael ar y ddau lygad. Ac aeth yn
nos drachefn ar Wncwl Ron.

Trwy'r ffenestr, gallai Seth weld yr eira mân yn
dechrau disgyn a chododd oddi ar yr erchwyn i gael
gweld yn well. Hoffai'r tawelwch oedd wedi ei adael yn
yr ystafell gan ddiflaniad y fam. Aethai honno allan i'r
coridor rai munudau ynghynt, er mwyn ymdopi â phwl o
lefain ar ei phen ei hun. Siarad dynion oedd i fod rhwng
y pedair wal yn awr. Llygaid diddagrau. A lleisiau oer.

'Ddaw e byth o'ma,' ymfalchïodd Rhys yn obeithiol.
'Ddaw e byth i wbod beth yw ystyr gofal yn y gymuned.'

'Wel! Fydd honno fowr o golled i'r bastard,'
chwarddodd Seth. 'Achos wy fod i dderbyn gofal yn y
gymuned, ti'n gwbod! Blydi ffars, yntefe? Fi yw'r un
sy'n rhoi y gofal, nage'i dderbyn e.'

'Wyt ti?' cyd-chwarddodd Rhys yn wyliadwrus. Doedd
e ddim yn siŵr oedd Seth yn dweud y gwir ai peidio.

'*Fact* iti! Un o anghysondebe mowr 'y mywyd i. Ar
ôl yr holl ofal wy wedi'i ddangos tuag at gymdeithas, y
gymdeithas o'dd fod 'y ngharco i trwy'r amser!'

Mor esgeulus fu'r system ohono, roedd Seth wedi
anghofio, bron. Ond p'run bynnag, fe wyddai'n ddigon
da taw lle sang-di-fang oedd y byd. Lle'n llawn pobl fel
Rhys (yr oedd yn ei garu) a'i fam (yr oedd yn ei
chasáu). A gloywodd wrth feddwl am y gras yr oedd e
eisoes wedi'i ddwyn i'w bywydau bach anniben. Roedd
mwy i ddod, wrth gwrs, ond am y tro bodlonodd ar
guddio'i falchder dan gochl ffugwyleidd-dra.

'Ond beth 'se fe'n dod ato'i hunan . . .?'

'Ddaw e ddim . . . fel wedest ti.' Wrth i'r eira

ddisgyn, roedd hi'n nosi yn y coed a amgylchynai'r ysbyty a chamodd Seth yn ôl at y gwely wrth siarad, er mwyn osgoi'r olygfa.

'Gobitho ddim.'

'Nago's ots nawr, Rhys! Gad lonydd i'r sefyllfa. Bob tro 'yn ni'n dod draw i'w weld e, ti'n mynnu becso. Ond nago's raid iti.'

'Alla i ddim help,' ebe Rhys.

'Anghofia amdano fe. Dim ond lwmp o gnawd yw e nawr, wedi'r cwbwl. 'Shgwl arno fe! Nagyw dy fam hyd yn o'd yn becso rhyw lawer amdano fe erbyn hyn. Ma' llefen yn rhoi rhywbeth iddi'i neud, 'na'i gyd. Nagwyt ti'n credu o ddifri 'i bod hi'n teimlo dim byd trosto fe, wyt ti? Dyw shwt hunanaberth ddim o fewn 'i gallu hi, cred ti fi. Ac am unwaith, alla i mo'i beio hi. Achos ma'r jobyn 'ma mor ddiened. Jest ishte rownd y gwely 'ma am hanner awr bob wythnos. Ond 'yn ni'n gorffod dod, ti'n gweld! Bydde fe'n edrych yn ddrwg 'sen ni ddim. Ma' hyd yn o'd dy fam yn deall 'ny. Ond dim ond sioe yw'r cyfan. Sioe i neud inni edrych yn dda. Ond dyw hwn fan hyn ddim callach.'

'Wy'n gallach,' mynnodd Rhys. 'Wy'n gwbod beth ddigwyddodd. Wy'n gwbod 'mod i wedi ffaelu unwaith 'to. Dy adel di lawr.'

'Odw i wedi dannod y methiant 'na iti dros y mishodd dwetha 'ma?'

'Naddo.'

'Naddo! Cweit! *So* 'na ddiwedd arni. Nage dy fai di yw e fod penglog yr hen fwlsyn mor solet.'

Cafodd y cyfan ei gynllunio mor ofalus. Gwyddai Rhys fod hynny'n wir. Seth a'i fam wedi mynd i Sainsbury's. Yntau'n awgrymu y dylen nhw olchi'r siandelïer yn y cyntedd, fel sypreis i'w fam. Nôl yr ysgol. Cael Ron i'w dringo. Dyrnod. Codwm. Fu dim bai o gwbl ar y cynllwyn. Ffawd oedd wedi mynnu rhoi'i big i mewn, dyna'i gyd! Drysu'r bwriad. Simsanu'r ysgol wrth i'r dyn ddisgyn. Torri'r ffenestr liw fawreddog ar ben y landin. A gadael Wncwl Ron fel hyn yn hofran rhwng dau fyd.

Y cyfan a gofiai bellach gydag unrhyw sicrwydd oedd iddo weld y corff canol oed yn disgyn trwy'r gofod ysblennydd. Ac yna sŵn y rhowlio celain i lawr y stâr.

Nid celain, wrth gwrs! Dyna pam eu bod nhw'n gorfod dod ar y pererindodau diflas 'ma. Bu'r grwgnach taer o lawr y cyntedd yn dyst o fywyd tan i'r ddau ddychwelyd o'r siop a galw ambiwlans.

'Cer i alw dy fam,' gorchmynnodd Seth. 'Mae'n bryd i ni fynd.'

Cawod ysgafn oedd hi i ddechrau. Ond erbyn i Seth a Rhys fynd at y car, roedd trwch yn gorchuddio'r cerrig mân ar hyd y llawr a haenen sylweddol ar hyd y car.

'Bydde'n well i dy fam fwstro,' ebe Seth yn swta. 'Y peth ola 'yn ni moyn yw bod yn sownd mewn lle fel hyn ynghanol lluwchfeydd.' Cyneuodd sigarét wrth siarad. Doedd e ddim yn smygwr wrth natur. Dim ond o raid. Y gwynt sefydliadol wedi gwneud iddo deimlo'n anesmwyth, a chysur i'w gael o wres y mwg wrth i'r awel ei chwythu'n ôl i'w wyneb.

'Dim ond gweud ffarwél wrtho fe mae hi. Fydd hi fawr o dro.'

'Wel! Crist o'r nef! Faint callach mae hi'n meddwl fydd e o'i cha'l hi'n swchlapan trosto fe i gyd?'

'Dim ond teimlo trueni trosto fe mae hi. Yn gwmws fel wedest ti.'

Wrth chwarae â'r ffàg mewn un llaw, roedd Seth wedi dechrau byseddu allweddi'r car yn ei boced â'r llaw arall.

'Ie! Wel! Gwell iddi'i siapo hi, 'na'i gyd,' ebe drachefn yn ddiamynedd. 'Neu chyrhaeddwn ni byth adre cyn nos.'

Agorodd y drws ac aeth i eistedd yn y cerbyd. Cliriodd y ffenestr o'i heira. Roedd yn gas ganddo'r wal wen o'i flaen. Gwasgodd fotwm i ostwng y ffenestr gyferbyn, er mwyn i'r mwg gael ei lyncu gan yr oerfel.

'Allen ni dwyllo gwell *class* o bobol yn hwn. Wyt ti'n sylweddoli 'ny?'

Hoffai Seth yrru'r Rover. Mwy o le nag a fu erioed yn ei hen fan. Mwy o gysur. Mwy o swanc. Mwynheai wynt yr *upholstery* yn ei ffroenau a'r pŵer a deimlai'n llifo trwy'r olwyn lywio ystwyth rhwng ei ddwylo.

'O'n i'n meddwl bod ni ddim yn mynd i ware tricie ar neb byth 'to.'

'Digon gwir. Ond mae e'n neud iti feddwl, on'd yw e? Car crand fel hyn. Bob i siwt.'

'O'n i'n meddwl 'yn bod ni'n mynd i fod yn fwy fel teulu. Ti a fi a'r babi yn Rose Villa. A Mami mas yn y *granny flat* lle wyt ti a fi nawr.'

''Se Ron wedi marw . . . 'Se Joyce yn feichiog . . . Ond dim ond breuddwyd gwrach yw'r pethe 'na nawr. Nagwyt ti'n sylweddoli 'ny?'

'O!'

'Nago'dd y llam cangarŵ 'na roiest ti i Ron yn ddigon terfynol, o'dd hi? A ga's Joyce 'yn had i'n ofer. Rhwng y ddou ohonon ni, nagyw'r freuddwyd fach deuluol wedi cweit dwyn ffrwyth, odi hi? Ddim 'to, ta beth. Wy'n gorffod ailfeddwl y dyfodol.'

'O?'

Yn sydyn, ymddangosodd ffigwr porffor y fam trwy ddrws mawr du y tŷ o'u blaen a rhoes hynny daw ar bob datguddiad pellach.

''Na falch ydw i o'ch gweld chi,' meddai hithau wrth agor drws y cefn, ar ôl gwneud môr a mynydd o'i thaith draw at y car, fel petai troedfeddi o eira neu drwch o rew dan draed. 'O'n i'n ffaelu'n lân â gweld y car yn y storm 'ma. A fedrwn i ddim cofio lle ga's e'i barcio.'

'Fan hyn o dan gysgod y coed, Mami.'

'Wrth gwrs! Wy'n gallu gweld 'ny nawr. Ond o'n i'n dechre gofidio'ch bod chi wedi mynd hebdda i . . .'

'Wel! 'Na syniad,' ymatebodd Seth yn ysgafn. 'Nawr caewch y drws 'na inni ga'l mynd. Ma' Rhys a finne jest â sythu.'

'Siwrne wy'n dechre rhuthro, wy'n siŵr o ga'l y bendro. Ond nago'n i moyn ych cadw chi'n aros, cofiwch.' Ffwndrai'r fenyw i wneud yr orchwyl symlaf. Tynnu'r drws ati. Codi ei chot a'i sgert fel ei bod hi'n eistedd yn fwy cysurus. Ymestyn am y gwregys diogelwch.

'O'dd e'n iawn, 'te?'

'Pwy?' holodd hithau'n ôl yn ddifeddwl.

'Wncwl Ron, wrth gwrs,' atebodd Seth. 'Yn y deg munud 'na fuon ni'n dou fan hyn yn dishgwl amdanoch chi, sdim un newid dramatig wedi bod yn 'i gyflwr e, o's e? Nagyw e wedi dechre canu Calon Lân, gobitho? Neu alw ar i Awstralia gael ei gwneud yn werinieth? Na dim byd fel'na?'

'Na. Dim byd fel'na. Dim ond gorwedd 'na mae e, chi'n gweld,' eglurodd, fel petai'r ddau ddyn yn gwbl anwybodus ar y pwnc.

'Ie. O'n i wedi sylwi!' cellweiriodd Seth. 'Wel! Ma' 'dag e lot i fod yn ddiolchgar trosto, os gofynnwch chi i

126

fi. Dim gwaith. Dim gofalon. Dim byd i boeni yn 'i gylch. Dim mwy o goed i'w torri. Dim gwair i'w ladd. S'mo fe hyd yn o'd yn gorffod codi i fynd i'r tŷ bach. Tiwbs bach twt yn mynd mewn a mas ohono fe i bob cyfeiriad . . .'

'Peidwch, da chi,' torrodd y wraig ar ei draws. Aeth ei llaw yn reddfol i boced ei chot i chwilio am hances. 'Wy'n gwbod taw dim ond trial codi 'nghalon i 'ych chi, ond thâl hi ddim. A ninne newydd ddechre byw 'da'n gilydd. Yn un teulu bach diddos.'

'Nagyw pobol byth yn ca'l y teulu ma' nhw'n 'i erfyn. Ddim mewn gwirionedd. 'Na 'mhrofiad i, ta beth. 'Na pam mae'n haws cael gwared ar ych perthnase cyn dechre . . . fel llond llaw o gardie . . . a dechre 'to.'

Pesychodd mam Rhys yn fursennaidd.

'Atgoffwch fi i gymryd nished lân o'r drôr pan gyrhaeddwn ni sha thre, newch chi? Ma' hon yn fochedd!'

$$\overline{\underline{3}}$$

SARNU NYTHOD

Gofid mwyaf Joyce oedd y byddai'r llestri coch gyda'r rhimyn euraid yn gorfod mynd yn ôl i Rose Villa. Roedd yr eironi hwnnw bellach yn bosibilrwydd gwirioneddol.

Er ei bod wedi llwyddo i'w harddangos yn weddol urddasol ers symud i dŷ Anti Beti, dim ond unwaith yn ei byw yr oedd hi wedi bwyta oddi arnynt. A gwledd i un fu honno.

Ond hoffai feddwl ei bod hi wedi gwneud rhywbeth ohonyn nhw, serch hynny. Mwy nag a lwyddodd hi i'w wneud yn y fflat slawer dydd.

Ar yr adegau prin pan oedd hi wedi mynd i'r parlwr ffrynt i dalu gwrogaeth iddynt, roedd hi wedi cydnabod yn burion nad oedd wedi gwneud fawr o gymwynas â nhw. Ond cymerai gysur o feddwl fod hyd yn oed ei hymdrech dila hi i'w trysori yn well na dim.

Marlene gâi'r bai am ei phicil presennol. Petai honno wedi parhau'n driw, fyddai'r argyfwng heb godi. Byddai'r llestri'n saff ar eu silffoedd unig. Byddai'r biliau, oedd wedi dechrau troi'n bentwr ar y bwrdd Sir Benfro yn y cyntedd, wedi cael eu talu. A gallai hithau godi dau fys ar bawb.

''Set ti'n rhedeg yr asianteth 'na, mi fyddet tithe wedi gwneud yr un peth,' dadleuodd Seth. 'Whare teg, nawr! Alli di ddim jest beio Marlene.'

Doedd penawdau papur newydd fel *Local nurse detained in suspicious death mystery* ddim yn debyg o wneud lles i enw da yr un asiantaeth ofal. Gallai Joyce gydnabod hynny. Ond anodd cysoni hynny â'r ffaith taw hi ei hun oedd yn gorfod dioddef. Ei henw da hi oedd yn y baw. A beiai bawb am hynny. Gan gynnwys Seth ei hun. Doedd ei amheuon taw fe oedd wedi dechrau'r sïon yn ei herbyn yn y lle cyntaf heb eu dileu yn llwyr.

Nid fod Anti Beti wedi cael fawr o sylw yn ei thrybini diweddaraf. Y cwmwl y gadawodd hi Ysbyty Singleton oddi tano flynyddoedd maith yn ôl oedd diddordeb penna'r heddlu erbyn hyn.

Chwe awr y bu hi yn swyddfa'r heddlu y diwrnod hwnnw. Er i fisoedd fynd heibio ers hynny, aros yn rhyw arswyd byw yn y meddwl wnaeth yr oriau hynny i Joyce.

Chwe awr o holi brwd. A dim byd o bwys i'w ddweud yn y diwedd. Eistedd yno'n swrth. Yn tyngu na allai gofio fawr. A bod achos yr anffawd a ddaethai i ran y claf wedi ei ymchwilio'n drwyadl ar y pryd. Heb i neb ddod i unrhyw gasgliad pendant.

Ar y diwedd, roedd Vernon Hughes wedi trefnu fod un o geir yr heddlu yn ei chludo sha thre.

'Mae e'n real *gent*, hwnna. Nagw i'n lico'r dyn, wrth gwrs. Ond wy'n nabod dyn go-iawn pan wy'n gweld un.'

Sefyll yno heb lyncu'r abwyd wnaeth Seth. Yn byseddu'r llun o Joyce yn ei hiwnifform nyrsio ar y silff-ben-tân. Edmygai deimlad solet y metal ar ei groen. Yn ara deg, roedd popeth yn dechrau dod i'w le.

'Fe wnest ti'n dda. I b'ido gweud dim, wy'n 'i feddwl. Wy'n gwbod 'mod i wedi dy rybuddio di beth ddigwydde 'set ti byth yn dod â Rhys neu fi i mewn i'r ffrâm, ond wy am iti wbod 'mod i'n gwerthfawrogi dy gyfrwystra di. 'Dyn nhw ddim wedi bod yn ddyddie hawdd.'

'Uffernol . . .'

'Ond sdim ishe mynd mla'n a mla'n am y peth, oes e? Mae e drosodd nawr.'

'Ma'r adroddiad 'na'n dal yn nwylo'r CPS.'

'Ymarferiad mewn lleddfu hysteria cyhoeddus. Dyna i gyd o'dd y cyfan. Ma' gym'int o adroddiade'r dyddie hyn am bobol mewn awdurdod yn cam-drin y rhai sy dan 'u gofal nhw. Rhaid iddyn nhw fynd ar ôl pob sibrydyn. 'Na beth ddigwyddodd yn dy achos di. O'dd raid iddyn nhw ddod i dy weld di ar ôl y straeon cas 'na am Anti Beti. A wedyn, fe gofiodd rhywun taw ti o'dd y nyrs ynghanol y digwyddiade anffodus 'na dros ugen mlynedd yn ôl . . .'

''Mod i'n *un* o'r nyrsys yng nghanol y digwyddiade anffodus, ti'n 'i feddwl.'

'Shwt bynnag ti am 'i roi e, mae e drosodd. Cred ti fi, Joyce. Ga's hwnna i gyd 'i falu'n fân ar y pryd, meddet ti. O'n nhw'n ffaelu cyhuddo neb o ddim bryd hynny. A nago's dim wedi newid. Cheith neb 'i gyhuddo o ddim byd nawr, 'ed.'

'Ti mor siŵr o bopeth.'

''Na beth sy'n neud fi'n gryf. 'Na'r darn ohona i ti'n ffaelu 'i ddiodde fwya, yntefe? 'Na pam o'dd y rhyw 'na rhyngon ni, slawer dydd, yn fethiant. Achos yn y bôn, do't ti ddim moyn hanfod beth o'dd 'da fi i'w gynnig. Neu i'w roi e ffordd arall, yn 'i hanfod, do't ti ddim moyn bôn beth o'dd 'da fi i'w gynnig.'

Gwenodd Seth i ddangos ei edmygedd o'i glyfrwch ei hun. Fel arfer, roedd yn gas ganddo ddrych uwchben lle tân, ond gallai ymhyfrydu yn y diffyg chwaeth am unwaith. Gan fwynhau'r adlewyrchiad o'i hunan-fodlonrwydd.

'Paid â dechre 'na 'to.'

'S'da fi ddim bwriad dechre 'na 'to, paid â becso. Ma' 'da fi rywun draw sha Llanelli sy'n llenwi'r bylche yn 'yn anghenion i nawr.'

'Wy'n synnu dy fod ti mor garedig wrtha i, 'te. A tithe â chymint o *commitments* er'ill. Cynnig to uwch 'y mhen i a phopeth. Whare teg iti!'

'O! Mi fydda i wastad moyn dy gadw di'n agos, Joyce. Wrth law. Yn ysbrydol, os nad yn gorfforol. I edrych ar dy ôl di. I gadw'r geg 'na 'nghau.'

'Mae hi ar gau.'

'Wel! 'Na ni 'te! Cymwynas â hen ffrind. S'mo ti'n meddwl y bydde Rhys a finne'n dy adel di heb do uwch dy ben, wyt ti?'

'Paid trafferthu esgus fod 'da Rhys iot o ots be ddiawl ddaw ohono i. Wy'n gwbod dy fod ti wedi'i neud hi'n net ar draul yr hen wncwl 'na s'dag e . . . Yn byw'n fras ar y Gower, shwd ag wyt ti! . . . Ond clwtyn llawr yw'r crwt 'na. A nagyw e'n becso taten amdana i.'

'Ma'r tŷ'n ddigon mowr. 'Na'i ogoniant e.'

'Hy! Y tŷ! Nage'r tŷ wyt ti'n 'i gynnig ifi, ife? Yr hofel 'na yng ngwaelod yr ardd.'

'Whare teg, nawr. Ma' mwy o siâp arno fe na hofel.'

'Dim ond lladd ar y lle fuest ti, yr holl fishodd y buest ti'n byw 'na. Yn ysu am gael byw yn y tŷ . . .'

'Wel! Ma' Rose Villa fwy at ddant Rhys a fi, mae'n wir. Ac o'dd symud i mewn 'co'n gam naturiol ar ôl i'w fam ga'l 'i gadel ar 'i phen 'i hunan.'

'Os eith pethe i'r pen, fe fydd e'n loches o ryw fath, siŵr o fod,' cydnabu Joyce yn gybyddlyd. 'Rhywle ifi roi 'y mhen i lawr a charco 'nhrugaredde.'

'Dim o'r trugaredde twym, wrth gwrs. Ti'n sylweddoli 'ny, gobitho?'

'Ond 'y mhethe i yw'r rhain . . .'

Prin iddi gael cyfle i orffen y geiriau, nad aeth y llun ifanc ohoni'i hun heibio'i gwar, cyn taro'r wal y tu cefn iddi.

Yn groes i ddisgwyliadau'r ddau ohonynt, chafodd y gwydr mo'i dorri. Wedi ei amddiffyn yn rhy dda gan y ffrâm arian, mae'n rhaid.

'Dim byd twym, wedes i. Dim byd wedi'i ddwyn.'

'Nagwyt ti'n newid dim.'

'Na, wy'n gwbod,' cytunodd Seth yn swynol. 'Wado cariadon. Colli 'nhymer. Rhai o nodweddion mwya cyson 'y nghyflwr i.'

Taflodd gip arall arno'i hun y drych. Gan wenu'i wên fwyaf golygus.

'Bastard!'

Roedd e'n wir, wrth gwrs. Yn llythrennol wir.

Camodd Joyce draw i'r gornel. I nôl y llun.

'Nagw i'n gweld pam fod raid ifi fyw o dan yr un to â shwt fenyw.'

'Fyddwch chi ddim yn byw o dan yr un to â hi, Mam.'

'W! Paid â hollti blew 'da fi, Rhys! Ma' 'da ti ateb parod i bopeth. Wastad wedi bod. Sdim ots be wede Mami wrthot ti, hyd yn o'd pan o't ti'n fach, o'dd rhywbeth smala 'da ti i'w dowlyd 'nôl ata i bob tro.'

'O'n i moyn neud ichi wherthin, 'na i gyd.'

'Tafod llithrig sy 'da ti. 'Na'r gwir amdani. Yn gwmws fel dy dad.'

'Moyn ych gweld chi'n wherthin o'n i, Mami.'

'Wel! Nagw i'n wherthin nawr. Y Sister Rogers 'na! Draw fan 'co. Ar waelod yr ardd. Mae'n gas meddwl.'

'Os o'dd Stables Cottage yn ddigon da i Seth a finne, nagw i'n gweld pam nad yw e'n ddigon da iddi hithe.'

'Rhy dda yw'r lle, grwt! Nage ddim digon da. Beth o'dd ym meddwl Seth yn cynnig y lle iddi, gwed?'

'Meddwl yn dda o'dd e. Cymryd trugaredd arni. Un fel'na yw e, ch'weld!'

'Ma' honna y tu hwnt i drugaredd, Rhys bach. Yr

holl sôn fuodd amdani yn y papure. Dyn a ŵyr pa ddrygioni gyflawnodd honna yn 'i dydd.'

'Ond ma' hi'n *trained nurse.* Nagyw pobol fel'na'n gallu bod yn ddrwg i gyd. 'Na beth ma' Seth yn 'i weud, ta p'un.'

'Digon hawdd i hwnnw siarad. Nagyw e wedi ca'l 'i fagu cystal â ti. Safone gwahanol.'

'Prin y byddwch chi'n gwbod 'i bod hi 'na.'

'O! Mi fydda i'n gwbod 'i bod hi 'na yn net, paid â phoeni.'

'Alle hi helpu ni i edrych ar ôl Wncwl Ron. Meddyl'wch! Allen ni ga'l hwnnw mas o'r hen le 'na. 'I garco fe'n hunen fan hyn. Troi'r lolfa ffrynt yn un *sick bay* anferth ar 'i gyfer e.'

'Fel ma'r stafell fyta wedi'i throi'n *snooker hall,* ti'n feddwl? Sa i'n credu.'

'Meddwl 'sech chi'n lico edrych ar 'i ôl e o'n i. Fel o'ch chi'n arfer lico edrych ar 'y ngôl i pan fydden i'n sâl slawer dydd.'

'Nagw i'n credu, bach,' atebodd hithau. 'Ma' Mami'n mynd yn hen. Rhaid iti gofio 'ny. Ac er taw fe bia'r tŷ 'ma, nid fan hyn mae'i le fe erbyn hyn.'

'Nage fe?'

'Na.'

'Y drewdod, ife?'

'Wel! Ma' hynny'n un peth. Ond gwa'th na 'na! . . . Nagwyt ti'n gwbod beth ma' Mami wedi gorffod 'i ddiodde er mwyn inni i gyd ga'l byw 'da'n gilydd yn y tŷ crand 'ma.'

Caeodd Rhys ei feddwl rhag ystyron posibl y frawddeg honno.

Heddiw oedd y diwrnod yr oedd Joyce yn symud atynt yn Rose Villa. Aethai Seth ati'n fore yn y Rover.

Roedd hithau wedi llogi lorri. Dylent oll fod yno toc. Doedd dim dal faint o amser gymerai hi i lwytho'r fan, ond y gorchymyn i fam Rhys oedd gofalu fod popeth yn barod erbyn amser cinio. Y tegell wedi ei lenwi. Y cwpanau a'r soseri ar y bwrdd. Y bisgedi ar blât.

Doedd Joyce ddim i gael cynnig dim byd amgenach na hynny pan gyrhaeddai. Byddai'n rhaid iddi ddysgu talu ei ffordd yn y byd 'ma a'i chynnal ei hun. Dyna fu pregeth fawr Seth y bore hwnnw cyn gadael y tŷ. Er ei garedigrwydd yn rhoi to uwch ei phen, roedd hi'n bwysig gwneud yn glir i Joyce mai digon llwm fyddai'r croeso gâi hi yn Rose Villa. Doedd dim lle i gardod.

Ar ôl ufuddhau i orchmynion Seth, mynd i orwedd ar ei gwely wnaeth mam Rhys. A dyna pam oedd Rhys newydd fynd i'w chodi. Roedd hi'n nesáu at ddau o'r gloch ac ofnai y gallai Seth fod yn ddig oni fyddai hi ar ei thraed pan gyrhaeddent.

''Se'n well 'da fi aros fan hyn. Esgus 'mod i'n dal i orffwys.'

'Chi ddyle arllwys y te, chi'n gwbod. Chi yw'r unig fenyw sy'n ca'l byw yn y tŷ 'ma 'da ni. Dyw e ddim ond yn *fair* 'i bod hi'n ca'l deall 'ny.'

Roedd hynny'n wir, cydwelai'r fam. Cymhwysodd ryw gymaint ar ei ffrog. Bu'n gorwedd ynddi ac roedd hynny'n amlwg.

Hon oedd yr ystafell wely leiaf yn Rose Villa. Yr un y tu cefn i'r tŷ bach, reit yng nghefn y tŷ. Ei hunig ffenestr gul yn edrych tua'r ardd. A'r stablau.

Un arall o drefniadau Seth.

Onid oedd Rhys ei hun wedi helpu ei fam i symud ei phethau yno rai misoedd ynghynt, o'r brif ystafell wely ar y landin fawr i'r *box room* mas o'r golwg yn y gwt?

Gallai gofio cario'r holl boteli paent a phersawr oddi ar y bwrdd gwisgo. Y llond côl o sgidiau. A'r hangars pinc o'r wardrob – rhai ohonynt gyda phompoms bach persawrus yn hongian o'r dolenni.

'Unwaith y dowch chi i'w nabod hi, fe welwch chi 'i bod hi'n gallu bod yn sbort,' ebe Rhys ymhellach, heb fawr o argyhoeddiad.

'Nagw i moyn 'i siort hi o sbort, diolch yn fawr.'

Er cyn lleied y lle yn yr ystafell gyfyng, roedd y naill wedi llwyddo i osgoi edrych i fyw llygaid y llall hyd yn hyn. Ond yn sydyn, clywsant sŵn y car yn gyrru i mewn i'r dreif o flaen y tŷ a chwarddodd llygaid y ddau wrth gwrdd. Ei llygaid hi gan nerfau. A'i lygaid ef mewn llawenydd.

'Ma' nhw 'ma.'

Pan ganodd cloch drws ffrynt Rose Villa drachefn rhyw ugain munud yn ddiweddarach, tybiodd y pedwar a eisteddai o amgylch bwrdd y gegin taw'r fan oedd wedi cyrraedd o'r diwedd. Yn lle hynny, Ditectif Sarjant Vernon Hughes gyflwynodd ei hun i Rhys ar y rhiniog.

'O's 'da chi funud?'

'Gwed wrthyn nhw am ddod rownd i'r cefen,' gwaeddodd Seth o'r gegin.

'Rwy'n aelod o broffesiwn anrhydeddus iawn a fydda i byth yn defnyddio'r *tradesmen's entrance*,' haerodd y ditectif yn dawel o awdurdodol. 'Trwy ddrws y ffrynt y bydda i'n camu i fywyde pobol gan amlaf. Yn gwbl onest. Ac agored. Fyddech chi cystal â chyfleu hynny i bwy bynnag waeddodd mor ddi-wardd?'

'R'yn ni'n dishgwl llwyth o stwff,' eglurodd Rhys. 'Llond fan o drugaredde.'

'Beth yw'r broblem?' Camodd Seth o'r gegin wrth holi. Arafodd ei gamre fymryn wrth ddod yn nes, ond cyn pen dim roedd e'n sefyll wrth waelod y grisiau, gan greu trindod ryfedd o ddynion yn ymyl y drws agored.

'Moyn gair am y digwyddiade alaethus ddaeth i ran eich ewythr o'n i.'

'Wy wedi gweud popeth alla i sawl gwaith o'r blaen,' mynnodd Rhys.

'A! Felly'ch ewythr chi yw e. Gyda dau ŵr ifanc yn y tŷ, allen i byth â bod yn siŵr pwy yn gwmws o'dd yn perthyn i bwy.'

'Fi,' cadarnhaodd Rhys yn swrth. 'A wy wedi ateb holl gwestiyne'r heddlu.'

'Wrth gwrs. Ac atebion pert oedden nhw hefyd. Wy wedi'u gweld nhw, chi'n gweld! Ond cwestiyne gwahanol iawn yw'r rhai s'da fi i'w holi.'

'Mae e moyn gofyn iti wyt ti'n caru dy fam. A beth yw'r cof cynhara s'da ti o fod yn y groth. Cwestiyne mowr bywyd!' gwamalodd Seth yn chwerw. 'Wy'n siŵr y doi di trwyddi'n ddidrafferth, athrylith fel ti.'

'Mae'n ddigon syml,' ochneidiodd Rhys. 'Os edrychwch chi lan y stâr, fe welwch chi lle ddigwyddodd y cyfan. Y landin lle ddisgynnodd e. A'r ffenest ga's 'i smasho'n smiddyrîns.'

'Y cyfan wela i yw sgwaryn mawr o bren wedi'i hoelio'n bur anghelfydd at y ffrâm.'

'Ie! Wel! Mae'n globen o ffenest, whare teg! Ac mae'n fain arnon ni. Allwn ni ddim fforddio talu am ffenest newydd . . .'

'. . . Achos s'mo chi'n gwbod am ba hyd fydd y banc yn fodlon gadel i arian gael 'i dynnu o gyfrif Wncwl Ron 'da llofnod eich mam.'

'Wel! Yn gwmws!'

'Yng ngheg y sach ma' cynilo,' ebe Seth gyda sirioldeb newydd.

'Eitha reit. Rhaid bod yn gynnil, wrth gwrs.'

'Nag'yn nhw wedi torri dim byd, gobitho.' Daeth llais arall i'w cyfeiriad o'r gegin.

'W— ma'ch mam i mewn. Neu bobol ddierth, walle!' Y naill ffordd neu'r llall, fe fachodd y ditectif ar y cyfle i ddilyn trywydd y llais gan gamu yn ei flaen ar hyd y cyntedd.

'R'yn ni'n fishi ar y foment.' Ceisiodd Rhys achub y blaen arno. 'Allech chi ddod 'nôl rywbryd 'to 'da'ch cwestiyne diddorol?'

'Wel! Dyma sypreis! Sister Rogers! Nabyddes i mo'r llais. Shwt 'ych chi ers amser?'

'Purion. Ond dim diolch i chi.'

'A chi yw mam y crwt 'ma, ife?' Estynnodd Vernon Hughes law i gyfeiriad mam Rhys a chododd hithau i'w hysgwyd. 'Rhaid ichi faddau i hen ŵr am fod â manyrs mor wachul. I chi y dylwn i fod wedi 'nghyflwyno fy hun gynta, yntefe? Gan taw chi, yn gyfreithiol, yw gofalwr y tŷ 'ma ar hyn o bryd, fel petai.'

'Ie, sbo,' cytunodd hithau'n annelwig, fel petai hi'n cydnabod ei fod e'n gwybod mwy am y pwnc na hi ei hun.

'A chi i gyd yn ca'l te parti bach. Wel! Sdim byd neisach, o's e? Rwy'n hoff iawn o de parti.'

'Peidwch â meddwl am eiliad fod 'na wahoddiad ichi ymuno â'r un arbennig hwn,' torrodd Rhys ar draws y gweniaith. 'Nag'yn ni'n credu mewn rhoi cynhalieth i'r *constabulary* lleol.'

'Ma'r polîs yn ca'l 'u talu ddigon yn barod,' cellweiriodd Seth. ''Na beth ma' Rhys yn 'i feddwl. Fe allwch chi fforddio prynu'ch te'ch hunan.'

140

'Croeso ichi gael Gipsy Cream, cofiwch,' cynigiodd y fam yn lletchwith. 'Ond ma'r te wedi oeri braidd, ma' arna i ofan.'

'Peidiwch chi â theimlo unrhyw embaras ar 'y nghownt i, 'na fenyw dda. Ma' gormod o waith 'da fi ar 'y mhlât i ishte drwy'r pnawn yn llymeitan te. A ma' gormod o floneg ar y bola 'ma'n barod, p'run bynnag.'

'W! Twt! Ma' ambell fenyw'n lico dyn â thipyn o afel arno fe,' fflyrtiodd hithau'n ôl.

'Braidd yn bell o'ch cynefin, on'd y'ch chi, Sister Rogers? Wedi crwydro 'mhell . . . o gyffinie'r cwm . . .'

'N'ethoch chi'n ddigon siŵr nad o'dd neb ishe 'ngweld i fan'ny. Wy wedi gorffod gwaredu'r tŷ. Chi'n gwbod 'ny'n barod, sbo!'

'Ma'n flin 'da fi glywed 'ny. Gorfod mudo i fro ddierth?'

'Heddi ddiwetha 'ma. 'Na beth wy ar hanner 'i neud y funed 'ma.'

'Nagyw Sister Rogers yn ddierth i'r tŷ 'ma,' rhuthrodd mam Rhys i amddiffyniad annisgwyl o Joyce. 'Fe fuodd hi'n ôl a mla'n 'ma am fishodd rai blynydde'n ôl, yn nyrso hen wncwl Rhys.'

'Dyw ewythrod ddim yn ca'l amser rhwydd ohoni yn eich teulu chi, odyn nhw?'

'Ddim am ichi feddwl bo' ni'n agor y drws i ddieithried rhonc odw i.'

'Debyg iawn. Ac rwy'n siŵr 'i fod e'n gysur ichi i gyd i feddwl fod Sister Rogers fan hyn wrth law. Rhag ofn i ryw anffawd arall darfu ar eich dedwyddwch chi, yntefe? Ond nid 'ma i fynd ar ôl y trywydd hwnnw ydw i nawr.'

Roedd ganddo gymaint o drywyddau, dyna'r drwg. A phob un yn dechrau o dan ei drwyn. Credai Vernon Hughes yn gryf fod chwys drygioni'n gwynto'n wahanol i bob gwynt arall. Gwahanol iawn i chwys caru a chwys llafur caled, er enghraifft. Gwahanol hyd yn oed i chwys hamddena yn yr haul. Pan glywai wynt gwendidau'r natur ddynol yn ei ffroenau, doedd dim pall ar ei chwilfrydedd, ac anaml iawn y gadawai lonydd i'r drewdod hwnnw cyn dod o hyd i'w wreiddyn. A phan ganfyddai fod hwnnw'n bwdr, gorau oll, achos fe wyddai wedyn ei fod yn gwneud ei waith yn iawn.

Synhwyrai'n gryf ei fod yn adnabod y drygsawr yn ei ffroenau'r funud honno, ond am y tro bu'n rhaid iddo fodloni ar dderbyn fod ei drywydd wedi'i ddrysu. Roedd gormod o bobl yno. Prin cael cyfle i gerdded unwaith o gwmpas y bwrdd wnaeth e, na chanodd cloch y drws drachefn.

O ddarganfod dau ddyn mewn dyngarîs yn sefyll yno, gyda lorri lwythog y tu cefn iddynt, mwstrodd pawb o gyrion y bwrdd i dorchi llewys. Ac egluro i'r ddau y byddai'n rhaid iddynt nhw gario popeth heibio talcen y tŷ am nad oedd y lôn a âi i lawr i'r ardd yn ddigon llydan.

'Fe ddo' i'n ôl, os caf i. Rwy'n gallu gweld 'i bod hi'n amhosib inni gael clonc fach nawr,' ebe'r heddwas wrth sefyll gyda Rhys yn y cyntedd, yn edrych ar y dynion yn dechrau ar eu gwaith.

'Os o's raid ichi.'

'W! 'Na gar mawr swanc yw hwnna draw wrth y berth. Nawr, 'na beth yw motor gwerth ca'l eich gweld ynddo! Chi piau fe?'

'Fi fydd yn gyrru hwnna'r dyddie hyn. Gyda chaniatâd mam Rhys, wrth gwrs.'

Seth atebodd. Bu'n sefyll wrth ysgwydd Rhys trwy gydol y twrw a fu'n teyrnasu yn Rose Villa dros y chwarter awr ddiwethaf.

'Tlws iawn! Ond rhaid imi 'i throi hi. Pob lwc 'da'r dadlwytho.' Cerddodd Vernon Hughes i lawr y dreif at y ffordd, ond pan gyrhaeddodd ochr y fan ddodrefn, trodd rownd a gwaeddodd ar y ddau: 'Rwy'n siŵr y bydd Sister Rogers yn gartrefol iawn yn eich plith chi.'

Rhegodd Seth dan ei wynt. Roedd ganddo yntau drwyn da. A phigodd ef ag un o fysedd ei law chwith, gan godi dau o fysedd y llaw dde mewn ystum adnabyddus o ffarwél.

Cerdded yn ei flaen heb dalu sylw wnaeth y ditectif.

Ddyddiau'n unig yn ddiweddarach, roedd cyfeiriad at Rhys yn bennawd bras yn yr *Evening Post*. Y llun mawr ar y tudalen flaen wnaeth iddo brynu copi. Y llun a roddwyd yno i ddenu sylw darllenwyr. Y llun oedd y stori, mewn gwirionedd. Ond doedd Rhys ddim i ddeall hynny.

Ei ddiddordeb pennaf oedd y disgrifiad ohono ef ei hun fel dyn ifanc main a heini. Gallai dderbyn hynny, ond gwrthwynebai'n reddfol y cyfeiriad yn y frawddeg nesaf at ei *sallow complexion*. Beth ddiawl oedd ystyr *sallow*? Salw? Go brin. Roedd y mwgwd epa wedi cuddio'i bryd a'i wedd gan fwyaf. Er ei bod hi'n wir fod y bastard wedi ceisio'i dynnu oddi ar ei wyneb.

Dyna lle yr eisteddai trannoeth y digwyddiad, mewn rhyw gaffi tawel, yn gaeth i'r print a'r ddelwedd. Syllodd a syllodd eilwaith ar y llun. Darllenodd ac ail-ddarllenodd y stori.

Gwyddai nad oedd ganddyn nhw'r fath beth â geiriadur yn Rose Villa. A doedd fiw iddo ofyn i neb am ystyr y gair. Ar ôl peth pendroni, bodlonodd ar barhau i fyw mewn anwybodaeth.

Roedd hi'n *A1* o stori, ta beth! Yn *A1* o lun. Wyneb crwn y dyn y dygodd oddi arno ddoe yn ddu las gan gleisiau. Y llygad chwith wedi ei gau yn llwyr. A'r talcen yn batrwm o bwythau lle bu'r gwaed yn ffrydio.

Ni allai Rhys lai na chytuno â byrdwn y stori. Roedd wedi gadael uffarn o olwg ar yr hen foi. Ond onid oedd y ffŵl wedi mynnu dal ei dir a cheisio ymladd 'nôl? Petai e wedi ildio'i fag heb ddal pen rheswm, buasai'r cyfan wedi bod drosodd iddo ymhen pum eiliad. Ond yn lle hynny, fe fynnodd yr hen bwrsyn greu ffrwgwd. Dyfynnu'r Beibl. Ac estyn ei law rydd am y mwgwd. Hynny seliodd ei ffawd.

Asennau wedi'u torri hefyd! Dyna ddywedai parhad y stori ar dudalen tri. Digwyddodd hynny wrth iddo gwympo yn erbyn y cerrig i lawr ar lan yr afon, mae'n rhaid. Roedd Rhys yn weddol siŵr o'i bethau wrth ddwyn i gof nad oedd e wedi dyrnu'r dyn ar ei gorff, dim ond yn ei wyneb. Fe ddylai'r ffŵl fod yn ddiolchgar nad oedd wedi gadael iddo foddi. Un gic dda fyddai hi wedi'i chymryd i roi'r corff yn y dŵr ar ôl iddo ddisgyn.

Yn lle hynny, bachu'r bag wnaeth Rhys a'i heglu hi sha thre, er mwyn cael cyfrif ei enillion.

Roedd wedi rhuthro'n syth i'r llofft gan wybod fod Seth allan yn rhywle a bod ei fam ar goll ym mwrllwch cysglyd y teledu yr oedd ei sŵn i'w glywed yn dod trwy ddrws caeëdig ei hystafell. Wedi arllwys cynnwys y bag ar y gwely, roedd wedi rhwygo'r amlenni fesul un ac un yn ddiamynedd. Dros drigain punt! Dyna hyd a lled haelioni elusennol y chwe stryd lle bu'r hen foi yn casglu.

Newydd gael ar ddeall oedd Rhys mai cynnyrch chwe stryd oedd yr arian. Roedd yno mewn du a gwyn o'i flaen. Enw'r dyn. Ei gyfeiriad. Ei waith cyn ymddeol. A'r ffaith ei fod wedi mynd o ddrws i ddrws o'i wirfodd yn casglu amlenni Cronfa Achub y Plant. Llond chwe stryd o ddrysau. Rhyfeddai Rhys at y manylder. A'r cyfan er mwyn ei bardduo fe. *Vicious young thug.* Wel! Roedd e'n ddeg ar hugain bellach. Go brin fod hynny'n ifanc. Ond synhwyrai fod rhoi'r gair 'ifanc' i mewn yn siwtio'r ddelwedd. Gair a âi'n handi gyda heini a main.

Byddai wedi hoffi pori ymhellach yn y print. Ond aethai diferion ola'r coffi yn oer yn y cwpan ers amser ac, ar ben hynny, doedd fiw iddo dynnu sylw ato'i hun trwy bori'n ormodol dros erchyllter y llun. Plygodd y papur yn gymen a'i adael mor ddidaro ag y gallai ar ei gadair wrth godi.

Daliodd gip arno'i hun yn y drych wrth y drws cyn gadael. Pwy ddiawl oedden nhw'n 'i alw'n *sallow*?

'Ti'n lwmpyn o gachu, ti'n gwbod 'ny? Reit ar waelod y domen.'

Tynhaodd braich gyhyrog Seth ei gafael am wddf Rhys. Dymchwelwyd un o gadeiriau'r gegin wrth i'r ddau ruthro heibio ar eu ffordd i'r ardd.

Teimlai Rhys fel caethwas yn cael ei lusgo ar linyn o gnawd. Trwy'r lleithder myglyd yn ei lygaid, gallai weld lliwiau'r sbwriel a sarnwyd dros y slabs concrit. Dacw'r bin, meddyliodd. Gallai ei weld, wysg ei dalcen, draw wrth y berth. Oedd e ar fin llewygu? Oedd Joyce yn dyst i'w ddarostyngiad diweddaraf?

Dyheuai am ryddhad rhegfeydd a dagrau. Ond doedd dim yn dod. Dim ond mil a mwy o argraffiadau yn gwibio trwy ei ben. Crafion tatws fel hen gadachau

145

llithrig dan draed. Tuniau'n troi a throsi yn yr awel. A glas a gwyn yr amlenni'n clepian fel conffeti.

Yna'n sydyn, sylweddolodd fod gwynt yn symud trwy ei gorn gwddf drachefn. Y fraich wedi ei thynnu ymaith. Gafael y gefyn cryf o dan ei ên wedi ei ollwng.

Ond cyn gynted ag y dechreuodd Rhys anadlu'n naturiol drachefn, cafodd ei luchio'n ôl yn erbyn wal gefn y tŷ, ei ben yn bwrw'r ffenestr. (Honno oedd yr union ffenestr roedd e wedi dringo trwyddi y tro hwnnw y daeth y ddau i ddwyn y llestri cinio ar gyfer Joyce.)

'Eglura'r rhain ifi.'

Cododd Seth lond dwrn o'r amlenni a ddawnsiai o gylch ei figyrnau a gwthiodd nhw o dan drwyn Rhys. 'Cym on! Wy'n dishgwl eglurhad.'

'Nagw i'n gwbod, Seth! Onest!'

'Paid â malu cachu 'da fi! Os 'na i gyd alli di'i neud yw rhaffu celwydde ar amser fel hyn, nagw i byth yn mynd i fadde iti. Ti'n deall? Nawr, gwed wrtha i beth yw'r rhain.'

'Amlenni 'yn nhw. 'Na i gyd!'

'Pa fath o amlenni, Rhys?'

'Amlenni bach. Fel amlenni cwrdd slawer dydd.'

'Amlenni Cronfa Achub y Plant.'

'Ie! Amlenni Cronfa'r Plant.'

'A be ma' nhw'n neud fan hyn?'

'Ti wedi troi'r bin drosodd a ma' nhw i gyd wedi mynd ar hyd y lle.'

Trawodd Seth ef â chledr ei law.

''Na'r tro ola fyddi di byth yn trial gwneud yn fach ohono i. Wyt ti'n deall? Achos wy bron yn 'y nagre. Nagwyt ti'n gallu gweld 'ny? Wy moyn iti ddeall. Wy moyn iti sylweddoli. Wy moyn iti weld trosot ti dy hun pam fod hyn yn rong.'

'Nagw i byth yn meddwl drwg . . .'

'Ti 'na'th e, yntefe? Ti 'na'th e! Ymosod ar y dyn 'na. Hwnna o'dd 'i lun e ar hyd y papur nithwr. Ti o'dd yn gyfrifol. A 'na wyneb pert o'dd 'dag e hefyd, os y cofia i'n iawn. A ti o'dd yn gyfrifol am y coluro . . .'

Gogleisiwyd Rhys gan y coegni a dechreuodd chwerthin trwy'r tân oedd yn ei wddf ac ar ei wyneb. A throdd ei ben o gyrraedd crasfa arall. Yn ddianghenraid, fel mae'n digwydd. Dal ei dir yn ddwys wnaeth Seth, heb estyn ergyd arall i'w gyfeiriad.

'Pan ei di i'r carchar – a ti'n siŵr o fynd os wyt ti'n cario mla'n fel hyn – ddo' i ddim i dy weld di. Fydda i ddim yn gallu. Fe fydd dy weld di mewn shwt le yn rhoi gormod o lo's ifi. A ti'n gwbod pam? Am y bydda i'n gwbod taw fi fydd wedi methu . . .'

'Gadewch lonydd iddo fe! Beth 'ych chi'n neud mas fan hyn?'

Ni sylwodd y naill na'r llall ohonyn nhw ar fam Rhys yn cripian trwy ddrws y cefn tuag atynt. Rhaid fod y twrw wedi tarfu arni yn ei thŵr teleduol uwchben. Greddf Rhys oedd troi i'w thawelu. Ond gwyddai taw cadw'n fud fyddai ddoethaf. Ni symudodd ewyn.

'Ewch 'nôl i'r tŷ 'na . . . nawr!' Er iddo godi ei fraich i ddangos y ffordd iddi, ni chododd Seth ei lais. Cadernid tawel oedd i'w awdurdod.

Ac yn reddfol, ufuddhaodd hithau.

'Wy'n iawn, Mam! Wir.' Llefarodd Rhys o'r diwedd. Yn llipa a diargyhoeddiad.

'Iawn? Ti? Yn iawn? Rhys bach, ti 'mhell o fod yn iawn. Ti mewn gwa'th cyflwr na'r dyn bach 'na fuest ti'n sarnu'i *good looks* e ddo'. Cnawd hwnnw sydd wedi ca'l 'i droi'n salw. A dim ond dros dro fydd 'ny. Ma' pethe'n wa'th o lawer arnat ti . . .'

'Nagw i'n salw!'

'Dyn bach bron yn drigain. *Triple by-pass.* Wedi ymddeol yn gynnar. Mas yn helpu'i gyd-ddyn. Helpu plant. Dyn bach caredig yn casglu o dŷ i dŷ. A beth 'nest di? Dwgyd oddi arno fe.'

'Odyn nhw fel Byddin yr Iachawdwrieth? A'r Groes Goch. Ac Urdd Sant Ioan? Y dyn'on 'ma sy mas yn casglu o dŷ i dŷ?'

'Wrth gwrs.'

'Yn gysegredig *like*?'

'Rhywbeth fel'na. Sbesial. Gwell siort na fyddi di byth.'

Wrth iddo gael ei wynt ato, roedd hyn yn rhywbeth newydd i Rhys bendroni trosto. Athroniaeth newydd i'w choleddu. Mantra newydd a oedd yn bygwth cau gormod o ddrysau yn ei ddychymyg.

'A phaid â meddwl nagw i'n gwbod yn iawn beth o'dd dy gêm di ddo',' aeth Seth yn ei flaen. 'Lawr yn y parc 'na. Drwy'r prynhawn.'

'O'n i wedi gweld y dyn orie ynghynt, yn mynd o dŷ i dŷ. Gweld cyfle wnes i . . .'

'. . . A mwgwd epa'n jest digwydd bod yn dy boced di ar y pryd, ife? Wyt ti'n dishgwl ifi gredu 'na?'

'Lladd amser o'n i. A weles i fe'n cerdded . . .'

'Ti? Yn gweld? Ti'n gweld dim, gwd boi! Achos ti mor wancus am wefr, ti wedi neud dy hunan yn ddall.'

Gwyddai Rhys fod yr atgof yn un melys hyd yn oed os oedd Seth nawr yn mynnu fod y *buzz* a brofodd wedi dod i ben. Bu'n brynhawn mor gyffrous. Yr echdoe hwnnw yn y parc. Cymaint o amser ar ei ddwylo. Cymaint o gelloedd bach anturus yn ei waed. Fe froliai'r rheini'n dawel iddo'i hun. Am yn ail â thaflu bai arnyn nhw bob tro y câi ei ddal. Pa ots os oedd Seth

148

yn gwybod popeth? Yn dirnad popeth? Yn drech nag e ar bob achlysur?

'Nawr, sych y dagre 'na. Nagw i moyn dy edifeirwch ffug di.'

'Wy'n flin! Reit? Nagw i'n gwbod beth dda'th dros 'y mhen i.'

'Wy'n gwbod yn gwmws beth dda'th dros dy ben di. Drygioni dda'th dros dy ben di. A phan nagw i o gwmpas i gadw trefen arnat ti, ma' 'ny'n beth peryglus iawn yn dy achos di. Achos dim ond pan fydd e dan 'yn rheoleth i mae 'na unrhyw arwyddocâd i dy ddrygioni di. Ti'n deall?'

'Wy'n oer.'

'Ti'n oer am nad wyt ti'n fodlon rhoi dy hunan i fi yn llwyr. 'Set ti byth yn oer 'set ti'n ddrwg fel wy'n ddrwg. Yn dda fel wy'n dda. Yn 'y ngharu i gant y cant . . .'

'Ond wy yn . . .'

'Na. Ti'n mynnu mynd bant a bod yn ddrwg ar dy ben dy hunan. Heb reole. Heb ga'l dy hogi'n iawn. Yn gocwyllt a diddisgybleth. Fel echdo' yn y ffycin parc 'na! Wy'n gwbod popeth am y parc 'na.' A chwifiodd yr amlenni drachefn o dan ei drwyn. 'Ti'n beryglus. Yn ddim byd ond malwr aneffeithiol. Difrodi yw dy unig ddiléit di. Nagwyt ti'n gweld 'na, Rhys? Mwya i gyd wyt ti'n meddwl . . . mwya i gyd wyt ti'n mynnu gweithredu ar dy ben dy hunan . . . pella i gyd wyt ti'n mynd o ofal 'y nghariad i. Alla i ddim bod 'na bob awr o'r dydd i dy gadw di ar y llwybr cul. Wy'n trial gofalu 'mod i'n ddigon iti, ond mae'n amlwg 'mod i'n methu.

'Nawr, cliria'r llanast 'ma oddi ar y patio. Rho bopeth 'nôl yn y bin. Côd bopeth â dy ddwylo noeth. Pan fyddi di wedi gorffen, cer lan llofft i gymryd

149

cawod. Glanha dy ddannedd. Gofala olchi dy hunan yn drwyadl. Wy moyn profi iti 'mod i'n dal i dy garu di ar waetha popeth. Wyt ti'n deall?'

'Wy'n flin, reit!'

'Sdim ishe iti fegian, Rhys. Nage cosb yw cariad. Heno, ti'n mynd i ga'l dy haeddiant. 'Na'i gyd. Nawr, gad y sterics 'na. Nagw i moyn sŵn dy nadu di'n llenwi 'mhen i.'

Cododd Seth ei law at y bin a'r budreddi, fel arwydd iddo ddechrau ar y gwaith.

Sychodd Rhys y dagrau nad oedd yn bodoli oddi ar ei wyneb â llawes ddychmygol ei grys. Taflodd gip i gyfeiriad y stablau ddau ganllath i ffwrdd, yn y gobaith nad oedd neb gartref. Wrth gerdded draw i nôl y bin o'r berth, byseddodd y codiad a ysgogwyd gan angerdd geiriau Seth. Synhwyrai fod y storm drosodd.

'Un peth arall.' Daeth llais Seth y tu cefn iddo fe fel plwc arall ar dennyn eu perthynas. 'Cyn iti fynd i fatryd a chymryd y gawod 'na, cura ar ddrws dy fam a gwed wrthi am ddod lawr i 'ngweld i. Bydd raid ifi ga'l gair 'da honna gynta, cyn rhoi trefn arnat ti.'

'Be ti moyn 'da Mam?'

'Alla i ddim gadel iddi dorri ar 'y nhraws i fel 'na'th hi gynne fach. Ma'r peth yn annioddefol. All hi ddim dod rhyngon ni pan wy ar ganol dy ddisgyblu di. Ti'n gweld gwirionedd 'ny, on'd wyt ti? Walle bydd raid inni ddechre 'i chlymu hi i gader am gyfnode. Neu walle taw cyffurie yw'r ateb. Wy ddim yn credu ynddyn nhw'n hunan, wrth gwrs. Ond wy'n gwbod yn gwmws lle i fynd i ga'l gafel ar rai petai raid.'

Trodd y ddau ddyn eu cefnau ar ei gilydd. Aeth Rhys yn ôl at faw y dystiolaeth yn ei erbyn. I'w gasglu. Aeth Seth yn ôl i'r tŷ. I hel meddyliau.

Gwyddai ei fod yn glyfrach na'r rhelyw. Nid Rhys yn unig. Doedd hynny fawr o gamp. Ond pobl mewn awdurdod. Roedd e'n glyfrach na'r rheini hefyd. Athrawon. Gweithwyr cymdeithasol. Plismyn. Meddygon. Roedd wedi dod i gysylltiad â'r rheini i gyd cyn hyn a gwyddai fod siawns go dda y gallai gael y gorau arnyn nhw bob amser. Ganddyn nhw roedd yr addysg a'r hyfforddiant arbenigol, wrth gwrs. Roedd hynny'n wir. Ond dyna'r unig fantais a feddent trosto. O ran dyfeisgarwch, cyfrwystra a'r gras i allu gweld ffordd mas o bob cornel cyfyng, ganddo fe'r oedd y fantais bob tro.

Gwyddai hefyd fod y rheswm dros y fantais honno'n amlwg. Yr union addysg yr ymhyfrydai gweision awdurdod ynddi oedd sail eu hisraddoldeb. Mater o gymhwyster oedd eu ffordd nhw o edrych ar eu grym. Rhan o'u statws gymdeithasol. Sgileffaith eu hymrwymiad i broffesiwn. Roedden nhw'n pasio arholiadau, ennill cymhwyster a chael tystysgrif dlos i'w hongian ar y wal, efallai. Cael dyrchafiad wedyn, os oedden nhw'n lwcus neu'n digwydd nabod y bobl iawn. Rhan o'r gêm roedd yn rhaid iddyn nhw ei chwarae oedd eu hymwneud â phobl fel fe. Gêm dringo'r ysgol. Ac er mai nhw ddewisodd pa ysgol benodol i'w dringo, doedden nhw ddim mewn gwirionedd wedi deisyfu dod ar ei draws ef mewn bywyd. Ddim mewn difri calon.

Ei ran ef yn y gêm oedd gwneud ei orau glas i beidio â bwrw yn erbyn gormod o ysgolion. Cadw allan o grafangau'r bobl hyn oedd hanfod rhyddid. Hanfod pleser. Hanfod byw.

Ar ddiwedd y dydd, fe wyddai gweision awdurdod hyd a lled eu buddugoliaeth. Roedd swyddfeydd i'w cloi ar eu holau ar ddiwedd pob dydd; cartrefi clyd i'w croesawu'n ôl o bob ysgarmes. Waeth pa mor effeithiol oedden nhw wrth eu gwaith . . . waeth beth fyddai ffawd Seth a'i debyg . . . roedd eu pensiynau'n pesgi yn y dirgel, yn barod i'w cysuro yn y dyfodol hwnnw nad oedd ganddynt unrhyw sicrwydd ohono.

Gwyddai Seth mai'r cyfan a ofynnai'r drefn ganddo oedd cadw o'r ffordd. Câi lonydd wedyn. Doedd neb am wybod a oedd e wedi cael y cyngor iawn yn yr ysgol. Doedd neb am wybod a oedd y seicolegydd addysgol a welodd yn yr ysgol gynradd wedi dod i'r casgliadau cywir ar gorn yr un sesiwn chwerthinllyd honno a gynhaliwyd. Doedd neb am wybod a oedd argymhellion y swyddogion prawf di-ri – bu cymaint ohonynt yn ystod ei arddegau, roedd Seth wedi colli cownt – wedi bod yn gymwys ar gyfer ei anghenion. A doedd neb am wybod a fu'r ynadon plant yn ddoeth i ddilyn yr argymhellion hynny.

Gwyddai Seth o'r gorau nad oedd yr un o'r bobl barchus, broffesiynol hyn yn poeni dim. Doedd dim un o'r diawliaid wedi colli llygedyn o gwsg yn ei gylch ers y diwrnod y diflannodd ei wep o'u golwg. Anweledig. Anghofiedig. Pan roesant eu ffeiliau unigol o'r neilltu, bu clep pob drôr yn cau cystal â sŵn y clo yn troi mewn cof caeëdig.

Ef oedd yr unig un i gadw'r ffeil honno'n llydan agored trwy'r amser. Ei ffeil ei hun. Gallai droi ati'n gyson, yn y llecyn gwynfydedig hwnnw lle na châi llygaid awdurdod byth dreiddio. Ym mlaen ei feddwl.

Ei adnabyddiaeth lwyr ohono'i hun oedd y fantais fawr a'i rhoddai ar y blaen. Ac ni allai adael i hyd yn oed Rhys beryglu hynny. Wrth edrych trwy'r ffenestr ar hwnnw'n diwyd gasglu sbwriel, daeth rhyw rwystredigaeth newydd i lesteirio llawn rym y cariad amddiffynnol a deimlai Seth tuag ato fel arfer. Gogleisiai'r gwynt ei wallt yn anniben. Ac edrychai'n drwsgl wrth blygu i gynaeafu'r baw. Roedd y crwt ar chwâl.

Roedd angen babi arnynt. I gadw Rhys yn brysur. Ac am mai dyna oedd y drefn i fod.

Syllodd Seth arno pan ddaeth i'r tŷ ar ôl gorffen ei dacluso ar y patio. Oedodd ennyd i godi'r gadair yn ôl ar ei thraed a dyna i gyd. Aeth yn ei flaen yn ufudd tua'r llofft.

Doedd reswm yn y byd pam y dylai'r naill na'r llall ohonynt ddod i drybini, meddyliodd Seth; dim ond i Rhys ei ddilyn e'n ddigwestiwn.

'Cw-wi! O'ch chi moyn gair 'da fi?'

Daeth y waedd blentynnaidd o gyfeiriad y grisiau. Mam Rhys wedi cerdded hanner ffordd i lawr ac yn esgus ei bod hi'n hŷn na'i hoed. Cwympodd ei macyn o lewys ei chardigan i lawr y cyntedd wrth iddi bwyso dros y banister.

''Co chi,' ebe Seth yn oeraidd, gan godi'r darn cotwm a'i estyn iddi. 'Mi fydd angen hwn arnoch chi mewn eiliad. Os 'ych chi moyn gweld Wncwl Ron byth 'to, fe ofalwch chi na fyddwch chi byth yn torri ar 'y nhraws i, fe gadwch chi mas o'n ffordd i bob amser hyd y gallwch chi ac fe wnewch chi'n gwmws fel wy'n weud ar bob achlysur arall. Os nad 'ych chi moyn gweld Rhys yn mynd ar 'i ben i garchar, fe ofalwch chi beidio torri ar 'y nhraws i byth, fe gadwch chi mas o'n ffordd i bob amser ac fe wnewch chi ufuddhau yn ofalus i bopeth wy'n gofyn ichi neud. Os nad 'ych chi moyn treulio gweddill ych dyddie mewn cader olwyn, fe 'newch chi nodyn manwl o'r amode hyn. Cadwch chi mas o'n ffordd i. 'Ych chi'n clywed? Peidwch ymyrryd. A chymrwch ofal arbennig i neud beth wy'n weud wrthoch chi, fel merch dda. Ody 'na'n glir?'

Roedd atgasedd y llais tawel wedi troi'r fenyw yn fud.

'Y gorchymyn cynta yw, ewch o 'ngolwg i.'

Cerddodd Seth yn ei flaen heibio'r grisiau ac i'r parlwr ffrynt. Wrth iddo ddechrau chwarae dartiau gydag ef ei hun, gallai glywed sŵn y dagrau a chamre simsan y wraig wrth iddi lusgo'i ffordd yn ôl i'r llofft.

Vernon Hughes fynnodd ail-greu'r olygfa. Gorfododd Rhys i fynd allan i'r sièd i nôl yr ysgol, ei gosod ar ben y landin ac esgus ei bod yn yr union fan lle'r oedd hi pan ddigwyddodd damwain Wncwl Ron.

'Ac wrthi'n dringo'r ysgol fel hyn oedd e, ife?'

'Ie. 'Na fe.'

'Ond ro'n i'n meddwl 'i fod e'n nes at frig yr ysgol ar y pryd.' Ac yntau newydd ddechrau dringo, fe oedai'r ditectif fesul gris i ychwanegu at ddrama'r holi. 'Colli'i gydbwysedd lan sha top yr ysgol wnaeth e, meddech chi gynne.'

'Wel! Sha hanner ffordd, 'te!' cyfaddawdodd Rhys yn wamal. Daliai'n dynn yn yr ysgol fel y cafodd ei siarsio i wneud. Ond ni wnaeth ymdrech i guddio'i wên ddirmygus.

'Fan hyn, falle?'

'Ie. Rhywle sha'r canol 'na.'

'Neu fan hyn?' Erbyn hyn roedd Vernon Hughes yn beryglus o agos at y ris uchaf. Ei sgidiau mawr brown gyferbyn â wyneb Rhys. 'Wrthi'n estyn at y siandelïer oedd e, meddech chi. Dyn talach na fi, cofiwch. Pa ris yn union oedd hi?'

'Nagw i'n cofio'n iawn. Sa i'n siŵr. Fe ddigwyddodd y cyfan mor glou. Un funed oedd e'n gosod y *steps* yn 'u lle a'r funed nesa . . .'

'Beth? Y fe osododd y *steps*. Ydych chi'n siŵr o 'ny?'

'Wel! Odw! Mwy neu lai. Achos practiso'n *shots* snwcer o'n i lawr llawr, pan alwodd e arna i i ddod lan fan hyn. Wedes i wrtho fe fod hyn yn ddanjerys.'

'Ond o'dd e wedi rhoi'i fryd ar dynnu'r hen beth tshep 'ma i lawr i'ch mam gael cyfle i'w olchi.'

'O'dd hi wastad yn nago fe amboithdi fe. Wel! O'dd hi'n nago'r tri ohonon ni. Ond dim ond hanner gweud rhywbeth o'dd ishe i Mam a bydde Wncwl Ron yn siŵr o'i neud e. O'dd e'n hanner addoli'r fenyw, chi'n gweld.'

'Anodd credu, on'd yw e?'

'Weden i mo 'ny.'

'Na. Peidiwch â 'ngham-ddeall i. Nid anodd credu y bydde neb yn hanner addoli'ch mam oeddwn i'n 'i feddwl. Meddwl am effaith menywod arnon ni ddynion yn gyffredinol oeddwn i. Ein cael ni i neud y pethe rhyfedda. Y fath ddylanwad! Ond tybed beth 'na'th iddo droi at y dasg hon y prynhawn hwnnw. Hen orchwyl ddigon peryglus. A'r tŷ'n wag.'

'Nago'dd y tŷ'n wag. O'n i 'ma.'

'Oeddech, wrth gwrs. Ond peth od nad oedd e wedi meddwl cyflawni'r gymwynas hon ar adeg mwy cyfleus. Pan fydde'r tri ohonoch chi 'ma, er enghraifft.'

'Newydd gofio am y peth o'dd e siŵr o fod. Sa i'n gwbod! Y cyfan wy'n ei gofio yw iddo fe 'ngalw i lan fan hyn a 'na lle o'dd e ar ben y *steps* 'ma.'

'O! O'dd e eisoes ar ben y *steps* pan ddaethoch chi lan?'

'Wel! Na!' Trwy boen aneglur y deuai'r cwestiynau i glyw Rhys. Rhaid oedd canolbwyntio. Roedd hynny, ynghyd â'r ffaith fod cric yn ei wddf o edrych i fyny'n barhaus, yn dechrau ei flino. 'Fe ddes i lan. Fe ddechreuodd ynte ddringo. Ac fe afaeles inne'n dynn yn yr ysgol.'

'Yn gwmws fel chi'n neud nawr, gobeithio.'

'Yn gwmws fel wy'n neud nawr.'

'A phan o'dd e hanner ffordd lan, beth ddigwyddodd?'

'O'dd e'n estyn am y gole . . .'

'Roedd e'n fwy na hanner ffordd lan 'te, os oedd e'n gallu cyrraedd y bylb. Neu ai cyrraedd gwaelod y siandelïer yn unig oedd e?'

'Nagw i'n cofio.'

'Ond fe faglodd e? Dyna wedoch chi. Rwy'n credu fod y gair yn y datganiad roisoch chi ar y pryd.'

'Roiodd e 'i go's dde mas. Fel 'se fe'n whilo am y banister.'

'Pam fydde fe'n ymbalfalu am y banister, gwedwch?'

'I gadw'i falans, sbo. O'dd e wedi baglu wrth fethu ca'l gafel ar y ris nesa i lawr. Driodd e hwpo'i law mas yn erbyn y wal draw fan'co.'

'I'w sadio'i hun mae'n debyg.'

'Siŵr o fod.'

'Peth diawl o dwp i'w neud, yntefe? Gyda stâr mor lydan. Bydde gofyn fod breichie lastig 'da dyn i allu gwneud 'ny.'

''Na beth wedes i wrtho fe . . .'

'O! Ro'ch chi'n siarad ag e tra o'dd hyn i gyd yn mynd mla'n?'

'Na. Ddim siarad yn gwmws. Achos o'dd angen canolbwyntio ar y gwaith.'

'Debyg iawn. Rwy'n gallu deall hynny a finne lan

fan hyn. Ond eto, ry'ch chi a fi yn llwyddo i gael sgwrs yn rhyfeddol.'

'Un hoff o gymryd siawns o'dd e. A 'na beth wedes i wrtho fe. Am b'ido cymryd siawns.'

'Ac fe fyddech yn cofio peth felly yn bur fanwl. Y sgwrs ola gawsoch chi 'da'ch ewythr cyn ei ddamwain fawr. Geirie ola pobl. Mae'r byw yn tueddu i gofio pethe felly am y marw.'

'Ond nagyw Wncwl Ron yn farw.'

'Na. Na. Wrth gwrs nad yw e. A ddylen ni byth wneud yn fach o'ch ewythr. Mae e'n ymladd brwydr fwya'i fywyd nawr. Arwrol! Dyna yw e, mewn gwirionedd.'

'Ie. Fel'na'n gwmws wy'n 'i weld e, bob tro wy'n mynd i ishte 'dag e.'

'Beth fyddwch chi'n 'i neud fel arfer wrth ymweld? Byta siocled? Dweud hanesion bach hapus am y teulu? Darllen y papure lleol iddo fe? Gofalu'i fod e'n cadw *in touch*?'

'Nag'yn ni moyn iddo fe golli mas ar ddim byd, jest am 'i fod e yn 'i gyflwr presennol.'

'Na. Debyg iawn. A chanmoladwy iawn hefyd, os ca' i ddweud. Gweld dyn ifanc o'ch oedran chi yn trafferthu gymaint gyda'i dylwyth.'

'Ma'n bwysig siarad 'dag e.'

'Dyna mae'r meddygon yn 'i argymell fel arfer.'

'Ishte 'na'n disgrifio'r olygfa iddo fe fydda i. Pa flode sy'n tyfu yn y borderi bach o dan y ffenestri. Y coed yn y pellter. Pa geir sydd wedi'u parcio ar y grafel. Mae 'i stafell e'n edrych mas dros y mynydde.'

'Telynegol iawn.'

'Un di-ddal fuodd e erio'd yn ôl Mam. Gamblo. Lico mentro. Neud pethe'n ddifeddwl.'

'Fel mynd i Awstralia'n ddyn ifanc. Dyna 'na'th e,

157

yntê? Dod 'nôl yn ddyn cyfoethog. Wedi byw ar 'i *wits* ers blynydde.'

'Sneb yn siŵr iawn shwt 'na'th e'i arian. 'Na beth ma' Mam yn weud, ta p'un.'

'Rhywun lan fan 'co yn edrych ar 'i ôl e, mae'n rhaid.'

'Yn edrych ar 'i ôl e?'

'Ie. Rhyw angel yn goleuo'r ffordd iddo.'

'Nagw i'n siŵr o 'ny.'

'Na. Wel! Fe gymrodd e un llam yn ormod i'r angel, mae hynny'n siŵr. Does yr un angel all 'i helpu fe nawr.' Camai'r ditectif i lawr yr ysgol wrth siarad. 'Tase fe ddim ond wedi aros i'ch ffrind ddod 'nôl, fe alle'r ddamwain fod wedi'i harbed yn llwyr.'

''Se'r ysgol heb ysgwyd wedyn.'

'O! O'dd yr ysgol yn ysgwyd oedd hi?'

'Na. Ddim ysgwyd yn gwmws,' prysurodd Rhys i'w gywiro'i hun. 'Ond pan estynnodd e 'i dro'd mas fel'na, i whilo am y banister, fe shiglodd y *steps* i gyd.'

'Wrth gwrs! Rwy'n deall! Dyna pryd gwmpodd yr ysgol o'ch gafel chi a thorri'r ffenest 'co. A dyna pryd gwmpodd Wncwl Ron i'w dranc. 'I ben e'n bwrw'r pren caled 'ma. 'I wddf e'n torri.'

''Na chi! 'Ych chi wedi'i gweld hi i'r dim,' ebe Rhys, yn bryfoclyd o ddidaro.

'Hen dro, yntefe? A ble wedoch chi o'dd eich ffrind chi ar y pryd?'

''Da Mam. Ma'r ddou'n glòs iawn. Yn Sainbury's. A 'na lle ma'r ddou wedi mynd pnawn 'ma hefyd. Cyd-ddigwyddiad neu beth!'

'Rhyfedd ar y naw.'

'Prynu bwyd i'r tŷ.'

'O Sainsbury's?'

'Dim ond y gore o'dd Wncwl Ron yn barod i'w fyta.'

'Ydyn nhw'n gneud *intravenous drips* yn Sainsbury's y dyddie hyn, dwedwch? Dyna'r unig gynhaliaeth all y creadur 'i fwynhau erbyn hyn.'

Chwarddodd Rhys fel petai hi'n jôc heb dro yn ei chynffon. Plygodd yr ysgol a chynigiodd de i'r dyn.

'Rwy'n synnu fod te ar y gweill 'da chi. Cyndyn iawn eich croeso oeddech chi'r tro dwetha.'

'Seth o'dd 'ny. Ddylech chi mo'i gymryd e ormod o ddifri,' ebe Rhys.

'Tipyn o dynnwr coes yw e, ife?'

'Na. Ddim yn gwmws. Ond nagyw e 'ma nawr. *So* os odw i moyn cynnig te ichi, fe alla i. 'Y nhŷ i yw hwn. Wel! Tŷ Mam a finne. Arni hi o'dd Wncwl Ron yn dwlu, nid Seth.'

'Ry'ch chi'n glòs, serch 'ny? Chi a'r Seth 'ma?'

'Wrth gwrs.'

'Bytis gore?'

'Cariadon.'

'A Joyce Rogers? Rwy'n deall fod eich ffrind yn glòs iawn ati hithe hefyd. Ma' hynny siŵr o fod yn straen. 'I chael hi dan yr un to.'

'Nagyw hi'n byw dan yr un to â ni. Mas yn Stables Cottage ma' honna'n byw.'

'O! Rwy'n gweld. Clywed wnes i fod eich ffrind . . . eich byti gore . . . eich cariad – shwt bynnag 'ych chi moyn cyfeirio ato – y Seth 'ma; fod hwnnw wedi'i weld aml i fin nos lan yn hen dŷ Joyce. Yn bwrw'r nos, fel petai.'

'Moyn babi o'dd hi.'

'Ddim am i'r llinach farw mas, ma'n debyg. Ma' cymhellion pawb yn wahanol pan mae'n fater o fabis.'

'Moyn gweld os alle hi byth deimlo fel menywod er'ill o'dd Seth. 'I thesto hi, fel petai.'

'Da gweld ych bod chi'n gallu rhannu cyfrinache, Seth a chithe. A 'na lwcus ma'ch mam! Cael chi gartre 'da hi drwy'r dydd fel hyn. A chymaint o amser ar eich dwylo i neud yr holl orchwylion bach anodd 'na ma' menywod yn mynnu cael dynion i'w gwneud trostyn nhw o gwmpas y tŷ. Does dim golwg o waith ar y gorwel, rwy'n tybio? I chi a Seth?'

'Nagyw Seth yn ca'l gwitho, o achos 'i gyflwr. A nagw inne wedi dod o hyd i ddim byd sy'n siwto.'

Wrth siarad, roedd Rhys a Vernon Hughes wedi cerdded lawr stâr, trwy'r tŷ ac allan i'r sièd. Rhys yn cario'r ysgol a'r dyn arall wrth ei gwt.

'Nagw i'n meddwl y bydde Seth moyn ifi siarad rhagor 'da chi,' ebe Rhys wrth bwyso'r ysgol yn erbyn y drws.

'Beth? Dim te wedi'r cwbwl?'

'Fe gewch chi de os 'ych chi'n addo yfed mewn tawelwch.'

'Jiw! 'Na dwp fuon ni'n dou,' ebe'r ditectif gan anwybyddu'r awgrym hwnnw. 'Fe allen ni wedi cymryd y siandelïer 'na lawr dros eich mam. Mae'n dal heb ei golchi. Er bod misoedd ers y ddamwain.'

'Nag'yn ni byth yn sôn am y sianledïer.'

'Na. Wrth gwrs! Rhy boenus! Rwy'n deall i'r dim. A siawns nad yw'r holl lwch all hel arni wedi gwneud hynny erbyn hyn. O leia nawr, mae'r gole ar 'i fwya llwyd. Mae'r tri ohonoch chi'n gwbod na all pethe fynd ddim gwaeth.'

Caeodd Rhys ddrws y sièd a gwnaeth sioe o ailorseddu'r clo.

'Allwch chi byth â bod yn rhy ofalus.'

'Lladron?' cynigiodd Vernon Hughes.

'Yn gwmws,' cytunodd Rhys.

'Ges i 'nhemtio.' Glafoeriai Rhys wrth gofio. Gallai weld y sgidiau brown o flaen ei drwyn a chlywed y llais hwnnw, fel niwl trwchus, yn hofran uwch ei ben. 'Un hwb dda a bydde fe wedi mynd.'

'Dy demtio di o'dd bwriad y diawl. Fe 'nest ti'n dda i ddal yn ôl.'

'O'n i moyn 'i ladd e. Neud job iawn ohoni. Iwso Wncwl Ron fel rihyrsal.'

'Ond 'nest ti ddim,' cefnogodd Seth ef yn gymeradwyol. Gwasgodd ei fraich am ysgwydd ei gymar yn gariadus gan deimlo'i anadl yn goglais blew ei gesail. 'A wy'n falch dros ben deall 'fod ti'n sylweddoli o'r diwedd pa mor bwysig yw hi iti gadw rheoleth arnat ti dy hun.'

'Wy'n dysgu drwy'r amser.'

'Da 'ny! Achos y demtasiwn amlwg i greadur fel ti sydd wedi dechre ca'l blas ar ladd yw hiraethu am y lladdfa nesa.'

Hiraethu am gael profi temtasiwn ddoe drachefn wnâi Rhys. Cael mwynhau unwaith eto'r dirmyg roedd e wedi'i deimlo tuag at y dyn ar ben yr ysgol, gan ymfalchïo yn ei benderfyniad ei hun i adael iddo fyw. Wfft i'r sgidiau! Ffyc off, llais!

'Fe 'nes i'n iawn, 'te?'

'Fe 'nest ti'n ardderchog,' sicrhaodd Seth ef drachefn. 'Gadel llonydd i bethe yw'r gamp inni nawr. Ymatal.'

'P'ido strywo pethe!'

'P'ido chwantu mwy o ladd. Mae e fel rhyw yn gwmws. All unrhyw ffŵl jest dal ati i gnychu dieithried.

161

Mynd bant 'da gwahanol bartneried ac yna'u gadel nhw'n dragywydd. Ti'n gwbod 'y nheimlade i am 'na. Ma' gwbod pryd i ddal yn ôl yn fwy o gamp. Yn creu mwy o wefr maes o law.'

'Ti'n siarad fel 'set ti'n gwbod popeth am ryw a lladd.'

'Wrth gwrs. 'Na'r hanfodion, yntefe? Dou beth sy'n siŵr o ddod i bawb. Ma' pawb yn gorfod croesi'r bont rywbryd.'

'A ti . . .'

'Fi sy'n hebrwng.'

'Hebrwng?' Ar ôl noson boeth o gwsg lled feddwol, dim ond cynfas denau orchuddiai'r ddau ohonynt erbyn hyn a chrynodd Rhys fymryn yng ngrym ei gwestiwn. Glynai wrth y gred ei fod e'n deall Seth yn well bob dydd. A glynai wrth ei gorff. Yn oer ac anneallus.

'Wy'n helpu pawb o 'nghwmpas i i ddod at yr anorfod, ti'n gweld. 'Na beth yw'n rôl i yn y byd 'ma. Ti'n deall 'ny, on'd wyt ti?' Wrth siarad, syllai Seth ar y nenfwd crand Edwardaidd uwch ei ben. Yn eang, uchel ac urddasol. Nenfwd lle'r oedd digon o le i freuddwydion ddawnsio, meddyliodd.

'Mm!' swatiodd Rhys, gan fwmial yr ateb mwyaf di-ddim y gallai feddwl amdano.

'Nag'yn ni moyn ca'l gwared ar neb arall o'r tŷ 'ma nawr. Ddim am amser maith. A dweud y gwir, wy'n credu mai cynyddu'n nifer fyddwn ni nesa.' Oedodd rai eiliadau, cyn ychwanegu, 'Ma' Mair yn feichiog.'

Ffrind newydd Joyce oedd Mair. Swyddog carchar oedd hi wrth ei galwedigaeth, ac er iddi gael ei hyfforddi gan y wladwriaeth, i gwmni preifat y gweithiai bellach am fod ganddyn nhw iwnifform fwy ffasgaidd yr olwg.

Liw nos y byddai hi'n cyrraedd y stablau fel arfer. Gan adael ben bore. Ond âi Joyce gyda hi ambell ddiwrnod wrth iddi ddilyn trywydd ei phrif ddiddordeb, sef hel ocsiynau a siopau hen bethau.

'Sdim ots 'da fi fod Mair wedi cymryd ffansi atyn nhw! Mas â nhw!' Gwyddai Seth drwy'r amser fod ei orchmynion wedi eu hanwybyddu ac i'r pethau gwerthfawr a ddygwyd gan Rhys ac yntau gael eu cludo i'r tŷ tila ar waelod yr ardd.

'Nago'dd calon 'da fi i ga'l gwared â nhw 'nghynt. A fan hyn yw'u lle nhw nawr. Ma' gormod o amser wedi mynd heibo . . .'

'Paid â bod yn ddrwg. Merch ddrwg, yn herio Seth.'

'Ti'n siarad 'da fi fel 'sen i'n ferch fach . . .'

'Practiso ar gyfer bod yn dad odw i.' Anwybyddodd Seth y chwerthiniad afreolus o watwar a ddaeth o gyfeiriad Joyce. Aeth ymlaen â'i gerydd am funud neu fwy ymhellach. Wedi'r cyfan, roedd wedi dod draw i Stables Cottage yn unswydd er mwyn cael cweryl gyda Joyce.

'Ma' nhw'n wahanol,' dadleuodd Joyce pan gyfeiriodd Seth at y llestri cinio. 'Dyma'u lle nhw. Fe ddyle'r rhein o leia aros fan lle ma' nhw.'

'Ti wedi newid dy gân! A ti'n dal mas o diwn!'

'O Rose Villa dd'ethon nhw.'

'A ma' plant Wncwl David wedi neud elw net ar yr insiwrans. Nagw i'n credu y bydde neb yn falch iawn o'u gweld nhw'n dod i glawr yn sydyn. Gwaredu'r cyfan fydde saffa. Ma'r Vernon Hughes 'na'n dal i hwpo'i drwyn mewn i bopeth.'

'Weles i e draw 'co pa ddiwrnod. Tra o't ti a'r Fam Teresa yn Sainsbury's.'

'Fe edrychodd Rhys ar 'i ôl e.'

'Tra oeddet tithe'n dishgwl ar ôl y fam, ife?'

'Wy'n dechre rhoi siâp arni. Fe 'neith hi'n net am rai blynydde. Neud bwyd. Glanhau'r tŷ. Clirio lan ar 'yn hole ni. Hen stafell y forwyn s'da hi nawr. A wy'n credu fod y neges yn dechre treiddio i'w chlopa hi. Wel! Fe ga' i'n ffordd yn y diwedd. Ti'n gwbod 'ny. Fel gyda ffrwyth y lladrade 'ma. Siawns nad yw Mair yn nabod rhywun yn y *trade* roie bris da iti.'

'Nagyw Mair yn gwbod dim am darddiad y rhain.'

'Na! Mae hi'n rhy bur i 'ny, sbo! Ma' grym gormes bob amser yn bur. Ac yn ddall. Lico'r gwrthryche heb boeni llawer o lle dd'ethon nhw. Caru'r canlyniade heb boeni am y dullie ga's 'u defnyddio i'w cyrradd.'

'Gad Mair mas o hyn.'

'Â phleser.'

Roedd Seth wedi cwrdd â Mair yn Stable Cottage ddwywaith, ond doedd arno fawr o olwg cymryd at y ferch y naill dro na'r llall.

'Belfry beth?' chwarddodd Joyce drachefn pan aeth Seth yn ei flaen i awgrymu y gallai hi fynd yno gyda Rhys ac yntau un diwrnod. 'Ble ddiawl ma' 'na?'

'Belfry-by-the-Water. Yn y Cotswolds.'

'Shwt enw ar le yw 'na?'

'Un ffug. Ffug yw popeth ym myd hen bethe. Nagwyt ti'n gwbod 'ny? Hyd yn o'd ym myd hen bobol. Ma'r un peth yn wir. Dannedd dodi. Hips plastig. Sdim diwedd arni.'

'W! Ti mor ddrwg nawr, nagw i'n gallu credu taw'r un crwt wyt ti.'

'Nage newid 'nes i, Joyce, ond datguddio'n hunan iti. Odi'r crwt bach wedi troi mas i fod yn fwy o fishtir nag o't ti'n 'i feddwl? Beth wetws e wrthot ti dair blynedd yn ôl o'dd yn ddigon iti roi coel ar 'i gelwydde fe?'

164

'Ti ddim yn gall.'

'Mater o oruchafieth yw hi yn y diwedd. O't ti'n meddwl dy fod ti'n drech na Rhys a finne. Ond do't ti ddim. Ddim am eiliad. 'Blaw dy fod ti'n rhy dwp i sylweddoli 'ny. 'Na pam ma'r trugaredde 'ma mor bwysig iti. Ma' rhyw gysur yn y rhain. Fawr o werth. Ond lot o gysur. Pan golli di'r rhain fe golli di'r unig bethe s'da ti ar ôl i allu esgus taw ti, unweth, o'dd yn rhedeg y sioe.'

'Pam wyt ti wedi troi mor gas?'

'Am fod dy fola di mor salw. A dy ffwrch di mor oer. Jôc o'dd y cyfan i fi. Ti'n sylweddoli 'ny, gobitho? Allen i byth fod wedi mynd i'r gwely 'da ti 'blaw bo fi'n wyrdroëdig. Arteithio'n hunan er mwyn yr hwyl wnes i. I brofi i'n hunan mor isel allen i fynd.'

'Ateb hyn ifi, 'te, y pyrfert bach shwt ag wyt ti! Anti Beti! 'Nest ti lo's iddi hi?'

Cwtshodd Joyce ei bronnau'n amddiffynnol ar ôl gofyn. Bu'n gwestiwn a gorddasai yng nghefn ei meddwl byth ers i Vernon Hughes wneud ei ensyniadau cyntaf. Ond nawr, roedd y cwestiwn y bu arni ofn ei ofyn ers misoedd wedi ei ollwng yn blwmp ac yn blaen yn wyneb Seth. Daliodd ei thir ar ôl gofyn. A rhoes y rhyddhad a deimlai ryw hyder newydd yn ei herio.

'Shwt alli di ofyn shwt gwestiwn? Fi'n niweidio'r fenyw fach fusgrell 'na?' Gwenai Seth wrth ddwyn i gof. 'Dangos bywyd iddi wnes i. Rhoi cyfle iddi weld ambell fflach o lawenydd cyn iddi fynd o'r hen fyd diflas 'ma . . . Clywed ambell donc soniarus o symffoni iechyd, cyn i'r hen fopa afiach ganu'n iach â'r fuchedd hon am byth.'

'Be 'nest ti, 'te?'

'O'n i'n arfer matryd o'i bla'n hi. Nes o'n i'n borcyn.

165

Ac o'n i'n arfer gadel iddi redeg 'i dwylo ar hyd 'y nghorff i . . . Yn gwmws fel y byddet ti'n arfer neud. 'Blaw fod raid ifi gydio yn 'i dwylo diffrwyth hi, wrth gwrs. A'u harwen nhw'n ofalus i . . . Wel! I bob man a dweud y gwir! Fe synnet ti mor glou o'dd hi i ddangos 'i gwerthfawrogiad, achos yn ddieithriad bron, o'dd dagre o lawenydd yn rhedeg lawr 'i gruddie hi, wap.'

'Ti off dy ben!' oedd unig ymateb Joyce. Sinigiaeth yn ei llais. Amheuaeth yn ei llygaid. Roedd arni ormod o ofn i ddangos ofn. Rhoddodd ei ffydd mewn anghrediniaeth, i'w harbed rhag gorfod barnu mewn gwaed oer a oedd y stori'n wir ai peidio.

'A chwpwl o weithie, sha'r diwedd, fe ddringes i ar y gwely ati. Ac ishte ar 'i phen hi. 'Y mhenglinie i bob ochor iddi. Cyn llithro mor osgeiddig ag y gallen i drwy'r gwefuse diflanedig 'na. Ti'n cofio fel o'dd y cnawd wedi cilio ohonyn nhw erbyn y diwedd? Gan adel dwy linell grintachlyd, yn biws a phiwis, dan 'i thrwyn hi. Fel mwstás clown. Wel! Fe wahanes i'r ddwy linell 'na. Ac o'n i'n gallu gweld o'r gwewyr ym myw 'i llyged hi 'i bod hi'n gwbod, mewn gwirionedd, fod pryd mor hardd a sylweddol â'r un o'dd 'da fi i'w gynnig ymhell y tu hwnt iddi. A gweud y gwir, nagw i'n credu fod dy Wncwl Emrys di wedi cynnig tamed mor flasus iddi yn 'i fyw. O'dd yr edliw i'w weld yn 'i llyged hi. 'Mod i wedi dod i'w bywyd hi mor hwyr. Wy'n gallu gweud o'r disgleirdeb yn y llyged pan fydd cyffro newydd-beth yn cwnnu calon person. A bron nad o'dd dy Anti Beti di'n dlws drachefn. Fel y bydde hi pan o'dd hi'n groten ifanc, walle. Be wn i?

'Ond wy'n gwbod hyn: wrth ifi bwyso mla'n dros 'i hwyneb hi, o'n i'n gallu clywed 'i llwnc hi'n llenwi. A walle, 'se hi wedi bod yn ifanc ac yn 'i blode, y bydde'i gwddw hi wedi bod yn groth. A whyddo'n wirioneddol bert, jest er 'yn mwyn i. A maes o law, walle y bydde hi wedi poeri plentyn mas, er mwyn 'y ngwneud i'n hapus.

'Dim ond llefen a dreflo 'na'th hi mewn gwirionedd, wrth gwrs. O'dd dim byd arall i'w ddishgwl a hithe mor agos at y ffin. Ond wy'n credu 'i bod hi wedi gwerthfawrogi ca'l blas 'yn had i ar 'i thafod . . .'

'Gad dy lap, wir! Chlywes i ddim byd mor *disgusting*.' Ceryddai ef gydag anwyldeb mam yn dwrdio crwtyn drygionus. Ei bronnau'n dal i gael eu magu gan ei breichiau a dim ôl atgasedd ar y dweud.

Y gwir oedd fod Seth wedi gadael blas annisgwyl yn llwnc yr hen wraig. Blas gwydr mân oedd hwnnw. Fe'i malwyd rhwng dwy lwy, fel y caiff pilsen ei throi'n bowdwr, a'i gymysgu â rhyw stwnsh o fwyd, cyn ei gyflwyno i'w cheg fesul llond llwyaid. I hwyluso'r hebrwng.

Doedd Dr Patel ddim i wybod fod gwaedu mewnol wedi prysuro marwolaeth Anti Beti. Gwirioni ar gael ei drin mor gwrtais wnaeth hwnnw. Onid oedd y gŵr ifanc a eisteddai wrth erchwyn gwely ei glaf bob yn ail ymweliad, bron, wedi ei wisgo mor drwsiadus bob amser? Ei ewinedd mor lân bob tro? Ei sgwrs mor hynaws? A'i hawddgarwch heb arlliw o'r hiliaeth gudd arferol a nodweddai gyrfa Dr Patel yn y cwm?

Oni chododd bob tro y dôi'r doctor i mewn i'r ystafell, gan estyn llaw a chynnig y gadair iddo? Onid 'Doctor' fu gair olaf pob brawddeg o'i eiddo?

Peth prin oedd dangos parch o'r fath at feddyg y dyddiau hyn. Gyda disgwyliadau cwsmer o gyfeiriad cyflenwr yr edychai claf tuag at ei feddyg nawr. Trwy ddannod a drwgdybio yr oedd y sâl yn disgwyl dod yn well. Nid trwy roi ei ffydd mewn meddyg a thaflu ei hunan ar drugaredd y driniaeth.

Arwyddodd y doctor y dystysgrif marwolaeth heb unrhyw amheuaeth o'i dilysrwydd. Wedi ei swyno gan Seth.

'Elizabeth Hanbury RIP.'

'Amen 'weda inne! A nawr beth am y gwaredu 'ma. Ddoi di 'da ni draw i Belfry-by-the-Water?'

'Cha' i ddim heddwch fel arall,' ildiodd Joyce.

'A fydd dim ots 'da'r Mair 'na dy fod ti'n mynd mas i waco 'da dou ddyn mor olygus?'

'Ddaw hi byth i wbod, ddaw hi? Ma' hawl 'da pawb i'w gyfrinache.'

Hyd yn oed wrth yngan y geiriau, gallai Joyce glywed ryw ran hanfodol ohoni'i hun yn llithro o'i gafael, gan adael dim ond blas ei chwerwder yn ei llwnc.

Un bore bach, fe agorodd llygaid Wncwl Ron.

Canodd ffôn Rose Villa cyn wyth ac aeth y byd yn ffrwcs. Doedd wybod i ble yn y byd y gallai llygaid agored arwain.

Bore'r daith arfaethedig i Loegr oedd hi. A doedd dim eiliad i'w cholli. Gyrrwyd Rhys i waelod yr ardd i ddweud wrth Joyce nad oedd hi a'i hysbail yn mynd i fynd i unman wedi'r cwbl. Wrth ruthro'n ôl, fe basiodd y postmon, oedd yn gorfod cerdded heibio talcen Rose Villa bob tro y byddai neb wedi gweld yn dda i daro gair yn y post at Joyce.

Cyfarthodd Rhys i'w gyfeiriad, rhag ofn ei fod e'n un o'r postmyn rheini oedd ag ofn cŵn. Ond doedd e ddim, mae'n rhaid. Achos cyfarth yn ôl wnaeth hwn gan ddodi dynwarediad o wên ar draws ei wyneb. Comic a sach dros ei ysgwydd, tybiodd Rhys! Gofidiai fymryn. O dan yr wyneb. Chwibanodd. Wrth gyrraedd yn ôl i Rose Villa, gallai glywed y postmon yn chwibanu hefyd, wrth i hwnnw anelu'n ôl at y palmant.

Siomwyd Rhys. Clywai'r gwacter yn ei stumog. Roedd arno ofn.

Mwy o weiddi wedyn. Gallai glywed injan y Rover eisoes yn refio wrth ddrws y ffrynt. A llais ei fam yn crio na chafodd gyfle i roi nished lân yn ei bag.

Roedd y drindod lwglyd ar y lôn yn ddiymdroi.

'Does fawr o arwyddocâd i'r peth mewn gwirionedd,' barnodd y pen bandit rhyw awr yn ddiweddarach, wrth eu cyfarch.

'Pam ein ffonio ni, 'te?' mynnodd Seth yn chwyrn.

'Mae'n arferol,' oedd yr ateb. 'Mae'r teulu'n dwlu cael clywed am bob arwydd gobeithiol. Llyged yn llydan agored am ennyd. Cau drachefn. Mae'n gallu digwydd.'

'Heb yngan gair?' holodd Rhys, gan fradychu'i bryderon.

'Dim siw na miw. Ond peidiwch â chymryd 'y ngair i. Dewch i gwrdd â'r nyrs ddaliodd y gwalch yn sbecian. Mae hi'n disgwyl amdanoch draw yn fy swyddfa.'

Ar ôl cael clywed hanes y rhythu disynnwyr a derbyn cadarnhad na ddywedwyd dim gan y cysgwr hir dymor, anogwyd y tri i fynd i'w weld.

'Man a man ichi a chithe wedi teithio mor bell mor fore,' ebe'r meddyg. 'Dyw e ddim wedi cael ei fâth eto, cofiwch. Felly, bydd raid ichi faddau'r mochyndra.'

Nid ffroenau Seth, Rhys a'i fam oedd brysuraf wrth iddyn nhw gyrraedd erchwyn gwely'r dyn. Llygaid y tri oedd fwyaf hyfyw. Eu llygaid llydan agored nhw yn rhythu ar lygaid caeedig Wncwl Ron.

Os oedd braw wedi bod yn gwmwl du dros Rhys yn ystod ei daith yno, roedd tystiolaeth y meddyg a'r nyrs newydd ei godi. Gallai chwerthin wrtho'i hun, yn ffyddiog yn y gred fod ei groen yn iach am gyfnod pellach. Ha! Ha! Roedd e'n saff drachefn.

Doedd dim ôl golau wedi bod yn y gannwyll. Dim dagrau fel dafnion o gŵyr wedi llifo dros yr ymyl. Ddim yn ôl y nyrs. Amrannau'n agor. Amrannau'n cau drachefn. Dim arwydd o fywyd rhwng y ddau ddigwyddiad. A'r cyfan drosodd ymhen dim.

Synhwyrai Rhys y dylai frwydro i guddio ei lawenydd, ond doedd arno fawr o awydd brwydro'n galed iawn.

Gwyddai Seth hefyd mai ennyd o gyffro i nyrs ddibrofiad mewn gwawr lwyd oedd hyd a lled y ddrama a lwyddodd i ddrysu ei gynlluniau'r diwrnod hwnnw. Gallai werthfawrogi'r eironi. Roedd tŷ mawr crand yn llawn dim byd ond cyrff ar beiriannau cynnal bywyd yn lle mor hawdd i greu cyffro ynddo, meddyliodd. Y lle hawsa'n y byd i ddyn greu sôn amdano. Dim ond tisian oedd raid. Neu ddylyfu gên, efallai.

'Sbasm! 'Na beth wedodd y doctor 'na nawr, yntefe?' ffwndrodd mam Rhys yn oeraidd. Gafaelai'n dynn mewn darn o'r blanced ysgafn a orchuddiai'r corff, am nad oedd ganddi ei chysur arferol i'w stwnshan yn ei dwrn.

'Fe roia i sbasm i'r cont! Codi ofan arna i fel'na!'

'W! Aisht, Rhys! Plîs. Nagyw e'n neis siarad amdano fel'na.'

'Gobitho nad wyt ti'n mynd i ware gormod o'r stynts 'ma, gwd boi,' bygythiodd Seth tan wenu. 'Tynnu'r tri ohonon ni 'ma heb frecwast na dim.'

'All e ddim help, whare teg!' tosturiodd y fam. Hi

oedd y cyntaf i dynnu ei llygaid oddi ar y claf. 'Un garw am fflyrto fuodd e erio'd. A nago's neb 'dag e i winco arno nawr ond y stafell wag 'ma.'

Byddai Seth wedi hoffi chwerthin yn harti ar hynny. Meddwl am Wncwl Ron yn wincio mewn ystafell wag. Ond roedd y drewdod yn ormod iddo ar stumog wag.

Trodd yntau hefyd ei wyneb oddi ar wyneb gwelw Ron a cherddodd at y drws. Wrth ei gau'n ofalus ar ei ôl, gallai weld Rhys yn gwneud ei orau glas i dynnu llaw ei fam yn rhydd o'r gwely a'i harwain draw at y ddefod arferol wrth y ffenestr. Hyd yn oed o'i arhosiad byr yn yr ystafell, roedd Seth wedi sylwi fod y coed yn ferw'r bore hwnnw. Nâd-fi'n-angof a llygad y dydd ar hyd y llawr. A gwiwerod ym mhobman. Direidi natur, tybiodd!

Diolch i'r drefn, pan fyddai amgylchiadau'n drech nag ef, roedd Seth yn ddigon doeth i ddeall hynny.

Dim ond sarhad oedd i'w ddisgwyl bellach gan Seth. Nid caredigrwydd byth, roedd hynny'n ddigon siŵr. Doedd hi erioed wedi disgwyl hynny ganddo, mewn gwirionedd. Erioed wedi ei ddisgwyl gan neb.

Cafodd newydd da y bore hwnnw, ond wrth eistedd wrth ffenestr lydan ei hystafell fyw, yn edrych draw at y tŷ mawr wrth ddisgwyl dychweliad y tri o'r ysbyty, penderfynodd ei gadw iddi hi'i hun. Fyddai ei rannu gyda Seth ddim ond yn cymell rhyw ergyd goeglyd ganddo.

Ddeallodd hi erioed pan fo gymaint o fri ar garedigrwydd. Os nad oedd pobl yn ei sarnu dan draed, roedden nhw'n disgwyl ei dderbyn yn ôl. Y naill ffordd neu'r llall, doedd 'na fawr o bwrpas iddo. A doedd neb bron byth fawr elwach.

Llwm oedd y lle heddiw. Y pethau bach gwerthfawr roedd hi unwaith wedi eu blysio mor boenus wedi eu cuddio o'r golwg mewn blychau cardbord a'u cludo draw i'r tŷ mawr neithiwr, gan Rhys. Doedd yno'r un llestr na ffiol nac addurn ar ôl. Dim ond dodrefn eilradd i gynnal pwysau pwdr ei chnawd siomedig. Nid y stwff fu ganddi yn y fflat slawer dydd, hyd yn oed, oedd o'i chwmpas nawr. Nac etifeddiaeth shimpil Anti Beti. Gweddillion Seth a Rhys. Dyna oedd o'i chwmpas. Y dodrefn brynodd Wncwl Ron ar eu cyfer nhw oedd ei phethau hi bellach. Ac nid mater o berchenogaeth oedd hyn, ond defnydd. Cael defnyddio popeth tra byddai yno oedd hi. Doedd ganddi ddim i'w henw ei hun. Na'r hawl ar ddim.

Roedd Mair ganddi, wrth gwrs. Honno wedi cael damwain ffordd un diwrnod y tu allan i hen dŷ Anti Beti ac wedi dod i'r drws i ofyn gâi hi ddefnyddio'r ffôn. Dychwelyd wedyn drennydd i ofyn garai hi fynd am ddiod rywdro.

Fedrai Joyce mo'i thrystio rywsut. Er ei hawddgarwch a'i hieuenctid, meistres oedd hi yn y bôn, nid morwyn. Doedd dim dianc rhag hynny. A theimlai Joyce rhyw letchwithdod yn ei chwmni hyd yn oed wrth garu. Lesbiad anfoddog oedd hi byth. Un nad oedd arni angen perthyn. Un nad oedd arni angen angen.

Ar ôl hanner awr go dda o rythu, gwasgodd Joyce y llythyr a dderbyniodd yn sdwnsh yn ei dwrn. Cododd ac aeth o olwg cefn y tŷ. Yn ei hystafell wely, gwthiodd y llythyr o'r golwg o dan un o'r gobenyddion. Câi rannu'r newyddion da gyda Mair rywbryd, meddyliodd ar eiliad wan. Ac eto, efallai mai cadw'r llawenydd yn gyfan gwbl iddi hi ei hun fyddai orau. Doedd ei hunplygrwydd hi byth yn hir cyn ailorseddu ei hunigrwydd cynhenid yn ei bron. Doedd fiw iddi rannu. Dyna oedd y drwg gyda'r busnes caredigrwydd 'ma. Dim ond gweithred ffôl o golli gafael oedd rhannu dim 'da neb. Ac roedd hi eisoes wedi colli gormod.

'Trueni fod Mair yn ffaelu dod 'da ni,' lleisiodd Rhys ei farn bryfoclyd o sedd flaen y car. Aethai'n amser cinio arno ef a'i fam a Seth yn cyrraedd adref. Edliw eu gorfoledd wnaeth Joyce pan glywodd y diweddaraf am gyflwr Wncwl Ron.

'Dim ond winco o'dd e wedi'r cwbwl!' fu gwaedd Seth i'w chyfeiriad ar draws y patio.

Erbyn iddo ef a Rhys a hithau ddechrau ar y daith i gael gwared ar gynnyrch eu bwrgleriaeth roedd hi'n ddechrau'r prynhawn. (Ar ôl paratoi cinio i'r ddau ddyn, cafodd y fam ei chladdu'n ôl ymysg ei dyletswyddau yn y tŷ.)

'Mae hi'n gwitho shifft nos trwy'r wthnos hon,' eglurodd Joyce. Gallai weld llygaid Seth yn dal eu gafael arni yn nrych y gyrrwr. 'A ta p'un, mae'n sâl. Wedi byta rhwbeth.'

'Hen dro!'

Dal i rythu arni wrth siarad wnâi llygaid Seth a gallai Joyce glywed un o chwerthiniadau dwl, diystyr Rhys, wrth i hwnnw suddo'n fwy di-siâp nag arfer i foethusrwydd y sedd nesaf ato.

'Newydd siarad â hi o'n i bore 'ma pan ddest ti i weud wrtha i am Ron. Dim ond cyrradd 'nôl i'w thŷ mewn pryd 'na'th hi, yn ôl y sôn . . . Cyn whw'du dros y lle.'

'Mynd i'w gwely o'dd ore iddi, gwlei,' barnodd Rhys.

'Merch gall. Y Mair 'ma s'da ti,' ategodd Seth. 'Merch ffein yr olwg . . . sach nad yw hi'n gallu diodde ffylied.'

''Na pam mae hi'n joio'i gwaith shwt gyment. Ma' pob jael yn llawn ffylied medde hi.'

'Dim ond ffylied sy'n ca'l 'u dal,' cyfrannodd Rhys yn ddoeth.

'Fel 'na ma' Mair yn 'i gweld hi'n gwmws...'

'Os nag yw hi'n gallu godde ffylied, pam ddiawl mae'n gwitho 'da nhw?'

'Y carchariorion all hi mo'u ddiodde, Rhys. Nage'r job.'

'Tipyn o fenyw, weden i,' ebe Seth. 'Bronne mowr 'da hi. Wy wedi sylwi.'

'Wyt ti?' anesmwythodd Joyce.

'Wy'n deall nad yw cyrff pobol yn bwysig iti. Na'u hysbryd nhw chwaith, o ran 'ny,' aeth Seth yn ei flaen. 'Prin dy fod ti'n gweld y gwahanieth rhwng y ddau yn dy waith di, sbo. Dim ond anghyfleustra yw dim byd sy'n neud pobol yn wahanol.'

'Neud pobol yn wahanol?'

'Y gwahaniaethe rhwng y rhywie, er enghraifft. Paid â geud wrtha i nad yw'r rheini'n ddim byd ond maen tramgwydd iti.'

'Anghyfleustra?'

'Wel! Baich yw bod yn fenyw iti. Nawr, gwed y gwir, Joyce! Wy'n iawn, on'd odw i? Dim ond baich yw'r busnes 'ma o fod yn fenyw. Baich y mae'n rhaid iti 'i chario amboithdi 'da ti bob dydd, ar ben y cyfrifoldeb sylfaenol o fod yn fod dynol.'

'Be ddiawl sy'n dy gorddi di nawr?'

'Nagw i'n awgrymu dy fod ti am fod yn ddyn, cofia! Paid â 'nghamddeall i. Nagw i'n awgrymu 'ny am foment. Ond nag wyt ti'n gweld nad yw popeth arall yn ddim byd ond trimins diangen yn dy olwg di.'

174

'Wyt ti'n meddwl alle hi neud heb y trimins, Seth?' holodd Rhys. 'Heb y bronne 'na? Heb 'i ffwrch? . . .'

''Na ddigon,' gwylltiodd Joyce. 'Ti'n mynd yn rhy bell nawr.'

'Pan fydd hi'n fater o fynd yn rhy bell, nage fi fydd yr un yn mynd ar hyd yr hewl arbennig honno. Nagefe, Seth?'

'Ma'r hewl yn hir a throellog. Ti'n iawn fan'na, Rhys.'

'Ac mae'n bwysig gwbod i lle ti'n mynd, on'd yw hi?' chwarddodd Rhys ymhellach, fel plentyn bach yn ysu am gael datgelu cyfrinach.

Tewi wnaeth Joyce, wedi hen ddanto ar gleme'r ddau.

'Nage pawb sy'n gwbod i lle maen nhw'n mynd mewn bywyd, ife?' mynnodd Rhys ei thormentio ymhellach. 'Ma' diawl o sypreis yn dishgwl ambell un, reit rownd y gornel nesa. 'Na fyddi di'n arfer 'i ddweud, yntefe, Seth?'

'Mi fydda i'n gweud 'ny weithie,' cadarnhaodd hwnnw'n ddifrifol. 'Ond ddim yn amal.'

'Odyn ni ar y ffordd i rywle i neud rhyw ddrwg i fi?'

'Pa ddrwg alle ddod iti, Joyce?' holodd Seth yn ddwys. 'Yma i dy amddiffyn di ma' Rhys a finne. R'yn ni ishws wedi lladd. Un wefr yn llai i'w chwennych.'

Er na fedrai Joyce yn ei byw weld rheswm na rhesymeg dros ei lladd, anesmwythodd er ei gwaethaf. Roedd anwadalwch y ddau wedi troi'n beryglus ers peth amser. Ac roedd min ar oerni'r geiriau. Cymerodd gysur o feddwl am Mair. Gyda honno'n rhan o'r frywes, o leiaf doedd dim perygl i'r ddau gadw'u traed yn rhydd petai rhywbeth yn digwydd iddi hi.

'W!' ebychodd Seth yn wamal. ''Na hen feddwl ych-a-fi sy 'da ti, Joyce.'

'Ti wedi gweld gormod o ffilmie . . .'

'Wel! Wy yng nghefen y car. Ma' dou ddihiryn mowr fel chi'ch dou yn y ffrynt . . .'

'Pan o'dd rhywun yn peswch ar ddechre ffilm, slawer dydd, o'n nhw'n siŵr o farw o TB cyn y diwedd,' ebe Rhys.

'Ond nag'yn ni'n byw mewn ffilm,' mynnodd Joyce. 'Sneb yn peswch. Sneb yn marw o TB.'

'A ta beth, ma' gormod o eirie amboithdi'r lle,' tystiodd Seth yn ddoeth. ''Na beth sy wedi dy ddrysu di, yntefe? Geirie. Rhai coeth. Rhai hir. Rhai mowr ar lafar. Rhai du a gwyn mewn print.'

'Dim ond jocan o'n i . . . amboithdi chi'n neud lo's ifi.'

'R'yn ni i gyd yn dal yn ffrindie, 'te . . . on'd 'yn ni, Seth?' gofynnodd Rhys.

'Walle wir! Ond sdim byd yn aros yr un peth am byth. Yn un peth, nag'yn ni'n mynd i'r Cotswolds heddi wedi'r cwbwl. Wy wedi penderfynu y bydde hynny'n rhy hawdd o lawer.'

'Wy'n gweld! 'Na'r sypreis sydd rownd y gornel, ife? Odw i'n ca'l gwbod beth yw dy blans newydd di?' Sgrialodd sinigiaeth Joyce trwy ei llais. Pwysodd ymlaen fymryn, rhwng ysgwyddau'r ddau ddyn, gan ddal i gadw ei llygaid ar lygaid Seth yn y drych, er mwyn dangos iddo nad oedd arni ei ofn.

'Wy'n mynd i greu defode newydd . . .'

'Defode, myn uffarn i!'

'Rhai ag arwyddocâd iddyn nhw.'

'Wel! Cer mla'n!' pryfociodd Joyce ymhellach.

'Angladd s'da ni heddi ar dy gyfer di. Angladd dy drachwant di. Angladd dy afel di dros Rhys a finne. Ar ôl heddi, mi fyddwn ni'n rhydd. Ac fe fyddi di . . .'

'Ie!' arthiodd Joyce ar ôl oedi byr. 'Beth fydda i?'

'Menyw newydd!' chwarddodd Rhys.

'Beth?' mynnodd Joyce yn chwareus. 'Fel menyw newydd? Yn fenyw newydd? Moyn menyw newydd? P'un fydda i? Nagyw bod yn fenyw at 'y nant i, cofia!'

''R'yn ni ar yn ffordd i gladdu'r bocsys 'na,' mynnodd Seth.

'Eu claddu nhw?'

''Na'r angladd, ti'n gweld. Rhoi nhw'n ôl i'r pridd,' ategodd Rhys. (Neithiwr yn y gwely y cafodd ef wybod am y newid cynlluniau. Wrth ddilyn gorchmynion Seth, roedd wedi mynd â'r bocs oedd yn llawn o hen lestri cinio Wncwl David ac Anti Edith i Rose Villa, yn hytrach nag i gist y Rover.)

'Y cŵn Swydd Stafford. Y clyche *brass*. Y deuddeg ffigwr Wedgewood. Y gwydre crisial na welodd win o unrhyw werth ers bod yn dy feddiant di. Yr holl bethe cain 'na na fuodd e erio'd yn dy gro'n di i'w gwerthfawrogi go iawn . . . Rheina sy'n cadw stŵr yn y *boot* y funed 'ma am fod gormod o ddiogi arnat ti i'w dodi nhw'n iawn yn 'u bocsys . . . Ma' nhw'n mynd i ga'l 'u claddu. O'r golwg. Yn y ddaear. A wy'n gwbod am le bach delfrydol ar 'u cyfer nhw, rhwng fan hyn a Bannau Brycheiniog. Mewn fforest. Ym mherfeddion y coed. Sa i'n credu y daw neb byth o hyd iddyn nhw yn fan'ny.'

'A beth ddiawl ddigwyddodd i dy siop fach handi di yn Belfrey-beth-bynnag o'dd enw'r lle?'

'O! Ma' hi'n dal 'co. Ond fydde hynny ddim yn deg, nawr fydde fe? Nage'r siop sydd ar fai nag yw hi'n mynd i ga'l gwerthu dy stwff di. Arnat ti dy hun ma'r bai am 'ny.'

'Am taw pwdren wyt ti,' haerodd Rhys yn haerllug, gan fwynhau ymuno yn yr hwyl.

'Mowredd dad! Wy wedi clywed popeth nawr. Ti'n

honni 'mod i'n bwdren. Ti'n un pert i siarad! Wy wedi gwitho'n galed trwy'n o's. Ma' cymwystere 'da fi . . .'

'Rhai sydd wedi'u bwriadu er budd y byw, Joyce,' torrodd Seth ar ei thraws. 'Ond ti wedi treulio o's yn 'u bradu nhw ar yr hanner marw.'

'Ma' 'da rheini hefyd 'u hawlie . . .'

'Wy'n ame 'ny'n hunan. Ond o styried nago's neb erio'd wedi gwella ar ôl bod dan dy ofal di, nagw i'n dishgwl iti ddeall. Pa siort o nyrs wyt ti, ta p'un?'

'Wy wedi neud i amal un sylweddoli taw angau yw'r opsiwn gore s'da nhw!'

'Shwt? Trwy roi minlliw ar wefuse'r bedd?'

'Stopa'r car 'ma nawr! Datglo'r drws 'ma!'

'Na. Ddim 'to. Ond nagyn ni'n bell. Nagwyt ti'n gweld nag yw e'n deg iti ga'l gwerthu'r trugaredde 'ma? Rhys a fi fuodd mas yn peryglu'n heinioes. Pam ddylet ti neud arian ar draul adrenalin pobol er'ill?'

'Wy angen yr arian 'na.'

'Ma' popeth sydd 'i angen arnat ti, 'da ti. Wy wedi 'neud yn siŵr o 'ny. Na! Ffrwyth dy ffwlbri di sydd yn y bocsys 'na, nage gwir anghenion. Geith y cyfan fynd i'r un lle ag Olwen a Raymond . . . A phawb arall fu farw ar hyd y ffordd. I'r ddaear. Yn ddielw,' mynnodd Seth.

Disgynnodd distawrwydd anesmwyth dros y car. A dechreuodd hwnnw ddringo'n ara deg o gyrion tai a phriffyrdd a phethau felly i diroedd tywyll coedwigoedd bytholwyrdd yr unigeddau.

Suddodd dwylo Joyce yn ddwfn i bocedi'i hanorac. A phesychodd yn ddifeddwl.

Syllodd Joyce yn hurt ar y ddwy raw yn y gist, cyn i Seth eu hestyn ati.

'Fe gariwn ni'r bocsys. Gei di gario'r rhain.'

Defodau. Trefn. Deallodd Joyce fod llwch oferedd i'w daenu'n amdo am ei thrugareddau. I danlinellu arwyddocâd aberthol y claddu hwn. (Fel gyda phob aberth, roedd e'n wastraff, wrth gwrs. Fyddai neb ddim elwach. Neb ddim callach.)

Safai'r car ar lwybr serth, didarmac, ynghanol pydredd diarffordd y coed. Roedd yn gas gan Joyce ei adael, ond straffaglodd i ddilyn y ddau ddyn trwy ddüwch y fforest, yn unol â gorchmynion Seth. Ei sgidiau'n gwbl anaddas i'r tirwedd tamp dan draed. A'r rhofiau'n drwm yn ei chôl.

Meddyliodd am ladd y ddau. Iddi hi y rhoddwyd y rhofiau, wedi'r cwbl. Fe allai fod yn hawdd a hithau'n cerdded y tu cefn iddyn nhw. Ond pwyllodd. Roedd 'na ddau ohonyn nhw, ac ar ôl cerdded cyn lleied â chanllath roedd ei breichiau hi'n llesg gan bwysau'r faich a gariai. Doedd fiw iddi roi ei bryd ar wireddu'r ffantasi fach honno. Ddim heddiw, ta beth!

Wedi cyrraedd safle'r gladdedigaeth, safodd yno'n ddilornus tra palodd y ddau eu twll.

Yn araf, wrth i chwys ymdrechgar y cerdded oeri ar ei chroen, caeodd naws digroeso'r lle amdani. Fel nychdod maleisus. Doedd dim haul yn treiddio yno, dyna'r drwg. Ac roedd y cerpyn o got a wisgai yn gwbl annigonol ar gyfer y fath fangre. Doedd yno ddim ond gwynt pin, synau anifeiliaid anweledig yn cuddio yn y gwyll parhaus a dau ddyn yn torri twll o'i blaen. Gorffwylledd noeth. Y gwastraff.

Toc, gwelodd gladdu'r trysorau bach dibwys yr oedd hi wedi eu chwennych mor hir dan dyweirch defodol Seth. Y twll wedi ei dorri. A'r twll angen ei gau drachefn.

Ceisiodd alaru. Gwyddai'n reddfol y dylai. Ond methodd yn druenus. A gwyddai na ddôi hi byth o hyd i'r llecyn hwn eto, hyd yn oed pe dymunai ddod yn ôl yno. Roedd hi'n oer. Roedd hi'n oer. Roedd hi'n oer. A dyna ddiwedd arni.

Paned o de. Dyna a ddyheuai amdani fwyaf wrth weld y pridd yn cael ei ailorseddu dros y fan. Y dicter a deimlai'n gynharach wedi hen droi'n ddirmyg. A'r dirmyg yntau wedi dechrau troi'n ddim.

Pan ddaeth hi'n amser i'r tri ohonynt weithio llwybr lletchwith rhwng y rhesi coed, gallai Joyce weld ôl y lludded ar Seth a Rhys. Eu hanadlau'n dew a'u crysau'n drwm gan chwys. Mater hawdd oedd breuddwydio am eu lladd, meddyliodd, wrth i'r rhofiau bwyso'n drymach nag erioed ar ei brest. Byddai'n braf. Yn garedigrwydd hyd yn oed. Ond gwyddai nad oedd ganddi'r gỳts i roi taw ar yr anadlu hwn. Y chwysu chwithig hwn.

Yn strach y dringo'n ôl at y car, doedd hi ddim yn sylweddoli fod hyn yn ddiwedd pennod. Ond gwyddai nad dyma ddiwedd y stori.

Nid cariad yrrodd Joyce draw i'w rybuddio. Fe wyddai Rhys hynny cystal â hithau.

'Dyw hi ddim yn rhy hwyr iti ddiengid o'ma. A mynd â dy fam 'da ti, os 'na beth 'ti moyn.'

'Sa i moyn mynd o'ma. Wy'n lico Langland. Ma' pawb fan hyn yn drewi o arian. Neu'n dw-lal. Neu'r ddou.'

'Nage sôn am Langland odw i. Y tŷ 'ma s'da fi mewn golwg. Shgwl ar y lle mewn difri calon.' Martsiodd Joyce o'r gegin i'r cyntedd i wneud ei phwynt.

Gobeithiai dynnu Rhys i'w chanlyn, ond rhyw sefyll yn llechwraidd yn y drws wnaeth hwnnw. 'Wy'n cofio'r tŷ 'ma fel palas bach. Dy wncwl lan llofft yn loetran a heddwch yn llenwi'r lle. Twlc swnllyd yw e bellach.'

'Paid ti galw'r tŷ 'ma'n dwlc. Ma' Mami'n gwitho'n galed . . .'

'W! Nage gweud nago's neb yn cadw tŷ 'ma odw i. Ond edrych mewn difri ar y celfi cinog a dime 'ma. A'r stecs sydd ym mhob man. Y riff-raff 'na 'ych chi'n galw'n ffrindie sy'n gyfrifol am hyn. Rownd ffordd hyn bob awr o'r nos, yn smoco ac yfed.'

'Cer o'ma os yw'r lle'n codi cymint o bwys arnat ti!'

'Fe welith e dy ddiwedd di. Ti'n gwbod 'ny, on'd wyt ti?'

'Paid â lladd ar Seth y tu ôl i'w gefen.'

'O! Ti'n gwbod am bwy wy'n sôn, 'te?'

''Na ddigon!'

'Y ffiasgo 'na pa ddiwrnod, er enghraifft! Paid â gweud wrtha i bo ti'n meddwl fod 'na'n normal. Fe allen ni fod wedi neud elw bach net ar gorn y stwff 'na . . . a chymryd fod raid inni ga'l gwared arnyn nhw o gwbwl. Rhannu'r arian ddwy ffordd. 'Na fydden i wedi'i neud. Ti a fi. Partneried! 'Na beth o'n ni. Yr holl ddanjer est ti trwyddo. Yr holl gynllunio gofalus wnes inne. Ond chest ti, mwy na finne, ddim cyfle i fwynhau dime o'r elw gan Macnabs. Palu drwy'r prynhawn a chladdu'r cyfan o'r golwg yn y diwedd. Nawr, gwed wrtha i fod 'na'n ddiwedd call i'n menter ni!'

''Na beth o'dd Seth moyn, *so* . . .'

'Mae e'n mynd sha lawr, cred ti fi! Gwaethygu'n ffast. Wy'n gwbod rhwbeth am y pethe 'ma, t'weld!'

'Ma' lot ar 'i feddwl e . . .'

'. . . Lot yn bod ar 'i feddwl e, fydde'n nes at y gwir.'

'Nagw't ti wedi'n lico i eri'od. A nawr, ti'n cymryd yn erbyn Seth, 'ed. Jest am nad yw e'n fodlon mynd i'r gwely 'da ti ddim mwy. Menyw ddrwg wyt ti, Joyce Rogers. O'dd Mami'n iawn amdanat ti.'

'Hy! Dy fam, druan! Wy wedi trial ca'l honna i weld sens, ond ma' gormod o ofan arni . . .'

'Be ti'n feddwl, "trial ca'l honna i weld sens"? Wyt ti wedi bod yn dod rownd fan hyn y funed ma' 'nghefen i a Seth wedi troi?'

'Ches i fawr o groeso, paid â phoeni. O leia rwyt ti wedi 'ngadel i mewn. Rhoi bollt ar ddrws y cefen a rhedeg bant o'r golwg fydd dy fam. Llygoden os weles i un erio'd.'

'Ofan sydd arni, yntefe?'

'Yn gwmws! R'yn ni'n gytûn ar 'ny, ta beth. Byw mewn ofn 'yn ni i gyd.'

'Os o's gymint o ofan arnat ti, pam na ei di, fel wedes i?'

'Ie, walle af i, 'ed,' meddai Joyce yn fawreddog. 'Nago's dim all neb 'i neud amboithdi beth ddigwyddws flynydde'n ôl yn Singleton. Ddim yn ôl y CPS. Mae llythyr 'da fi yn y tŷ yn gweud na fyddan nhw'n cymryd *further action*. 'Sen i'n whare 'nghardie yn iawn a symud bant, walle gelen i waith 'to. Ma' arian 'da fi wrth gefen. A ma' Mair yn ennill yn net. Wy'n meddwl dechre 'to. Yn rhywle arall.'

'Wyt ti'n meddwl mewn difri calon y bydde Seth yn caniatáu diweddglo hapus i ti? Gadel i ti gerdded sha'r gorwel . . . law yn llaw 'da Mair o bawb?'

'Be 'ti'n feddwl?' Gallai Joyce weld o wep y dyn ei fod e'n meddwl iddo ddweud gormod. Roedd e'n rhuthro'n nes at ddrws y ffrynt a chladdu'i ddwylo bach blewog yng ngwallt ei war.

182

Er gwybod na ddylai ddweud dim mwy, doedd gan Rhys mo'r gallu i'w atal ei hun nawr ei fod wedi agor ei geg.

'Nagw't ti'n credu taw ar siawns dda'th Mair i dy fywyd di, gobitho?' gofynnodd.

'Mair?'

'Ie. Mair. Nage damwen dda'th â hi at dy ddrws di. Na'r un nam ar injan 'i char hi. Mae Seth yn 'i nabod hi'n iawn. Perthyn i'w gilydd ryw ffordd, os wy'n cofio'n iawn.'

'Paid dechre'u rhaffu nhw!'

'*Fact* iti! *Fix* o'dd y cyfan. Cyfeilles ar *autopilot* s'da ti. Seth yn whare 'da dy emosiyne di unwaith eto. Moyn rhoi cnawd benywaidd iti o'dd e. Rhywun pert iti ga'l whare 'da hi. Gwbod y bydde hynny'n siŵr o apelio at un o dy fanne gwan di . . .'

Estynnodd Joyce fonclust i'w gyfeiriad. Methodd. Pwyllodd.

'Wy wedi'u clywed nhw'n siarad ar y ffôn,' aeth Rhys yn ei flaen gyda hyder newydd. 'A nage siwrne neu ddwy. Ond yn amal. Yn rhywle 'da'i gilydd flynydde'n ôl. Rhyw *home*. Rhyw bicil neu gilydd. Ti'n gwbod shwt g'amstar yw hi ar whare pŵl? Wel! Pam wyt ti'n meddwl geson ni'r bwrdd snwcer 'na wedi'i roi yn y *dining room*?'

'Wy moyn clywed mwy.'

'Wy'n gallu gweld nawr fod ofan arnat ti,' crechwenodd Rhys. 'Ond sdim ishe iti fecso. Ti'n mynd i ga'l 'i chadw hi, os ti moyn. Os geith hi fabi iach inni, mi fydd diddordeb Seth ynddi ar ben wedyn. Mae e'n mynd i'w phriodi hi, wy'n credu. Nawr, 'na'th e erio'd gynnig 'na i ti, do fe? Ond gan 'i bod hi'n feichiog nawr a phopeth yn edrych yn ocê, wy'n credu 'i fod e am wneud mor siŵr o'i hawlie ag y gall e. O! Wy'n gallu gweld na wyddet ti ddim am y babi. Heb sylwi ar 'i bronne hi'n whyddo . . .'

'Am be ddiawl wyt ti'n sôn?'

'Babi, Joyce. Siawns nad yw hyd yn o'd nyrs mor ddi-glem â ti'n gwbod o lle ma' babis yn dod! Ond sdim ishe iti fecso. 'Da ni fydd y babi'n byw, wrth gwrs. Fan hyn yn Rose Villa. Geith hithe, fel yr hwch fagu shwt ag yw hi, fynd i fyw yn y twlc 'na s'da ti ar waelod yr ardd.'

'Celwydd no'th!'

'Na, sa i'n credu! Y cynllwyn perffeth yn troi'n wirionedd. 'Na beth yw e. Pawb yn ca'l beth ma' fe moyn. Pawb yn hapus. 'Na'i nod e, ti'n gweld. Seth. Gofalu fod pawb yn hapus.'

Wrth iddo siarad, syllai Rhys allan ar yr anialwch oedd yn datblygu ym mlaen y tŷ. Clywodd y drysau'n cau yn glep ar ôl Joyce. A gwenodd.

Diflannodd Joyce am bythefnos wedi hynny. Chlywodd neb 'run gair oddi wrthi. Ac yna, un bore, roedd hi'n ôl.

Ymddygiad od, peryglus, nododd Seth.

Doedd hwnnw ddim yn hapus gyda'r modd difeddwl y datgelodd Rhys ei gynlluniau iddi. Ac eto, doedd e ddim wedi bod yn rhy llawdrwm arno chwaith. Roedd yn rhaid i Joyce gael clywed lle y safai yn nhrefn pethau rywbryd, tybiodd. Mater bach oedd dysgu byw gyda'i hanniddigrwydd hi.

Yn gyson ac yn sicr roedd bwriadau Seth yn cael eu datgelu i fyd anfodlon.

'Mae Mair, o leiaf, wrth 'i bodd,' barnodd yn ystod dyddiau diflaniad Joyce. 'Dim rhagor o gysgu 'da'r brych oer.'

Nid fod Mair wedi dod i gysgu ato fe, ychwaith, yn absenoldeb Joyce. Ond dros yr wythnosau a ddilynodd, daeth i'r arfer o alw'n rheolaidd arnynt yn Rose Villa. I rannu'r bwyd a'r hamdden di-ben-draw.

Ymgyfarwyddodd Rhys â phresenoldeb y ddarpar fam yn syndod o sydyn. Doedd dim amheuaeth yn ei feddwl nad oedd unrhyw gydorwedd a fu rhyngddi hi a Seth drosodd. Er ei gweld hi'n fflyrtio gyda'i gariad, doedd e'n teimlo dim eiddigedd tuag ati. Onid oedd Seth yno bob nos i sibrwd yn ei glust? I'w atgoffa taw dim ond brwdfrydedd dros ddyfodiad y bychan a wnâi iddi hiraethu am gynhesrwydd yr un a'i llanwodd mor llwyddiannus? Atgofion oedd ar waith, dyna i gyd. Nid nwyd.

Pethau felly oedd merched, yn ôl Seth. Ar drugaredd mympwy, byth a beunydd. Eu gallu cynhenid i anghofio poen esgor yn cymylu eu hatgof o ryw. Yn drysu eu gallu i resymoli dynion. Dyna pam fod cymaint o fenywod lled ddeallus yn dal i ddwlu ar ddynion oedd yn eu curo'n biws. Ar ôl i'r baban gael ei eni, fe ofalai ef nad oedd Mair yn diodde o'r fath ddryswch. Bryd hynny, byddai'n gwneud yn siŵr ei bod hi'n gwybod sut i'w gasáu gyda'r un trylwyredd ag yr oedd hi nawr yn ei garu.

Sigwyd Rhys fymryn gan hoffter Mair o chwerthin. Ai ei hormonau rhemp oedd i gyfrif am y rhialtwch hwnnw hefyd? Doedd e ddim yn siŵr. Ond gwyddai nad oedd Seth fel arfer yn closio at arwyddion amlwg o lawenydd, ac ar wahân i'w segurdod ei hun roedd yn gas ganddo oferedd. Rhaid taw'r ffaith fod ei chwerthiniad yn fras a'i hiwmor yn amrwd wnâi Mair yn dderbyniol ganddo, tybiodd Rhys. Hynny a'r ffaith ei bod hi, mewn amgylchiadau arferol, yn hoff o beint a smôc.

Derbyniwyd Joyce yn ôl yn ddigwestiwn. Sylwyd ar

olau yng nghegin Stables Cottage un bore. A dyna fu! Thrafferthodd neb ofyn iddi lle oedd hi wedi bod.

'Unwaith wy'n llwyddo i ga'l gafel ar rywbeth wy'n meddwl 'mod i'n wirioneddol moyn, mae e'n dod â'i gymryd e bant oddi wrtha i,' grwgnachodd wrth Rhys un diwrnod, pan oedd hwnnw wedi mentro draw i'w gweld. ''Y mhethe bach pert i. *Sex.* Tŷ Anti Beti. 'Yn jobyn i. Mair. Mae e wedi dwgyd pob un.'

'Ond fe o'dd wedi rhoi'r pethe 'na iti yn y lle cynta,' eglurodd yntau iddi heb ronyn o gydymdeimlad. 'Nagwyt ti'n gallu gweld 'ny? 'I hawl e yw rhoi a chymryd bant. Rhaid inni jest derbyn 'ny. A wy'n gwbod nad yw e'n hawdd bob amser . . .'

Paentio un o'r ystafelloedd gwely segur oedd ei waith e ar y pryd. Dyna oedd ei gyfraniad e i fod at yr ymdrech groeso a oedd ar y gweill ar gyfer y babi.

Babi. Babi. Babi. Y babi oedd popeth. Âi'r gofal i gyd ar Mair, am ei bod hi'n cario. Âi'r arian i gyd i Mothercare, am eu bod nhw'n foliog gan fwythau.

Ni allai Rhys yn ei fyw ddangos llawer o frwdfrydedd. Mae'n wir ei fod yn rhag-weld y gallai fod peth swyn yn y statws o fod yn dad. Ond ei fam fyddai'n gorfod trochi'i dwylo.

'Petai hi'n gallu gwnïo neu wau, fe fydde dy fam, fel unrhyw ddarpar fam-gu normal, at 'i cheseilie mewn gwlân erbyn hyn,' oedd condemniad Seth ohoni wrth drefnu pawb ar gyfer y digwyddiad mawr. Doedd e ddim mewn gwirionedd wedi synnu pan ddeallodd nad oedd doniau'r fenyw'n ymestyn at y sgiliau hynny. Yn y misoedd disgwylgar rheini, mynnodd fwyfwy ei bod hi'n cadw o'i ffordd, trwy ei gorfodi i guddio ymhellach o dan fwgwd arferol ei dagrau a'i diniweidrwydd dwl. Dim ond pan oedd angen ei llofnod ar siec neu ddogfen y câi hi ddod yn ôl i'w choed.

O leiaf roedd hi dan reolaeth lwyr ganddo, cysurai Seth ei hun. Yn wahanol i Joyce.

O'i fflat ei hun i'w thŷ teras bach deche i'w llofft stabl bresennol, roedd Joyce wedi cymryd taith draddodiadol y werin wledig i swbwrbia sha'n ôl, fel petai. Ond go brin fod ganddi'r dychymyg i ddeall hynny trosti'i hun wrth ddeffro'n araf o'i napyn ganol prynhawn.

Doedd ganddi'r un cynllwyn yn cyniwair yn ei meddwl. Dyna'i gofid mawr. Doedd dim arlliw o ddial ar droed.

Ei gallu cynhenid i greu rhyw hen gastiau bach creulon ar draul ei chyd-ddyn fu ei hunig adloniant cyson trwy gydol ei hoes. Os oedd y ffynhonnell honno o ddifyrrwch yn dechrau troi'n hesb arni, doedd dim amdani ond cronni'r casineb ynddi hi ei hun. Ac aros i weld a fyddai byth yn ffrwydro ar ei liwt ei hun.

Gwyntodd y cynfasau gwyn o liain Gwyddelig y gorweddai rhyngddynt. Roedd angen eu golchi. Ei ffroenau'n fwy na chyfarwydd â'i chwys ei hun. A'r cyfan yn gysur ac yn wrthun ganddi'r un pryd.

Cododd yn drwsgl a llusgo i'r tŷ bach. Y crochan creulon yn ei phen yn dal i dasgu ambell wreichionyn trwy ei dychymyg cyfyngedig.

Cofiai fod yn rhaid iddi wynebu Mair eto heno. Un arall o 'wahoddiadau' deddfol Seth. Rhaid oedd iddi fod yn dyst i ddinistr y desglau cinio, yn ôl y sôn. Ei chwalfa ola, chwedl yntau. Roedd hi wedi mwy na blino ar ei ymweliadau ymerodrol. Tua bob yn eilddydd, byddai'n croesi'r concrid yna blannodd

Wncwl Ron yn yr ardd fel rhaglaw'n dod i un o'i drefedigaethau. Yn llawn gormes a gorchymyn.

Roedd hi eisoes wedi gweld Mair, wrth gwrs, ers dod i dderbyn fod y cyfan yn wir. Am y babi oedd i ddod i Rose Villa. Am Seth a hithau. Am y ffordd y syrthiodd hi mor rhwydd i'r fagl a osodwyd ar ei chyfer.

Tamed bach o sbort oedd y cyfan, yn ôl Mair. I'w gwneud hi'n hapus. I wneud y pump ohonyn nhw'n hapus. Hyhi ei hun a Joyce. Seth a Rhys. A'r babi. Roedd hi wedi giglo'n dalog, gan honni fod ei hawydd am deulu wedi bod yn drech na hi.

'Defnyddio neu ca'l dy ddefnyddio pia hi!' roedd hi wedi athronyddu mewn bwrlwm o chwerthin, gan rwbio ei bol. Aethai yn ei blaen i fostio am y ffordd yr oedd hi wedi gallu byseddu rhyw groten ifanc oedd newydd gyrraedd y carchar y diwrnod hwnnw, cyn taflu ei gwallt melyn yn ôl dros ei hysgwyddau fel petai'n symbol o'i phwysau.

Tynnodd Joyce grib drwy ei gwallt ei hun yn ddiarddeliad. Prin yr adnabu ei hun yn y drych bach. Byddai'n rhaid i rywbeth ddigwydd.

Wrth wahodd Mair a Joyce i swper, creu defod i deilchioni'r platiau oedd ym meddwl Seth. Ers diwrnod y claddu yn y coed, bu'r set anghyflawn honno'n llechu mewn bocs yn un o ystafelloedd sbâr y llofft. Roedd wedi eu hachub rhag ffawd gweddill yr ysbail am fis neu ddau, mae'n wir, ond dim ond am fod Seth wedi rhag-weld tranc mwy treisgar a therfynol ar eu cyfer.

Rhys gafodd y fraint o'u cario i lawr stâr. Ei fam drochodd ei dwylo'n eu golchi. Hi hefyd oedd yn gyfrifol am y bwyd.

Pan welodd Joyce yn dda i ymuno â hi yn y gegin, wrth y sinc yn ei menig rwber melyn oedd hi byth, gyda thaten fawr briddllyd yn un llaw a chrafwr hynafol yn y llall. Crynai.

'Cig moch, ŵy a tships!' ailadroddodd Joyce mewn anghrediniaeth pan glywodd beth oedd ar y fwydlen. 'Ife 'na i gyd yw hyd a lled y wledd 'ma i fod?'

'Bwyd plaen fydd y bois yn 'i lico fel arfer.'

'Ordors Macnabs yw hyn, sbo?' Pwysodd Joyce dros ysgwydd y gogyddes i weld pa siâp oedd ar bethau. 'Dim pwdin gwa'd? Dim shrwmps?'

'Bwyd plaen, fel wedes i! Fe fydda i'n dechre ar yr wye nawr whap . . .' Crynai hyd yn oed ei llais. 'Wy'n cofio, slawer dydd, taw ŵy bach wedi'i ferwi o'dd ffefryn Rhys. O'n i'n arfer rhoi Marmite ar 'i filwyr e. O'dd e'n mynnu. Ar ben trwch o fenyn . . .' Gallai gofio fel y byddai'r crwt yn troelli'r darnau tost yn y melynwy, nes gorfodi hwnnw i lafoerio'n afradlon i lawr y plisgyn . . . Yna cofiodd taw gwell oedd peidio cofio. Dim ond byw i wneud pob tasg orau y gallai oedd angen iddi. Poen oedd popeth arall.

''Na dlawd mae hi arnon ni! Bwyd gwerinol. A hwnnw'n saim i gyd.'

Byseddodd Joyce y pwys a mwy o facwn a orweddai'n chwyslyd ar y bwrdd bara. Gallai weld y badell ffrio a'r sosban dships yn ymyl.

'All arian Ron ddim para am byth, whare teg! Ma' Seth yn llygad 'i le.'

'Chi wedi llyncu'r propaganda i gyd, wy'n gweld.'

'Wy'n gwbod fel ma' hi ore arna i.'

'Hy! Alle fe, Seth, weud yn gwmws yn yr un peth â chi. Ma'r arian 'na'n para'n ddigon hir iddo fe ga'l joio'i hunan, on'd yw e? Digon hir iddo fe brynu'r bwrdd snwcer drud 'na i honna? Digon hir iddo fe ga'l gyrru rownd y lle 'ma fel 'se fe berchen Penrhyn Gŵyr i gyd.'

'Yng ngheg y sach ma' cynilo.'

''Fydde dim angen diarhebion hen ffasiwn fel'na arnon ni tase'r crwt 'na s'da chi wedi cwpla'r jobyn ddechreuodd e'n ddeche. Nagw i'n credu am eiliad na alle Seth brynu bobo stecen dda yr un inni 'se fe moyn . . .'

'Cwestiynu'r fwydlen wyt ti, Joyce?'

Cymaint fu'r braw gododd ensyniad Joyce ar fam Rhys, roedd llais Seth wrth gerdded i mewn i'r gegin wedi bod yn ryddhad iddi, bron. Serch hynny, tasgodd y daten yn ôl i'r dŵr. Bu'n rhaid iddi bysgota amdani'n bryderus, achos doedd fiw iddi gael ei gweld yn llaesu dwylo.

'Ond cig moch, ŵy a tships, Seth! Ar y platie drud 'ma na ches i mo'u cadw! O'n i'n dishgwl gwell, 'na i gyd.'

'Wy wedi cadw'r arlwy'n gyffredin am taw cyffredin wyt ti,' mynnodd Seth. 'Bwyd da, serch 'ny, wy'n siŵr y cytuni di. Blase cyfarwydd, bob dydd. Bwydydd syml, llawn daioni.'

'A rhad!'

'Wel! Ma' 'ny'n ystyrieth, wrth gwrs.' Wrth siarad, troellai giw snwcer yr oedd wedi'i gario gydag ef i'r ystafell yn ei law, fel petai'n waywffon warchodol. 'Wedi'r cwbwl, nagyw arian yn tyfu ar go'd.'

''Na'n gwmws beth wedodd hon funed yn ôl.'

'Ie! Wel! Nago's ishe inni dalu gormod o sylw i ddamcaniaethe hon ar economeg bwyd. Na'r un agwedd arall ar gynhalieth. O's e, Mami? Yn y dyddie pellennig rheini pan o'dd Ron a hithe'n arglwyddiaethu

190

'ma, nago'dd cymaint ag afal neu gwsberen neu blwmsen yn ca'l tyfu ar goeden, heb sôn am arian. Mynd yn gwbwl gro's i natur! Lladd co'd!'

'Wedes i wrtho fe am gadw'r berllan 'na . . .' Hanner trodd mam Rhys oddi wrth y sinc wrth siarad, i wynebu'r ddau arall. Y daten yn ôl yn ei gafael. A'r cryndod yn ôl yn ei llais.

'Do fe? Wel! Rhaid na wedoch chi'n ddigon uchel,' gwaeddodd Seth arni.

Atseiniodd y waedd gyda'r fath ffyrnigrwydd roedd hi'n anochel y byddai'r daten anystywallt yn syrthio o naill law'r wraig a'r crafwr o'r llall. Ac roedd hi'n un mor anochel y byddai Seth yn ei gorfodi ar ei phengliniau i'r llawr ar eu hôl. 'Ma' sioe bob amser gymaint yn well 'da chynulleidfa,' aeth yn ei flaen.

Sefyll yno heb symud blewyn wnaeth Joyce. Ei hwyneb yn gwbl ddifynegiant.

'Newydd ga'l crasfa odw i, ti'n gweld. O'dd angen ifi godi ofan ar rywun er mwyn teimlo'n well.'

'Crasfa?' holodd Joyce.

'Snwcer. Mair a fi'n whare. A nagw i byth yn mynd i ga'l y gore ar y fenyw 'na s'da ti.'

'Nagyw hi 'da fi.'

'Nawr! Nawr! Sdim troi'n wherw i fod. Ti'n gwbod y sgôr.'

'Wel! Be ti'n ddishgwl? Fan hyn dda'th hi gynta, nid lawr i 'ngweld i. Nagyw hi byth yn dod i 'ngweld i gynta nawr.'

'O'dd hi'n gwbod y gwele hi ti heno, achos o'dd hi'n gwbod dy fod tithe'n dod draw i ga'l swper 'da ni heno. A ta beth, o'dd whant gêm fach arni cyn bwyd. Dod am hon 'na'th hi.' A thaflodd Seth y ciw yn osgeiddig o un llaw i'r llall wrth siarad.

191

'A ble mae hi nawr 'te?'

'Gorffwys. Y fuddugolieth wedi bod yn ormod iddi, mae'n ymddangos. Yr holl bwyso 'na dros y bwrdd wedi rhoi straen ar 'i bola hi.'

'Well ifi fynd ati . . .'

'Sdim galw am 'ny. Llonyddwch mae hi ishe. Mae'n gorwedd ar 'yn gwely ni. Gwely Rhys a finne. Tri gobennydd o dan 'i phen hi a'i dwylo hi wedi'u plethu 'da'i gilydd ar draws 'i chylla. Nawr gad dy ofid a dere trwodd i'r ffrynt.'

Doedd dim golau yno. Dim ond dwy gannwyll wen yn llosgi ar y silff-ben-tân.

'Fe dorrodd y bylb beth amser yn ôl a ma' gormod o ddiogi arnon ni i nôl yr ysgol o'r sièd,' cynigiodd Seth eglurhad.

'Dyw hi ddim yn hawdd arllwys sieri yn y tywyllwch.'

Newydd weld Rhys yn y gwyll oedd Joyce pan deimlodd wydryn gludiog yn cael ei ddodi yn ei llaw.

'Fydde fe ddim yn well ichi fod mas fan'co'n trial dal rhai o'r dihirod 'ma sydd â'u tra'd yn dal yn rhydd,' pryfociodd Rhys, 'yn hytrach na dod rownd fan hyn bob whip stitsh i fegera bwyd 'da ni?'

'Ma' 'da fi rhyw allu rhyfedd i'ch dala chi i gyd wrth y bwrdd.' Rhoddodd yr heddwas wên anghyffredin wrth siarad.

''Na'r unig le 'newch chi'n dala ni,' atebodd Rhys yn gyflym.

Erbyn i Vernon Hughes gyrraedd, rhyw ugain munud ynghynt, roedd y pryd fel y cyfryw wedi dod i ben. Cynigiai'r platiau gwag eu tystiolaeth eu hunain i'r gyfeddach a fu, ond gallai weld nad oedd cynnwys y poteli gwin a chwrw wedi'u disbyddu eto a barnodd fod bywyd ar ôl yn y parti hwn o hyd.

Ar orchymyn Seth, aeth mam Rhys yn ôl at y badell dships i baratoi bwyd ffres i'r ditectif.

'Rwy'n dal wrth fy ngwaith, wrth gwrs. Bob tro y gwelwch chi fi, rydw i wrth fy ngwaith.'

'Odych chi'n golygu gweud wrtha i ych bod chi ar drywydd dihirod y funed 'ma?' gwatwarodd Rhys.

'Y gwir yw fod 'na nifer fowr o drosedde difrifol yn dal heb 'u datrys yn ne Cymru,' ymyrrodd Seth. 'Poeni am hynny ma' Rhys. Llofruddiaethe hyd yn o'd, sy'n parhau'n ddirgelwch llwyr. Brawd a whâr yn Shir Benfro. Puten yng Nghaerdydd. Rhieni cariadus ym Mro Morgannwg. Y fenyw 'na o'dd newydd etifeddu ffermdy yn Shir Gâr. Rhestr ddiddiwedd wedwn i. A'r cyfan allwch chi'i neud yw joio tships mam Rhys.'

'Rhaid imi ddyblu fy ymdrechion, mae'n amlwg.' Llowciodd ei fforcen olaf o ŵy a chig moch ac ymdrechodd i roi tipyn o hwyl yn y dweud.

'Ymdrech! Pa ymdrech! 'Drychwch arnoch chi, mewn difri! Nag'ych chi wedi gwneud ymdrech o fath yn y byd,' aeth Seth yn ei flaen. 'Fe allech chi fod wedi gwisgo ffrog fach deidi. I wneud achlysur o'ch ymweliad. Ond na! Yr un hen siwt wrywaidd, ddiflas.'

'Ffrog!'

'Dim byd rhy *glamorous*, wrth gwrs. Digon o steil ond eto'n gartrefol yw'r ddelwedd 'yn ni'n whilo amdani yn Rose Villa. Rhywbeth i brofi ych bod chi o leia wedi gweud ymdrech. Yn bersonol, wy'n gallu'ch gweld chi mewn glas. *Two piece* fach deidi a blowsen leilac . . .'

'. . . A rhes o berle rownd y gwddwg,' ymunodd Rhys.

'O! Na! 'Sai'n credu. Y drwg 'da Rhys yw bo fe'n meddwl fod gan y Cwin steil! 'Na be sy'n dod o fyw'n rhy hir 'da dy fam, sbo! Ond beth yw dy farn di, Joyce? *Two piece?* Ffrog laes?'

'Unrhyw beth, cyn belled â'i fod e'n ddu.'

'Siwt gladdu!' ebe Seth, fel petai wedi gweld yr union beth ar gyfer Vernon Hughes yn wordrob ei ddychymyg. 'Claddu cyfiawnder, achos do's dim shwt beth i'w gael. Delweddol iawn.'

'Rwy'n credu taw cadw at fy ymarweddiad gwrywaidd wna i. Wedi'r cyfan, dyw Sister Rogers fan hyn heb wneud ymdrech o gwbwl. Fe fydde'i dillad hi yn edrych yn ddigon trwsiadus am ddyn neu fenyw.'

'Taclu er mwyn troedio tir neb fyddi di, yntefe, Joyce?'

Wrth siarad, roedd Seth wedi talu sylw gofalus i Joyce. Mor wahanol i Mair yr edrychai! Tra bo honno mewn dyngarîs melyn llachar, roedd Joyce yn ei hen *leggins* a siwmper gyfarwydd. Llwyd oedd hi. Llwyd ac amwys. Yn unlliw, un-rhyw annelwig. Roedd yr hen Vernon yn llygad ei le.

'Wy'n gysurus net. 'Na be sy'n bwysig.'

'Wrth gwrs dy fod ti,' ebe Seth heb arlliw o broffwydoliaeth. 'Ti'n barod i gymysgu 'da'r angylion. Fe ddylet ti fod yn gysurus.'

'A pham na cha' i lonydd, fel Sister Rogers?' holodd y ditectif. 'Yn ddiflas a disylw!'

'O! Plîs! Dim mwy o'r "Sister Rogers" 'ma. Crap fuodd e erio'd. Ond nagyw hi hyd yn o'd yn nyrso nawr. Ma' unrhyw hawl fuodd 'da hi i'r teitl wedi diflannu ers mishodd. Dim ond Joyce wyt ti nawr. Wy'n iawn, on'd odw i, Joyce? Itha reit, 'ed. Mae un enw'n llawn digon i'r sawl sydd ar y ffin. Un enw fydd gan gi bob amser. Chi'n gwbod pam, wrth gwrs? I'w gwneud hi'n haws i'w fugail weiddi ar 'i ôl.'

Ail-lanwyd gwydrau pawb. A rhoddwyd tâp arall i chwarae yn y peiriant.

Fel angylion gwylaidd ar gardiau Nadolig, roedd y ddwy gannwyll wedi gwargamu gymaint nes bod perygl iddynt fynd â'u pennau iddynt.

Ond mynnu aros yno, yn lolfa ffrynt y tŷ, wnaeth pawb. Yn difyrru eu hunain trwy adrodd storïau amheus a dawnsio. Llifai'r ddiod. Rhaffwyd y celwyddau. Llosgwyd sawl twll yn nefnyddiau'r dodrefn gan sigarennau Seth. Mynnodd Mair ddawnsio. Gydag ef. Gyda Rhys. A hyd yn oed gyda Vernon Hughes. Pawb ond Joyce, yn wir. Un hoff o arteithio oedd hithau hefyd.

Pan ddechreuodd Mair gwyno fod gwynegon yn ei chefn, synnodd neb. Wnaeth neb hyd yn oed boeni rhyw lawer. Pawb wedi meddwi gormod i falio. Cusanau dwl a sbloet o Nos Da.

Diflannodd cannwyll gryfa'r cwmni pan giliodd hi i'r llofft i gysgu.

Golchi llestri oedd gofid mawr y fam cyn clwydo. Deffrôdd yn niwl yr annirnad, yn ofni'r tywyllwch. Yna cofiodd ei hamgylchiadau a baglodd i'r gegin, gan feddwl fod gorchwyl yn ei haros.

Ond yn sydyn cofiodd Seth am brif ddefod y noson a rhuthrodd heibio iddi'n egnïol, er mwyn achub y blaen arni. Nid ei harbed hi oedd ei ddiléit, ond cael bod y cyntaf i dorri plât. Cydiodd yn gyntaf yn un o'r rhai nad oedd wedi eu defnyddio'r noson honno, gan ei daflu ar y llawr, i ddechrau'r ddefod. Craciodd heb dorri. Bu'n rhaid damsangu arno. I'w deilchioni'n iawn.

Lluchiodd y nesaf fel ffrisbi. Anelodd at wal a llithrodd y darnau i lawr i'r sinc.

Bonllefodd Rhys ac ymunodd yn yr hwyl trwy gymryd plât yr un yn ei ddwy law.

Giglo mewn gwaradwydd wnaeth ei fam, cyn codi digon o blwc i gydio mewn plât a'i daflu. Cymeradwyai Seth ei hymdrech hi yn arbennig, am ei bod yn cael ei chyflawni mewn gwir ysbryd o ddefod. Fel plentyn yn cynorthwyo wrth allor, roedd hi'n ddiniwed ac yn llwyr anymwybodol o wir arwyddocâd y weithred. Cydiai ym mhob plât â'i dwy law a gollyngai hwy'n syth wrth ei thraed. Llwyddodd i dorri pob un ar yr ymdrech gyntaf.

Surbychu'n gondemniol wnaeth Joyce. Hi oedd yr unig un i beidio â chyffwrdd mewn plât neu neidio ar ben yr un neu ddau o blatiau stwbwrn a fynnodd aros yn gyfan ar ôl cael eu gollwng.

Cynddeiriogwyd Seth gymaint gan hynny, anelodd un o'r platiau budron, seimllyd, at ei phen. Torrodd y plât hwnnw'n ddidrafferth. A thorrodd y teilch ei thalcen hithau. Tynnwyd gwaed o'r cwt. Rhegodd. Trodd ei golygon at yr heddwas. Ond dewis estyn am blât arall wnaeth hwnnw.

Cododd liain sychu llestri cyfagos a gweinyddodd i'w dolur ei hun. Gadawodd heb ddweud Nos Da, gan ddiferu gwaed ar hyd y patio.

'Wel! Dyna'r ola ohonyn nhw,' ebe Vernon Hughes.

Sôn am bobl oedd e, nid platiau. Roedd y rheini wedi eu malu ers oriau ac wrth eistedd yn wynebu ei gilydd dros fwrdd y gegin, gorweddai'r gweddillion yn sborion coch dan draed Seth ac yntau.

'Wy wedi gweud wrtho fe fod yn rhaid iddo rannu gwely 'da'i fam heno,' eglurodd hwnnw'n wên o glust i glust. 'Fe fydd hi fel yr hen ddyddie arno.'

Rhys oedd yr olaf o'r partïwyr i fynd i'w wely. Newydd fynd oedd e. Aethai ei fam yn syth ar ôl rhialtwch y malu. Ond roedd e wedi mynnu malu mlaen – yn eiriol. Bu'n sâl unwaith neu ddwy, mas ar y patio'n chwydu, am yn ail â gweiddi pob math o anlladrwydd i gyfeiriad Stables Cottage.

'Llosgach?' mentrodd Vernon Hughes.

'Anghenraid,' atebodd Seth. 'Mae 'nyweddi i yn 'y ngwely i heno.'

'Eich dyweddi?'

'Mair.'

'A! Wrth gwrs! Mair! Ro'n i wedi rhyw ame tybed ai rhannu gwely Sister Rogers oedd honno.'

'Na. Fi pia hi.'

'Braidd yn hwyr y nos i fod mor feddiannol.'

'Ma'r nos yn meddiannu pawb. 'Na pam ma'r nos yn shwt ffrind i fi.'

'R'ych chi'n ddyn amryddawn iawn yn wir,' ebe Vernon Hughes gydag edmygedd a ymylai ar fod yn ddidwyll. 'A shwt afael ar eirie! Neb yng ngwely Joyce, felly mae'n troedio tir neb. Dyna wedoch chi yntefe? Rai oriau'n ôl. Dweud da oedd e hefyd.'

'Bolycs!' barnodd Seth. 'Wy'n malu cachu er mwyn creu argraff, nid er mwyn siarad sylwedd. Nag'ych chi wedi sylweddoli 'na 'to?'

'Dilyn arweiniad pawb arall fydda i. Mae pawb o'ch cwmpas chi'n rhoi cymaint o bwys ar bob gair ddaw o'ch genau chi.'

'Nagw i moyn y sgwrs 'ma. Ŵy a tships a llond bola o bop. 'Na beth oedd heno i fod.'

'Dewch nawr, Seth!' ebe'r dyn yn awdurdodol. 'Mae 'na fwy na 'na i chi, fe alla i weld. Dwedwch bopeth wrtha i am dai tir neb.'

'Tai tir neb?'

'Y cartrefi lle buoch chi a Rhys yn anturio . . .'

'Nagyw cartrefi'n golygu dim ifi,' torrodd Seth ar ei draws. 'Dim ond tai fuon nhw i mi erio'd.'

'Anodd credu hynny, cofiwch! Dyn ifanc ag anghenion mor amrywiol â chi.'

'Nagw i angen to uwch 'y mhen i oroesi. Fe alla i fyw mewn print. Neu gnawd.'

'Syniad arswydus iawn!'

'Ond un wy'n credu y dylech chi 'i ystyried. Wy'n gwbod fod yn rhaid i fi.'

'Synhwyro rhyw symudiadau yn y gwynt, 'ych chi?' heriodd y ditectif. 'Rhyw gyfrifoldebau newydd? Mae hynny i'w ddisgwyl, mae'n debyg, gyda dyweddi yn eich gwely . . . a babi ar y ffordd . . .'

'Nagyw drygioni'n diflannu,' ebe Seth yn ddwys, 'dim ond ail-leoli.'

'A beth am ddaioni? Odi'r un peth yn wir am hwnnw?'

'Wrth gwrs! Ond ma' honno'n hen stori.'

Wrth siarad, fe gododd Seth o'r bwrdd a chamu'n simsan y tu cefn i Vernon Hughes i roi'r tegell i ferwi. Fe sobrai toc. A thewi.

'Fyddwch chi'n gweld eisie'r hen le 'ma?'

'Rose Villa? Go brin. Ffawd dda'th â'r lle 'ma inni. Damwen, os mynnwch chi.'

'Dewch nawr, Seth! Nid damwain. Allwch chi mo 'nhwyllo i â hynny! Fe frwydroch chi i gyrraedd yma. Fe gymerodd hi ymdrech. Ambell antur go beryglus. Chi a Rhys. Tai eraill, llai cyfforddus, ar hyd y ffordd . . .'

'Be'n gwmws s'da chi mewn golwg?'

'W! Dim byd penodol. Meddwl, tybed, fydd ots 'da chi pan ddaw hi'n amser ichi fadel? Dyna pam rwy yma, chi'n gweld. Mae'r dydd ar ddod.'

Ni throes y ditectif ei ben wrth siarad. Dim ond syllu'n ddwys i'r gofod adawodd Seth yn y gadair gyferbyn.

'Odi. Wy'n gwbod fod y dydd yn agosáu,' ochneidiodd Seth yn ddwys. 'Wy'n barod amdano. Fel chi, yma'n gwitho odw i, chi'n gweld! Bob tro y gwelwch chi fi, wy wrth 'y ngwaith.'

Bu sŵn dŵr yn llenwi tegell a llestri'n cael eu gosod ar fwrdd y tu cefn i Vernon Hughes ers rhai munudau. Ambell lwy ar ambell soser. Jŵg laeth yn cael ei gosod ar ymyl sinc. Ond yn sydyn, sylweddolodd fod hynny oll wedi dod i ben.

'Nag'ych chi wedi 'nghymryd i o ddifri, odych chi?' edliwiodd llais gwrywaidd, addfwyn yn ei glust. 'Ma' hynny'n siom, rhaid dweud! Achos nage becso am ga'l to uwch 'y mhen odw i nawr. Na sôn am dŷ.' Gosododd Seth ei ddwylo'n addfwyn ar ysgwyddau'r dyn a llithrodd nhw'n osgeiddig i lawr ar hyd ei frest.

'Sôn amdanoch chi odw i.'

Diflannodd y lliw o wyneb Vernon Hughes. Llyncodd ei boer. A chlywodd ruthr dŵr yn dod i'r berw rywle y tu cefn iddo.

Ffieiddiwyd Rhys yn syth. Y geg agored o'i flaen fel morfil diog yn marw ar y traeth. Cnawd pydredig. Angau ar waith.

Cododd fraw arno'i hun. A throes ei ben oddi wrth ei fam.

Yna, cododd gwynt y gormodedd o win yn ei gylla yn fygythiol i'w lwnc. Dyheai am Seth.

Ysgydwodd y gobennydd. Daeth rhech ddirybudd o'r dyfnderoedd, fel bwled slei. Gwyddai fod yn rhaid iddo ddianc. Ond gorweddai'r dillad gwely trwm trosto, fel benyweidd-dra trahaus.

Digon oedd digon, meddyliodd, gan fynnu cael llithro'n rhydd.

Simsanodd draw at y ffenestr a chilagor y llenni. Sŵn chwyrnu yn dal i godi o'r gwely fel cerddoriaeth gefndir farwol wrth ei gwt. Doedd dim i'w weld. Dim ond llwydni boreol. Fel petai'r byd i gyd wedi bod ar y pop ac wrthi'n araf ddod ato'i hun.

Estynnodd am y crys a'r jîns a fu amdano neithiwr cyn baglu i'w hailwisgo.

Sylweddolodd yn sydyn fod ei ffroenau'n ferw o atgofion. Arloesi diniwed yn arffed Mam. Tlysau'n hongian am wddf a garddwrn. Cysgu moethus nad oedd cyfoedion byth i gael clywed sôn amdano. Ac yntau'n grwtyn cysglyd mewn pydew o bersawr. Smotyn bach fan hyn a smotyn bach fan 'co.

Feiddiai e ddim mynd i'w stafell wely'i hun i nôl dillad glân. Am y tro, byddai'n rhaid iddo gario gwynt hen gyfog gydag ef. A bodloni ar gael mynd mas o'r ystafell gyfyng.

Cripiodd ar hyd y landin dywyll. Y düwch yn dduach nag arfer. Y tŷ bach yntau'n oerach nag arfer. Gwnaeth yn siŵr nad oedd neb wedi gadael ffenestr yn agored.

Doedd neb. Dim ond diod neithiwr oedd wedi gostwng tymheredd ei gorff yn waeth nag arfer, mae'n rhaid.

I lawr yn y gegin camodd yn ddifeddwl dros y llanast. Yfodd ddŵr. Sylwodd ar y ddau fŵg gwag wyneb i waered ar y sinc. Edrychodd tuag at Stables Cottage. Doedd dim golwg o fywyd yno o hyd. Ond roedd peth lliw wedi dod i ddisodli'r llwydni.

Gwyddai fod yn rhaid iddo ailgynefino â'r tŷ, heb ofyn pam. Roedd turio trwy'r cypyrddau'n chwilio am Aspirin yn fwy o dreth ar ei ymennydd nag a ddymunai. Doedd ganddo mo'r dychymyg i fynd i'r afael â'r un dirgelwch arall.

Ar ôl dod o hyd iddyn nhw, fe lyncodd lwyth. A chymerodd baned o goffi powdwr drwodd i'r parlwr.

Denwyd ef gan y canhwyllau marw ar y silff-bentân. Roedden nhw wedi llosgi'n ddim. A diffodd pan nad oedd neb yn sylwi. Cymerodd dalpiau o'r cwyr oer a dechreuodd luchio darnau ohono at y llenni. Am yn ail â sipian ei ddiod.

Dim ond pan ddaeth Mair i lawr tuag un ar ddeg o'r gloch y gwawriodd hi ar Rhys fod bywyd wedi newid am byth.

Dyna lle'r oedd hi fel lwmpyn o fenyn ar lawr y gegin. Yn ei melyn o hyd. Yn ffres ei gwedd a hallt ei thafod. Yn mynnu fod ei fam yn torchi llewys a pharatoi brecwast sydyn iddi.

Ei ofid oedd nad oedd hi wedi gweld Seth drwy'r nos. Nid fod hynny o ofid iddi hi. Ei sirioldeb seimllyd yn iro grym y gorchmynion a ddeddfai. Yn lleddfu'r gerwinder yn ei llais.

Ufuddhau wnaeth ei fam, serch hynny. Fel petai Seth

ei hun wedi llefaru. A thrwy'r cyfan, roedd y darnau llestr yn dal i grensian dan draed y tri.

'Wel! Ble ma' fe?'

Roedd Rhys erbyn hyn wedi rhuthro i'r llofft ac edrych yn ofalus ym mhob ystafell wag. Doedd dim sôn amdano. Ac wrth iddo redeg yn ôl i'r gegin, dal i fynnu'n ddidaro nad oedd hi wedi'i weld drwy'r nos wnaeth Mair. Ddim hyd yn oed yn ei breuddwydion, meddai hi. Cysgu'n drwm. A chysgu'n unig. Doedd dim wedi dod i darfu arni.

'Gwynt teg ar 'i ôl e,' oedd barn Joyce pan ruthrodd Rhys at ei drws hithau i leisio'i amheuon.

'Nagwyt ti'n meddwl 'na! Ddim mewn gwirionedd.'

'Os wyt ti'n gweud.' Wrth siarad, ceisiai Joyce edrych dros ei ysgwydd i weld a ddaliai gip ar Mair draw yng nghegin Rose Villa. Roedd plastar tew ar ei thalcen a phwysai ei stumog yn orthrymus ar fand lastig y trowsus tracsiwt a wisgai.

Doedd yna ddim i'w weld. Roedd Mair eisoes wedi llowcio powlen o frecwast a gadael. A doedd mam Rhys ddim yn y golwg gan ei bod hi ar ei phengliniau gyda brws a sach sbwriel, yn sgubo'r llawr.

Petai'r tŷ wedi caniatáu iddi weld trwyddo, byddai Joyce wedi gweld cwpwl go ryfedd yr olwg yn dod allan o dacsi a cherdded i fyny'r dreif at y drws. Slashen benfelen o dras Cymreig oedd hi. Yn dal o gorff a di-ddal o natur. Yn ei chysgod, cerddai dyn lled fyr o dras Koreaidd. Tra gwingai'i freichiau ef dan bwysai'r bagiau a gariai, doedd dim yn ei dwylo hi ond darn o bapur a chyfeiriad Rose Villa arno.

Newydd gyrraedd 'nôl i'r gegin a thaflu'i freichiau'n ddagreuol am wddf ei fam oedd Rhys pan ganodd cloch drws y ffrynt.

Er mawr ryddhad i'r cymdogion, fe werthwyd Rose Villa drachefn o fewn mis neu ddau. I ryw shoni-hoi o Gwmbwrla. Bargen. I ddyn a werthfawrogai fargen.

Ei obaith mawr ef a'i wraig oedd cael marw yn sŵn y môr.

Yn y cyfamser, er mwyn cael rhywbeth i'w wneud â'u hamser, roedden nhw wedi penderfynu meithrin eu diddordeb mewn magu cŵn a chafodd Stables Cottage ei droi'n *kennel*. Clywir eu cŵn yn cyfarth o bryd i'w gilydd, ond fyddan nhw byth yn cnoi.

Yn y dyddiau a ddilynodd ddiflaniad Seth, cafodd Vernon Hughes ei amau o fod yn gyfrifol am y dirgelwch. Efe, wedi'r cwbl, oedd yr olaf i'w weld yn fyw.

Gwnaeth ddatganiad yn honni iddo alw yn Rose Villa'r noson honno er mwyn torri'r newyddion i'r preswylwyr am ddyfodiad merch Wncwl Ron o Awstralia. Ar ôl derbyn cynnig caredig i aros am swper gyda'r teulu, gadawyd ef a'r diflanedig, rai oriau'n ddiweddarach, yn cloncan yn y gegin. Aeth sha thre tua hanner awr wedi dau y bore, gan adael y gŵr ifanc yn mwynhau ffàg wrth ddrws y cefn.

Ar ôl ymchwiliad trwyadl gan ei gyd-heddweision, derbyniwyd ei stori a chafodd ddychwelyd i'w waith yn ddifefl.

Darganfu gyfeiriad newydd i'w fywyd. Disgleiriodd ei yrfa. Datrysodd droseddau dyrys. Cafodd ei ddyrchafu'n Inspector cyn pen fawr o dro.

Ymhell o gyffiniau'r gwaith, dysgodd sut i ymlacio'n llwyrach. Daeth o hyd i ddyn newydd o fewn yr hen un.

Mae'n gryfach heddiw. Yn fwy cyfrwys. Yn siarad yn gliriach. Mae'n fwy o gythraul nag erioed o'r blaen.

Mae'n gwenu am ei fod yn hapus oddi mewn.

Rhoddwyd mam Rhys o'r neilltu, fel tegan wedi torri. Anodd dewis yr union air i ddisgrifio lle mae hi'n cadw nawr. Mae 'cartref' yn air rhy gryf; 'uned ddiogel' yn anwireddus. (Deuir o hyd iddi'n rheolaidd yn crwydro strydoedd cyfagos mewn coban a gŵn nos.)

Hynawsedd aneffeithiol fu prif nodwedd ei bywyd erioed ac mae'n gyd-ddigwyddiad eironig taw dyna brif nodwedd y drefn y mae'n rhan ohoni bellach.

Bydd yn paldorio byth a beunydd am ryw Rhys neu'i gilydd, ond tybia pawb o'i chwmpas taw dim ond ffrwyth dychymyg yw hynny.

Does dim angen i Joyce bryderu bellach am gasglu pethau cain o'i chwmpas. Mae digon o hen greiriau bach dethol yn britho tŷ Mair yn Llanelli. Bu gan honno chwaeth erioed. Ac am y tro, mae'n barod i adael i'r gyn-nyrs rannu tŷ â hi.

Amgylchynir y ddwy gan glustogau moethus o drwchus ar yr achlysuron prin pan gân' nhw egwyl o eistedd. Gallant chwarae disgiau eu hoff gantorion ar offer drud. Mae yno gyfrifiadur. A'r gorau o bopeth mewn cysur a pheirianneg. A thalodd Mair am bopeth ar ei ben.

Surni yw prif nodwedd gwep ac enaid Joyce. Gwaed y sawl a laddwyd yn lled ddiweddar sy'n llifo trwy ei gwythiennau. Dyw dialedd, mwy na bydol dda, ddim yn dod ag unrhyw lawenydd i'w bywyd, er maint ei deisyf.

Mae'n ddi-gâr. Yn ddi-waith. Ac i bob pwrpas emosiynol, yn ddi-Fair.

All hi ddim dod o hyd i'r gras i faddau. All hi ddim dod o hyd i'r geiriau i ddannod. Rhaid iddi fodloni ar gyd-fyw mewn mudandod. Yn gwneud y golch. A pharatoi'r bwyd. A chadw'r tŷ yn gartref ar gyfer y tri ohonynt.

Mab gafodd Mair. Fydd y ddwy byth yn crybwyll enw'i dad. Byth yn sôn amdano. Nid yw'n bod iddynt bellach. Ond caiff ei fwydo beunydd ar fron ei fam.

'Hen dro!'

Daeth Vernon Hughes i mewn i'r ystafell gyda phendantrwydd tarw.

'Nagw i'n dishgwl cydymdeimlad,' ebe Rhys yn sarrug. 'Ddim 'da chi, ta beth.' Eisteddai wrth fwrdd moel ynghanol yr ystafell.

'Ond cael dy ddal yn ceisio twyllo dy ffordd i mewn i dŷ hen wreigan oedrannus! Siawns na allet ti wneud yn well na hynny!'

'*Stress* achosodd e. 'Na beth wedon nhw yn y llys gynne.'

'Esgus bod yn swyddog o'r cwmni nwy!'

'Sa' i'n gwbod beth dda'th dros 'y mhen i. A nago'n i i wbod fod ŵyr yr hen ast yn blismon.'

'Roedd e'n galw arni bob bore Mawrth. Yn ddi-ffael. Esgeulus fydden i'n galw peth felly. Cerdded mewn i fagl fel'na. Angen mwy o waith ymchwil arnat ti. Dod i wbod popeth alli di mlaen llaw am y bobol y byddi di'n bwriadu delio â nhw. Dyna'r gyfrinach.'

'Wel! Ches i ddim cyfle. A nago'n i wedi bwriadu neud drwg mla'n llaw. 'Na beth wedodd y boi 'na ar 'yn rhan i yn y llys. Wy wedi bod trwy fishodd ansefydlog iawn. Colli 'nghariad a 'nghartre. Fe gymrodd yr ynadon drugaredd arna i.'

'Felly rwy'n casglu.'

'Orie o waith cymunedol neu rywbeth. Ta beth, wy'n rhydd i fynd. Allwch chi ddim 'y nghadw i fan hyn.'

'Fydden i ddim yn breuddwydio dy gadw di. Ishe sgwrs fach gyfeillgar ydw i. Ac rwy'n gwybod yn union beth ddyfarnodd yr ynadon. Rwy wedi bod yn dilyn dy achos di o hirbell.'

'Joio 'ngweld i'n diodde, siŵr o fod.'

'Ddim o gwbwl, Rhys bach. Ti wedi 'ngham-ddeall i o'r dechre. Ac rwy'n gwbod cymaint o ergyd oedd colli Seth o dy fywyd.'

'R'ych chi'n gwbod beth ddigwyddodd iddo fe, on'd 'ych chi? Dim ond cyfle arall i droi'r gyllell yno' i yw esgus teimlo'n sori trosta i.'

'Na! O ddifri!' mynnodd Vernon Hughes. Bu'n cerdded o gwmpas Rhys a'r bwrdd yn fwrlwm o ynni na wyddai Rhys o ble y dôi. 'Rwy'n wirioneddol falch fod y fainc wedi cymryd i ystyriaeth taw hon oedd dy drosedd gynta di a bod problemau personoliaeth dybryd wedi dod i'r amlwg ar ôl colli Seth.'

'Pwy wedodd 'mod i wedi colli Seth? Walle ddaw e'n ôl wap . . .'

'Rhaid wynebu'r gwirionedd, Rhys.'

'Hy! Wyt ti'n un pert i siarad! 'I gwato fe 'nest ti.'

'Fel y cwatest ti'r trysore?'

'Shwt 'ych chi'n gwbod am 'ny?'

'Rwy'n gwbod cryn dipyn, cred ti fi! Bydd yn ddigon o ddyn i wynebu hynny a chyfadde'r gwir i gyd i ti dy hunan.'

'Wna i ddim byd nag'ych chi'n fodlon 'i neud. Chi o'dd gydag e'r noson 'ny.'

'Wn i ddim beth dda'th ohono fe. Ar fy llw! Y datganiad 'na wnes i ar ôl y noson honno oedd y gwirionedd . . . mwy neu lai.'

'Ie! Wel! Dim ond gwirionedde "mwy neu lai" all pobol 'u stumogi, yntefe? Am be siaradoch chi? 'Na beth wy'n moyn wbod.'

'Am be fydd dau ddyn yn siarad, d'wed? Tai a gwaith a chnawd. Taset ti heb feddwi, fe fyddet ti yno hefyd, siŵr o fod.'

'O'dd hi'n hwyr y nos.'

'Ma'r nos yn ffrind i bawb.'

'Wy am fynd nawr . . .'

'Ddim eto. Mae te ar y ffordd.'

'Nagw i moyn te.'

'Finne'n meddwl fod angen cysur arnat ti. Mae pob *tough guy* angen cysur . . . rywbryd. Shwt le yw'r *bedsit* 'ma sy 'da ti?'

'Gwbod lle wy'n byw a phopeth!'

'Wrth gwrs. Wy'n cadw llygad arnat ti. Achos, fel ddwedes i, rwy am helpu.'

'Helpu?'

'Roedd colli Rose Villa, cwpwl o wythnose'n unig ar ôl diflaniad Seth, yn dipyn o ergyd. Dy fam yn mynd o dan wyneb y dŵr fel'na ar ben popeth.'

'O'n i am i bopeth fynd yn 'i fla'n am byth.'

'Popeth ond Wncwl Ron, rwy'n tybio? Pan fydd hwnnw'n marw, fe fydd hi'n dipyn o ryddhad.'

'Ma'r ferch 'na s'dag e'n neud 'i gore glas i'w ca'l nhw i ddiffodd peiriant yr hen homoffob.'

'Geirie mawr.'

'Homoffob?'

'Na. Meddwl am y "diffodd" oeddwn i. Cau bywyd i lawr.'

Chwarddodd Rhys gyda balchder newydd, fel petai wedi ymlacio fymryn am y tro cyntaf ers iddyn nhw ofyn iddo ddod i'r ystafell hon ac aros.

'Mae popeth yn dod i ben . . . yn gorfod dod i ben . . . maes o law,' pwyllodd Vernon Hughes yn ddwys, gan gymryd ei amser dros yr ymadroddion. Roedd wedi stopio'i gerdded, yn union y tu ôl i gadair Rhys.

'Pob gwaith. Pob tŷ. Pob cnawd,' adleisiodd Rhys yn freuddwydiol.

'Yn gwmws.'

Disgynnodd dwy gledr gadarn ar ysgwyddau Rhys ac wrth i'r dwylo rheini deithio'n gyflym ar draws ei frest, gallai deimlo'r breichiau'n cau o dan ei en.

'Rwy'n credu fod angen rhywun i edrych ar dy ôl di,' sibrydodd y llais yn ei glust.

'Wy'n credu fod e,' cytunodd Rhys.

Roedd hi'n hen stori. Ond un gwerth ei hailadrodd, tybiodd y dyn.